KB143330

섹슈얼리티 담론과 모더니즘 형성

섹슈얼리티 담론과 모더니즘 형성

이순구 지음

도서출판 동인

저자의 말

오래전에 쓴 글들을 한자리에 모아 보았다. 지금 읽어보니 이런 글들을 썼던가 싶을 정도로 기억이 가물가물하다. 써놓길 잘했다 싶다. 안 그랬더라면 기억조차 못 해냈을 것이다. 여기 실린 글 중에 맨 마지막에 놓인 에즈라 파운드(Ezra Pound)의 『더 칸토스』는 박사과정 중에 쓴 글로 한국동서비교문학회 창립자이신 고(故) 박영의 교수님이 읽어 보시고 『동서비교문학저널』 창간호에 실어주신 글이다. 당시 충남대 교수로 재직 중이셨던 고 박영의 교수님은 학부 시절 영어 발음 교정에서부터 대학원 진학에 이르기까지 개인적으로 많은 도움을 주셨다. 이렇게 그 글을 다시 접하니 감회가 새롭다. 늦었지만 학부 시절의 스승님께 감사드린다.

나머지 여섯 편의 글은 내가 2000~01년 동안 U. C. 버클리 대학에서 박사 후 과정 중에 공부했던 것들에 기반을 둔다. 특히 샤론 마커스(Sharon Marcus), 주디스 버틀러(Judith Butler), 엘리자베스 에이벨

(Elizabeth Abel) 등의 수업을 들었는데 이분들의 수업에서 공부한 것들이 주요 골격을 이룬다. 버클리 대학은 미국의 진보 사상을 견인하는 중심 무대로 1960년대와 70년대의 시민운동을 주도했다. 문과대 도서관인 모핏 도서관 1층 벽면에 그때의 시위 장면이 그려져 있었다. 미국 정책이 어디가 잘못되었고 백인 남성 중심 미국 사회의 어디가 잘못되었는지를 토론하는 수업들을 들으면서 무슨 교수들이 이렇게 자기 나라 비판을 하나 그랬다. 그런데 그 당시 들었던 수업들이 그 후 나의 글쓰기에 많은 영향을 끼쳤다. 이 책의 첫 장에 나오는 「그리스 시대의 섹슈얼리티」는 이 책의 서문 격이기도 한데, 샤론 마커스 교수의 영향이 크다. 그분의 역사적 접근이 젠더와 섹슈얼리티를 하나의 진지한 학문 영역으로 바라보게 했다. 엘리자베스 에이벨 교수는 거트루드 스테인(Gertrude Stein)을 비롯한 방대한 모더니스트 작가들을 소개해 주었다. 5장 프로이트의 『도라』는 그분의 수업 시간에 만난 작품 중 하나이다. 주디스 버틀러 교수는 정전에 속하지 않는 다양한 작품들을 과감히 가져와 의미를 부여했다. 6장 넬라 라슨(Nella Larsen)의 『패싱』은 그분을 통해 알게 된 소설이다. 세계적인 석학인 이분들의 수업을 들었다는 게 지금도 믿기지 않는다. 세 분 모두에게 감사드린다. 19세기 작가였던 조지 엘리엇(George Eliot)을 페미니즘 관점에서 다루어 박사 학위를 받았던 나는 이분들을 통해 1980년대와 90년대 비평계의 화두였던 젠더와 섹슈얼리티를 공부하게 되었고 빅토리아조 문학에서 모더니즘 문학으로 학문적 관심을 확장시켜 나갈 수 있었다. 이 여섯 편의 글은 국내 퀴어 이론 연구자에게 입문서 역할을 할 수 있으리라고 기대해 본다.

　　1910~20년대 에즈라 파운드와 T. S. 엘리엇(T. S. Eliot)을 중심으로 모더니즘 미학이 대두되었을 때, 그것은 문학이 그 자체로 법이며 다

른 잣대가 있어서는 안 된다는 문학의 자율성과 독립성을 강조하는 것이었다. 따라서 형식의 실험이 중요했다. 소설에서는 후기 소설의 헨리 제임스(Henry James), 제임스 조이스(James Joyce)와 버지니아 울프(Virginia Woolf) 등이 중심이 되어 소위 '의식의 흐름' 수법을 고안하여 고차원적인 리얼리티 창조를 위해 분투했다. 그런데 이러한 모더니즘 문학은 그 기저에 19세기 관습을 뒤엎고자 하는 저항이 있었다. 특히 여러 관습 가운데에서도 기존의 성 모랄, 성 윤리를 거부하고자 했다. 사실주의 문학의 단골 메뉴였던 낭만적 사랑과 결혼은 자주 회화화되었다. 마르셀 프루스트(Marcel Proust), 앙드레 지드(Andre Gide), E. M. 포스터(E. M. Forster)를 비롯한 블룸스베리 그룹 출신들이 동성애자였음은 우연이 아니다. 그런데 이러한 조짐은 19세기 후반 이미 시작되었으며 문학적 사조는 이러한 현실을 반영하는 것에 불과했다. 이 책은 19세기 후반부터 20세기 초엽까지 이러한 변화의 흐름을 바라보게 하는 데 도움이 될 것이다. 특히 섹슈얼리티 문제가 어떻게 모더니즘 형성에 깊이 관여했는지를 알게 될 것이다.

이 책이 나오기까지 함께해준 평택대학교 동료 교수님들에게 고마움을 전한다. 2001년 임용 이래 그분들 덕분에 교수로서 긴 세월 즐겁고 보람차게 보낼 수 있었다. 늘 자상하게 대해주는 나의 남편과 나의 기쁨의 원천인 두 아들과 며느리, 손자에게 사랑과 감사의 마음을 전한다. 힘든 시간을 견딜 수 있었던 것은 이들 덕분이다. 이번 책의 출판을 맡아주신 도서출판 동인의 이성모 사장님에게도 감사함을 전한다. 책의 교정을 맡아 수고해 준 동인의 박하얀 선생님에게도 감사의 마음을 전한다. 20대에 어리석은 나를 다독여 영문학 공부를 하게 하시고 이제껏 그 길로 인도해 주신 나의 반석이신 하나님께 모든 영광을 돌린다.

끝으로 이 책을 하늘나라 계신 나의 아버지에게 바친다. 일제에 항거하느라 옥고까지 치르셨고 그로 인해 학업을 중단해야 했던 아버지는 1996년 뒤늦게 독립운동가로 인정받아 명예졸업장을 받으셨다. 생전에 자기 묘비 옆에 비석을 하나 더 세워 내가 당신 딸이고 영문학 박사이고 교수인 것을 적어 넣으라고 하셨다. 당시에는 웃어넘겼지만, 딸에 대한 아버지의 기대를 생각하면 그 제안은 눈물 날 정도로 가슴 뭉클하고 감사하기만 하다. 이 책이 그분이 원하셨던 비석이 되어주기를 희망한다.

여기 실린 글들이 언제 어디에 발표되었는지 그리고 원제목과 발표된 시간 순서대로 밝히자면 다음과 같다.

1. 1998년 12월 「Ezra Pound의 표의문자 연구」. 『동서비교문학저널』.
2. 2002년 8월 「재현의 어려움: 넬라 라슨의 『패싱』」. 『페미니즘 시각에서 영미소설 읽기』. 서울대학교 출판부.
3. 2004년 8월 「프로이트의 『도라』: 페미니즘적 접근」. 『19세기 영어권 문학』.
4. 2005년 2월 「『도리언 그레이의 초상』: 빅토리아조 후기의 젠더와 섹슈얼리티 연구」. 『19세기 영어권 문학』.
5. 2014년 2월 「유미주의 문학과 와일드의 1차 재판」. 『신영어영문학』.
6. 2014년 12월 「고대 그리스 시대의 젠더와 섹슈얼리티」. 『평택대학교 교내논문집』.
7. 2015년 12월 「불튼 앤 파크 스캔들: 1870년 런던 내 남자 매춘의 실태」. 『평택대학교 교내논문집』.

차 례

1

그리스 시대의 섹슈얼리티

■ ■

|

　20세기 섹슈얼리티 담론은 남성과 여성의 차이를 어떻게 규명하느냐에 대한 것이었다고 해도 지나치지 않다. 남성과 여성은 본질적으로 다른가 즉 생리적으로 심리적으로 근본적인 차이가 있는가, 아니면 남성과 여성은 본질적으로 같은데 겉으로만 다르게 보이는 것인가? 보통 전자를 주장하는 사람을 본질주의자(essentialist)라고 부르고, 후자를 주장하는 사람은 명목론자(nominalist)라고 부른다. 아직 논자마다 대립되는 양상을 보이지만 대세는 명목론자의 주장 쪽으로 기울고 있다. 즉 지배적인 담론은 남성과 여성이 본질적으로 같다는 방향으로 나아가고 있다. 이들에 의하면 남성과 여성 사이에는 어떤 분명한 경계선이 있는 게 아니라 연속성이 있다. 남성 안에도 여성적인 요소가 있고 여성 안에도 남성적인 요소가 있다. 다만 사회에 의해서 어느 한쪽이 일방적으로 강요되며 다른 한쪽이 억압당해 왔을 뿐이다. 즉 우리가 자연스럽고 정상적

이라고 간주하는 남성다움과 여성다움은 사실 문화적으로 축조된 인위적인 개념이라는 시각이다.

　20세기 초엽에 모더니즘 여성 작가들은 19세기 말에 대두된 '신여성'의 개념을 발전시켜 남녀 간 성 차이에 대한 기존의 고정관념을 깨고자 노력했다. 제임스 조이스(James Joyce), T. S. 엘리엇(T. S. Eliot), D. H. 로렌스(D. H. Lawrence), 어니스트 헤밍웨이(Ernest Hemingway) 등 남성 모더니스트들은 '신여성'을 두려운 눈으로 바라보았다면, 동시대의 여성 작가들은 남녀 간 성 차이에 대한 저항을 다각적으로 표현하고자 했다. 무엇보다도 이들은 성별을 옷과 관련시켜 표현했다. 이들은 남성과 여성의 차이를 옷 바꿔 입기와 같은 차이로 쉽게 생각했다. 이들은 옷을 바꿔 입음으로써 여자가 남자가 될 수 있다고 믿었다. 이들은 그들의 작품에서 옷 바꿔 입기의 메타포를 통해 고정된 성별 개념을 전복시키고자 했다. 일찍이 버지니아 울프(Virginia Woolf)는 소설 『올랜도』(Orlando)에서 "우리가 옷을 입는 게 아니라 옷이 우리를 입는다는 견해는 충분히 설득력 있다"라며, "우리는 옷으로 하여금 팔 혹은 가슴의 모양을 갖도록 만들 수 있지만 옷은 우리의 마음과 생각과 말조차도 자기 마음대로 그 모양을 만들 수 있다"(180)라고 말했다. 『나의 안토니아여』(My Antonia)를 쓴 윌라 캐서(Willa Cather), 『터널』(The Tunnel)을 쓴 도로시 리차드슨(Dorothy Richardson), 『불 사다리』(Ladders to Fire)를 쓴 어네이스 닌(Anais Nin), 『고독의 샘』(The Well of Loneliness)을 쓴 래드클리프 홀(Radcliffe Hall), 남성복장을 한 여성들을 주로 그린 화가 로메인 브룩스(Romaine Brooks) 등은 이러한 옷 바꿔 입기의 메타포를 등장시켜 이러한 가설에 동조했다. 이들에게 젠더는 영원불변의 고정된 속성이 아니라 인위적이고 자의적인 문화적 축조물일 뿐이었다. 이들은 모두 기존의 성별 카테고리로부터 벗어나고자 했던 페미니스트들이었다.

20세기 후반에 들어서는 주로 남성 문인들이 탈성화 논의를 주도했다. 사랑하던 여성이 남성으로 드러나 주인공을 충격에 몰아넣는 소설 『S/Z』(*S/Z*)를 쓴 롤랑 바르트(Roland Barthes), 남자이기도 하면서 여자이기도 했던 19세기 프랑스 양성인(hermaphrodite)의 회고록 『에르퀼린 바르뱅』(*Herculine Barbin*)을 쓴 미셸 푸코(Michel Foucault), 여성은 따로 존재하지 않는다고 믿었던 자크 라캉(Jacques Lacan), 남녀 간 성 차이 담론을 일고의 가치도 없는 것으로 간주했던 자크 데리다(Jacques Derrida) 등 일군의 구조주의자, 해체주의자, 페미니스트들은 모두 남성과 여성의 성 차이를 인위적이며 자의적이라고 받아들였다. 이러한 "젠더의 유동성", "젠더의 불확정성" 이론에 큰 영향을 끼쳤던 데리다는 『스퍼스』(*Spurs*)에서 "남성과 여성은 역할 바꿈을 한다. 그들은 무한히 가면을 교환할 뿐이다"(111)라고 주장했다.

만일 젠더의 개념이 옷에 의해 바뀔 수 있는 것처럼 유동적이라면, 즉 어떤 확고부동한 고정불변의 속성을 지닌 게 아니라면, 그렇다면 섹슈얼리티는 과연 어떤 것인가? 우리가 믿고 있듯이 남녀 간의 이성애적인 성만이 있을 수 있고, 또 그것만이 자연스럽고 정상적인 성이라고 말해야 하는가? 그렇다면 만일 남성이 옷을 바꿔 입고 여성이 되어 다른 남성과 성행위를 하게 된다면 그것은 어떤 행위로 바라봐야 할까? 부자연스럽고 비정상적인 것으로 이해해야 하나? 이러한 반론들이 20세기 후반 들어 활발하게 제기되었다.

일찍이 주디스 버틀러(Judith Butler)는 데리다의 해체주의와 "차이" 개념을 페미니즘 이론에 도입하여 남성/여성, 남성성/여성성, 이성애/동성애 등의 개념 가운데 그 어느 한쪽만이 "근원"이고, 다른 한쪽은 그것의 "모방"이라는 이분법적 시각을 해체했다. 그녀에게 위의 대립 항목들은 모두 문화적 "축조물"이자 "결과물"일 뿐이지 어떤 영속적인 실재의 개념인 "근원" 혹은 "원인"이 아니었다. 따라서 그녀는 현재의 이성애 문화 역시 어떤 일정한 규제적 관행으로 생겨난 결과물로 다음과 같이 해석한다.

어쩌면 성의 "진리"가 있을지도 모른다는 생각－푸코가 아이러니하게 그렇게 불렀듯이－은 정확히 일관된 젠더 규범의 매트릭스를 통해 일관된 정체성을 야기하는 규제적 관행으로 생산된다. 욕망의 이성애화는 "여성적인" 것과 "남성적인" 것 사이의 분리된 그리고 비대칭적 대립의 생산을 강요하고 제도화하는데, 여기서 "여성적인" 것과 "남성적인" 것은 "남성"과 "여성"을 가리키는 자질들을 표현한다고 이해된다. 젠더 정체성을 이해시키는 문화적 매트릭스는 어떤 종류의 "정체성들"은 존재할 수 없다는 것을 규정한다.

The notion that there might be a "truth" of sex, as Foucault ironically terms it, is produced precisely through the regulatory practices that generate coherent identities through the matrix of coherent gender norms. The heterosexualization of desire requires and institutes the production of discrete and asymmetrical oppositions between "feminine" and "masculine", where these are understood as expressive attributes of "male" and "female." The cultural matrix through which gender identity has become intelligible requires that certain kinds of "identities" cannot exist. (23-24)

이성애적 틀 속에서 여성으로 기능할 때만 여성이고 그와 같은 틀 자체를 의문시하는 것은 젠더에 있어서의 자기 위치를 잃어버림을 의미한다며, 여성이 동성과 잠자리를 같이 할 때 느끼는 정체성의 위기와 혼란을 버틀러는 "젠더 트러블"이라고 명명한다("Preface 1999" xi-xxiii).

이 글에서는 그리스의 역사적 문헌과 문학작품을 통해 20세기 후반 들어 대두한 이러한 젠더와 섹슈얼리티 개념에 다가가고자 한다. 우리와는 다른 문화 연구를 통해 인간의 모든 쾌락 형태가 제도화될 수 있고 인위적으로 축조될 수 있다는 것을 살펴보고자 한다.

II

아테네 도시국가는 민주주의 정치체제를 최초로 실현한 국가였다. 하지만 소수의 시민 남성이 사회 권력을 독점하던 기간이기도 했다. 아직 성인이 되지 않은 남아와 모든 계급의 여성, 그리고 모든 외국인과 노예들에게는 시민권이 부여되지 않았다. 따라서 공적인 영역에서는 모든 시민 남성이 정치적 평등을 보장받았지만, 사적인 영역에서는 시민 남성에 속하지 않은 모든 계급이 법적인 보호에서 제외되었다. 이 기간의 젠더와 섹슈얼리티는 이러한 당대 정치체제 내의 권력구조를 반영한다. 젠더의 경우, 항상 이웃 나라들과 전쟁을 치러야 했던 아테네 사람들에게 남성다움은 중요한 덕목이었다. 이들은 용기, 절제, 이성을 아테네 도시국가를 유지시킬 미덕으로 간주했으며 남성이 도시국가의 질서를 대변한다고 믿었다. 그리하여 전쟁터에서 승리해야만 하는 시민 남성들에게 모든 사회적 혜택이 돌아가도록 했으며, 그는 가정에서 여성과 노예들을 마음껏 다스릴 수 있는 전제적 힘이 허용되었다.

한편 모든 여성은 가정에서 시민인 남성의 조력자로 머물러야 했다. 그들은 거의 노예와 다를 바 없는 신분으로 전제적인 남편의 통제를 받아야 했다. 당시에는 섹슈얼리티와 관련해서 오늘날에는 이해하기 힘든 몇 가지 특징이 있었다. 첫째, 그것은 오늘날처럼 친근한 두 동등한 자아가 서로 긴밀히 나누는 사적인 행위라기보다 시민인 한 남성이 그렇지 않은 자와 벌이는, 다시 말해 사회적으로 우월한 자가 자기보다 열등한 자와 침대 위에서 갖는 공적이고 사회적인 행위였다. 둘째, 성의 대상 선택이 해부학적인 성별 구분으로 결정되지 않고 이처럼 권력의 상하 개념으로 결정되었기 때문에 "남아"(boy)[1] 또는 "여자"는 서로 기능적으로 바뀔 수 있다고 여겨졌다. 마치 우리가 어떤 음식을 먹느냐로 그 인물을 개별화하지 않는 것처럼 그리스 사람들은 다양한 성의 유형을 정상적이라고 인정하여 동성애자를 특별히 병적이거나 비정상적으로 여기지 않았다(Halperin 1989, 260-71).

그리스 음유시인으로 헤지오드(Hesiod)가 있다. 그는 호머(Homer), 아이스킬로스(Aeschylus), 플라톤(Plato) 등과 같은 정도의 명성은 없었지만 이 시대의 세계관을 대표하는 주요 인물로서 호머만큼 자주 언급되는 시인 중의 하나이다. 그리스, 로마 문학에 대한 그의 영향은 호머보다는 못하다 하더라도 상당히 컸으며 그의 시는 그가 제시하는 신화와 종교적 견해, 그리고 무엇보다도 그가 살았던 그리스 시대의 삶과 사회에 대한 그의 독특한 관점들 때문에 오늘날에도 매력적이다.

---

1) 그리스어로 "pais"인 "boy"라는 용어는 관습적으로 페더래스티(pederasty)의 관계에서 나이 어린 쪽을 가리키거나 혹은 실제 나이와는 상관없이 그 역할을 맡은 자를 지칭한다.

그의 작품 활동 연대는 대략 B.C. 8세기 말로 추정된다. B.C. 8세기는 번영의 시대였다. 이 무렵 그리스는 페니키아인들로부터 알파벳을 빌려와 문자를 만들었다. 이것이 8세기 중엽이었다. 호머와 헤지오드는 여전히 구비문학 전통에 따라 시를 썼고 독자가 아닌 청중을 의식하며 작품을 썼다. 그러나 문자가 존재하면서 이들의 시가 기록되었고 문자로 보존될 수 있었다. 헤지오드와 호머는 이러한 혜택을 본 최초의 사람들이었고 이 때문에 그리스 문학의 초기 시인들로 간주된다(West, "Introduction" vii-viii).

호머와는 다르게 헤지오드는 시에서 자기 삶을 언급한다. 우리는 그의 아버지가 아이올리스(Aeolis) 도시 출신이고 상선 승무원이었다가 시골에서 살기 위해 아스크라(Ascra)로 이사 온 사람이며 헤지오드가 이곳에서 대어났다는 것을 알 수 있다(56). 그는 양지기를 하다가 뮤즈 신의 지시를 받고 시인이 되었다. 여신들이 그에게 지팡이를 주며 신들의 계보에 대해 노래할 것을 일렀다(3).

『신의 계보』(*Theogony*)는 이에 대한 그의 응답이다. 이 시는 신들의 기원과 계보, 그리고 제우스(Zeus)가 그들의 왕이 되기까지의 사건들을 다루고 있다. 이와 유사한 주제를 다룬 시들은 이미 많았지만, 헤지오드는 선배들의 것에다 자신만의 것을 보탰다. 예를 들어 그가 아홉 뮤즈에게 붙인 이름과 네레이드(Nereid)와 오세아니드(Oceanid) 님프 목록은 그가 만들었다.

이러한 계보와 함께 이 작품에는 신들의 왕위 다툼 이야기인 승계 신화가 얽혀 있다. 그것은 하늘 신이 어떻게 타이탄(Titan) 신들의 지도자인 크로노스(Kronos) 신에게 패배하고, 또 다음에는 어떻게 타이탄 신들이 제우스가 이끄는 나이 어린 신들에게 패배하는지를 들려준다. 이야기는 대체로 조야하고 기이하기 이를 데 없는 폭력적인 이야기로 가득하다. 신들은 서로 거세하고 잡아먹으며 사정없이 두들겨 팬다. 이 이야기들의 원전은 동양 신화를 각색한 것으로 알려져 있다(West, "Introduction" x-xii).

이 작품이 우리에게 특별한 의미를 지니는 이유는 이 작품을 통해 우리가 젠더의 신화적 기원을 엿볼 수 있기 때문이다. 여기서 우리는 여성의 창조를 인간에 대한 신의 응징으로 바라본 그리스 남성 작가들의 여성에 대한 부정적 시각을 살필 수 있다. 헤지오드의 작품에서 여성은 제우스 신이 인간에게 내린 재앙으로 묘사된다. 그리고 여기서 프로메테우스(Prometheus) 신화가 도입된다. 원래 프로메테우스 신화는 우리가 알고 있는바, 세상의 어떤 제도와 특징들의 기원을 설명하기 위해 의도되었다. 이 작품에 의하면 프로메테우스는 올림퍼스(Olympus) 신전에 두 종류의 제물을 바쳤다. 하나는 겉은 볼품없으나 맛있는 소고기 부위를 안에다 넣었고, 다른 하나는 겉은 보기 좋으나 속에는 먹지 못하는 수소의 뼈다귀들을 넣었다. 프로메테우스는 제우스의 지혜를 시험하고자 했고, 제우스는 후자를 택해 프로메테우스가 대접한 소고기 요리의 내용에 속아 넘어가게 되었다. 이에 화가 난 제우스는 인간이 고기 요리를 하지 못하도록 그들로부터 불을 가져가는데 프로메테우스가 그것을 다시 훔쳐 인간에게 가져다준다. 이렇게 해서 인간이 불을 사용하게 되었다. 분노한 제우스는 프로메테우스에게 매일 독수리가 그의 간을 쪼아먹게 하는 고통을 가하는 한편, 인간에게는 불을 사용하는 것에 대한 대가로 큰 재앙을 내리기로 결심한다. 그리하여 그는 곧 여자를 만든다. 다음은 제우스의 지시로 여러 신들에 의해 여성이 창조되는 과정이다.

크로노스의 아들[제우스]의 지시로 명성이 자자한 앰비덱스터[헤파이스토스]는 아주 얌전하게 생긴 아가씨를 흙으로 빚었다. 눈이 흐리멍덩한 아테네 여신이 그녀에게 빛나는 흰옷을 입혔고 꾸몄다. 그녀는 그녀의 머리 위로 수놓은 베일을 씌워 주었는데 보기에 경이로웠다. 그리고 앰비덱스터가 아버지 제우스를 즐겁게 해주기 위해 자기 손으로 만든 금으로 된 화환을 그녀의 머리에 얹어주었다. 그 위에는 보기에 경이로운 많은 것이 만들어졌는데 육지와 바다에서 사는 아주 많은 생물이었다. 그가 그 모든 것들 위에 주문을 넣어 그들 중 많은 것을 놀라운 모양으로 만들어서 마치 제각각의 목소리를 지닌 실제의 생물들처럼 보이게 했다. 축복과는 대조되게 이 예쁜 골칫거리를 만들었을 때 앰비덱스터는 그녀를 다른 신들과 남자들이 있는 곳으로 데리고 갔다. . . . 그때 불멸의 신들과 남자들은 인류가 제대로 다룰 수 없는 무모한 덫을 보고 놀랐다. 왜냐하면 그녀에게서 여성이 전해 내려왔기 때문이다. 그들이 남편과 같이 살아야 할 때 그들은 인간에게 큰 고통이었다. 그들은 저주받은 가난한 자에게는 절대 적합하지 않고 부자에게만 어울렸다. 하루 종일 꿀벌들이 밖에서 흰 꿀을 만드느라 고생하는 동안 집안에 가만히 앉아 있으면서 다른 벌이 일한 것으로 배를 채우는 악의 공범자들인 수벌처럼, 제우스는 남성에 대한 재앙으로 괴력의 어려움을 야기하는 공범자들인 여성을 창조했다.

The renowned Ambidexter[Hephaestus] moulded from earth the likeness of a modest maiden, by Kronos' son's design. The pale-eyed goddess Athene dressed and adorned her in a gleaming white garment; down over her head she drew an embroidered veil, a wonder to behold; and about her head she placed a golden diadem,

which the renowned Ambidexter made with his own hands to please
Zeus the father. On it were many designs fashioned, a wonder to
behold, all the formidable creatures that the land and sea foster:
many of them he put in, charm breathing over them all, wonderful
designs, like living creatures with a voice of their own. When he
had made the pretty bane to set against a blessing, he led her out
where the other gods and men were. . . . Both immortal gods and
mortal men were seized with wonder then they saw that precipitous
trap, more than mankind can manage. For from her is descended the
female sex, a great affliction to mortals as they dwell with their
husbands — no fit partners for accursed Poverty, but only of Plenty.
As the bees in their sheltered nests feed the drones, those
conspirators in badness, and while they busy themselves all day and
every day till sundown making the white honeycomb, the drones
stay inside in the sheltered cells and pile the toil of others into their
own bellies, even so as a bane for mortal men has high-thundering
Zeus created women, conspirators in causing difficulty. (20-21)

그리스 신화에 나오는 여성 창조는 기독교 신화에 나오는 여성 창조 과
정과 여러 면에서 대조된다. 기독교 신화에서 여자는 남자의 갈비뼈 하
나로 만들어졌다. 헤지오드 신화에서 여자는 남자와는 무관하게 만들어
진다. 제우스신의 지시로 다른 신들에 의해 만들어진 존재다. 따라서 그
리스 신화에서 여성은 기독교 신화에서보다 더욱 독립적이고 주체적인
존재로 제시된다고 볼 수 있다. 그리고 기독교 신화에서 최초의 여성이
옷을 벗은 모습이었다면, 헤지오드 신화에서 여성은 화려한 옷을 입고

등장한다. 기독교 신화에서 여성은 최초의 남성이 혼자 지내는 게 좋지 않아 하나님이 그를 위해 만들었다면, 그리스 신화에서는 남성을 벌주기 위해 신이 따로 흙으로 만든 게 여성이다. 그리고 이러한 신화에 대한 헤지오드의 시각은 제우스의 이런 조치가 타당하다며 옹호하는 것이다. 프로메테우스의 교만함 때문에 제우스가 화를 냈고 그로 인해 인간이 벌을 받게 되었는데 이는 어쩔 수 없다는 것이 헤지오드의 생각이다. 그리하여 헤지오드에게 여성은 아무것도 스스로 생산해 내지 못하며 남성이 노동한 결과만 축내는, 쓸모없는 그러나 남성에게는 피할 수 없는 운명적인 존재였다.

『노동과 일상』(*Works and Days*)에서도 이러한 여성 창조론이 다시 나온다. 이 작품은 다양한 내용을 담고 있는데, 독특한 제목은 시의 두 부분을 지칭하지만 막상 그 부분은 시의 절반도 차지하지 않는다. 제목을 『헤지오드의 지혜』로 했으면 더욱 나았을 것이다. 전체적으로 이 시는 정직한 삶에 대한 충고이다. 아버지의 유산을 받아 일하지 않고 먹고 노는 시인의 형 퍼시스(Perses)와 그에게 뇌물을 받아 부당하게 그만을 예뻐하는 왕과 귀족들을 겨냥한 시이다. 이 교훈시에서 헤지오드는 이들에게 부지런히 노동하며 사는 근면한 삶을 충고한다. 그는 왜 인간이 일할 수밖에 없는지를 이 시에서 다시 설명하는데 그는 이때 프로메테우스 신화와 신들의 여성 창조 과정을 다시 도입한다. 교만한 프로메테우스 때문에 인간은 벌을 받아야 했고 제우스신이 여자를 만들어 인간에게 벌을 주게 되었으니 인간은 어쩔 수 없이 자신의 운명대로 열심히 일하며 살아야 한다고 적고 있다. 최초의 여성 이름이 판도라(Pandora)인 것과 그녀로 인한 재앙의 시작을 이 책은 다음과 같이 묘사한다.

그리하여 그가 명령하자 모두 크로노스의 아들 제우스의 말에 따랐다. 유명한 앰비덱스터는 즉각 크로노스의 아들의 지시대로 흙으로 얌전한 아가씨 같은 것을 빚어냈다. 그리고 눈이 흐리멍덩한 아테네 여신은 그녀에게 옷을 입혀 주고 치장을 해주었다. 미의 여신들과 유혹 귀부인은 그녀의 몸에 금목걸이를 걸어 주었고, 사랑스러운 머리를 한 성숙의 정령들이 봄의 꽃으로 그녀를 단장했다. 팔라스 아테네 여신은 그녀의 몸에 모든 장식을 가지런히 놓았다. 거간꾼-개 잡는 사람-은 무시무시한 제우스의 지시로 그녀의 가슴 속에 교활한 가식과 악한 본성을 넣었다. 그는 그 안에다 목소리를 넣었는데 진정 신들의 전령관인 그는 그렇게 했고 이 여자를 판도라, 즉 모든 선물이라고 불렀다. 왜냐하면 올림퍼스에 사는 모든 거주민이 이 여성에게 그들의 선물을 주었기 때문이다. . . . 이전에 남자들은 아주 힘든 노동이나 치명적인 질병을 알지 못했다. 그러나 여자가 항아리를 열자 이 모든 게 항아리에서 나왔다. 그리하여 그것들은 남자들의 근심거리가 되었다. 단지 희망만이 여자의 항아리 안에서 나오지 않았다. 왜냐하면 여자가 제우스의 섭리대로 희망이 나오지 못하도록 제때 뚜껑을 닫아 버렸기 때문이다. . . . 그리하여 수많은 근심이 인간 사이를 떠돌아다니게 되었다. 세상은 온갖 질병으로 가득 찼고 이들은 소리 없이 인간을 찾아왔다. 왜냐하면 제우스가 그들의 목소리를 없애 버렸기 때문이었다. 이렇게 해서 제우스의 목적을 피할 방도는 없었다.

So he ordered, and they all obeyed the lord Zeus son of Kronos. At once the renowned Ambidexter moulded from earth the like likeness of a modest maiden by Kronos' son's design, and the pale-eyed goddess Athene dressed and adorned her. The Graces and the lady

Temptation put necklaces of gold about her body, and the lovely haired spirits of ripeness garlanded her about with spring flowers. Pallace Athene arranged all the adornment on her body. In her breast the Go-between, the dog-killer, fashioned lies and wily pretences and a knavish nature by deep-thundering Zeus design, and he put in a voice, did the herald of the gods, and he named this woman Pandora, Allgift, because all the dwellers on Olympus made her their gift. . . . For formerly the tribes of men on earth lived remote from ills, without harsh toil and the grievous sicknesses that are deadly to men. But the woman unstopped the jar and let it all out, and brought grim cares upon mankind. Only Hope remained there inside in her secure dwelling, under the lip of the jar, and did not fly out, because the woman put the lid back in time by the providence of Zeus. . . . But for the rest, countless troubles roam among men: full of ills is the earth, and full the sea. Sicknesses visit men by day, and others by night, uninvited, bringing ill to mortals, silently, because Zeus the resourceful deprived them of voice. Thus there is no way to evade the purpose of Zeus. (39-40)

이처럼 그리스 남성들에게 여성은 남성에 대한 제우스의 징벌이었을 뿐만 아니라 세상의 모든 질병을 야기한 장본인이기도 했다. 헤지오드는 계속해서 여성을 믿는 것은 사기꾼을 믿는 것과 같다고 말하며, 결혼하게 되면 남자는 아내를 잘 가르쳐야 한다고 단단히 이른다(57-58).

이러한 그리스 남성 작가들의 여성관은 다른 곳에서도 쉽게 찾아볼 수 있다. 가령 B.C. 7세기 중엽의 시인 세모나이즈(Semonides)는 여성을 동물과 비교하여 풍자했다. 그의 시 「여성론」("An Essay on Women")은 신이 다양한 종류의 여성을 다양한 동물의 성격대로 만들었다고 주장한다. "돼지", "암여우", "암캐", "족제비", "암말", "원숭이" 등의 동물로부터 그와 유사한 성질의 여성들이 만들어졌다는 것이다. 그리하여 그에 의하면 여성은 본질적으로 동물과 같은 속성을 지닌 존재이다. 지저분하고, 못된 짓만 골라 하고, 이곳저곳 나돌아다니며, 온종일 먹는 것밖에 모르고, 변덕이 심하며, 아무하고나 간음하고, 역겹고, 못생기고, 더러운 존재이다. 따라서 이들과 함께 살아가야 하는 남성에게 결혼은 재앙이다.

> 그들은 절대 우리 곁을 떠나려 들지 않으니
> 여성은 제우스가 내린 가장 큰 재앙이기 때문이다.
> 남편을 도와주는 척할 때조차도 결국
> 아내는 아무런 도움이 안 된다.
> 아내와 한 번 같이 지내봐라.
> 처음부터 끝까지 즐거운 날이 하루도 없도다.

> And they stay with us. They won't go.
> For women are the biggest single bad thing Zeus
> has made for us. Even when a wife appears to help,
> her husband finds out in the end that after all
> she didn't. No one day goes by from end to end
> enjoyable, when you have spent it with your wife.

> (*Greek Lyrics* 11)

크세노폰(Xenophon, c. 430-354 B.C.)의 『가정 경제론』(*Oeconomicus*)은 가정 내에서의 남성과 여성의 비대칭적 관계를 여실히 예증한다. 작중에서 일인칭 화자인 소크라테스(Socrates)는 이스코마커스(Ischomacus)에게 어떻게 그렇게 집안일을 신경 쓰지 않고 집 밖으로 잘 나돌아다닐 수 있게 되었는지를 묻는다. 이에 이스코마커스는 자신이 어떻게 아내를 잘 훈련해서 집안일을 잘하도록 만들었는지 그 비법을 소개한다. 따라서 소크라테스와 이스코마커스의 대화로 이루어지는 이 이야기는 주로 이스코마커스가 아내에게 들려주는 훈계와 가르침을 소개하는 데 할애된다. 그가 아내에게 강조하는 내용으로는 다음과 같은 것들이 포함된다. 결혼은 공동체의 이익을 위해서다. 가정을 잘 경영하는 것은 도시국가의 경제를 위해 중요하다. 시민 남성은 전쟁에 나가 승리해야 하는 것처럼 가정(oikos)을 잘 경영해서 도시국가에 이바지해야 한다. 여성은 집안일을 잘하도록, 그리고 남성은 바깥일에 적합하도록 만들어졌기 때문에 여성은 집 안에 머물면서 남자로 하여금 바깥일에만 신경 쓰도록 그를 밖으로 내몰아야 한다(420-23). 이러한 신의 뜻을 어기고 남자가 여자의 일을 하게 되면 사회에는 무질서가 야기되고 자기 일을 게을리한 것에 대해 남자는 신의 벌을 받게 된다. 그리고 그는 아내가 집안에서 해야 할 가장 중요한 일 중 하나가 집안의 물건들을 군대식으로 아주 잘 정리해 놓는 것이라고 훈계한다.

그의 아내는 물건을 찾는 남편 앞에서 그 물건의 위치를 잘 몰라 항상 쩔쩔맨다. 그녀는 마치 죄를 지은 것처럼 머리를 숙이고 얼굴을 붉히며 남편 앞에 서 있을 뿐이다. 그리하여 남편의 훈계가 시작된다. "인간에게는 질서만큼 편리하고 유익한 게 없다"(429). 군대에서 빌려온 예를 들기도 한다. "잘 도열된 군대는 아군에게는 훌륭하지만 적들에게는 기분 나쁜 광경이다"(431). 독자는 그녀의 애처로운 운명을 동정하게 된다. 이스코마커스의 아내는 곧 현실 속 크세노폰의 아내인 필리아 (Phelia)이다. 그리고 이스코마커스는 전쟁터에서 막 돌아와 고향 실러스 (Scillus)에서 행복한 삶을 살아가고 있는 크세노폰 자신일 것이다 ("Introduction" xxvi). 당시 경제적 궁핍은 모든 가정의 현실이었고, 이를 타개하기 위해서는 가정 내 불평등과 폭력이 불가피하다고 받아들여졌다. 정치적 평등이 보장되는 공적 영역과는 별개로 가장은 폭군처럼 아내와 노예, 자녀들 위에 군림했다. 그리하여 일찍이 아테네 도시국가만큼 공적인 영역과 사적인 영역이 분리된 적이 없었다(Arendt 30-37).[2]

그리스 시대의 가부장제가 완전히 자리 잡은 시점으로 학자들은 B.C. 5세기경을 점친다. B.C. 6세기에서 B.C. 5세기로 넘어오는 동안 남성다움과 용기, 절제 등의 가치는 더욱 중요해졌다. 이 시점을 통해 여성은 공적 영역의 밖에 머물게 되고 도시국가에서 철저히 배제되었다. 다른 한편으로 남성은 집안의 우두머리로 여성을 지배하게 되었고 공적 영역에서 자신의 입지를 강화했다. 트로이 전쟁은 이러한 가부장제 사회로의 변화를 촉진시켰으며, 호머의 시들은 이러한 역사적 변화를 기록했다고 볼 수 있다. 이 무렵 남성다움은 체제 유지를 위해 반드시 필요한 덕목이었고, 여성다움은 민주주의 체제를 위험에 빠뜨릴 수 있는 것으로

---

2) Hannah Arendt, *The Human Condition* (Chicago: U of Chicago P, 1958), II 부 "The Public and the Private Realm"을 참조할 것. 여기서 아렌트는 그리스 시대의 공적인 삶과 사적인 삶의 엄격한 구분이 근대로 오면서 붕괴되었고, 근대로 오면서 등장한 사적인 사회의 등장은 공적인 삶과 사적인 삶의 구분을 더 이상 불가능하게 만들었을 뿐만 아니라 그리스 시대의 공적인 영역에서 찾아볼 수 있었던 정치적 자유나 평등은 더 이상 그 어느 곳에도 존재하지 않게 되었다고 말한다.

간주되었다. 무엇보다도 전쟁에서의 용기와 국가를 위해 목숨을 아끼지 않는 충성심이 남자 시민에게 요구되었다. 가령 투키디데스(c. 460-395)의 『펠로폰네스 전쟁』(*The Peloponnesian War*) 2권에 나오는 「페리클레스의 장례 연설」("Pericles' Funeral Oration")은 이러한 아테네 사람들의 공적 가치에 대한 찬미로 가득하다. 아테네 사람들은 전쟁터에서 가장 먼저 죽은 자들의 장례식을 성대하게 치러 주었는데, 이 자리에서 도시국가의 대표자는 그들의 용기와 나라에 대한 충성심을 높이 기리는 연설을 했다. 그러나 페리클레스의 연설문에서 여성의 자리는 없다. 그들은 단지 집안에서 남성들을 즐겁게 해주며 그들의 염려를 몰아내는 예쁘고 우아한 존재로만 잠깐 비칠 뿐이다. 남성들이 바깥 세계에서 그들의 남성다움으로 공적을 세우는 동안 여성은 집안에서 그들에게 정신적인 안식처를 제공함으로써 그들이 공적 영역에서 더욱 빛을 발하게 하는 보조자로서만 존재해야 했다(34).

III

그리스 여성 시인 사포(Sappho)의 시 세계로 오면 그리스의 남성 시인들과는 아주 다른 시 세계를 접하게 된다. 헤지오드의 시와는 달리 그녀의 시에서는 결혼이 여성에게 저주가 아니라 축복으로 묘사된다. 또한 신들은 인간을 응징하는 존재가 아니라 친구처럼 도와준다. 사포는 문제가 있을 때마다 신들에게 탄원하며, 아프로디테(Aphrodite) 여신은 그녀의 탄원에 매번 응답한다. 또한 그녀의 시에서는 호머의 시와는 다르게 에로스가 전쟁보다 더욱 중요하다. 호머가 전쟁 등 외부적인 큰 사건 묘사에 비중을 두었다면, 사포는 두 사람 사이의 긴밀한 사적 관계 묘사에 치중했다. 무엇보다도 사포는 한 여성이 다른 여성을 그리워하는 여성 간의 관능적인 관계들을 많이 다루었다. 따라서 그녀의 시에는 다른 여성에 대한 갈망을 나타내는 "나는 원해", "나는 갈망해" 등의 표현이 많다.

　　사포는 B.C. 620-550년경에 살았으리라고 추정된다. 그녀의 삶과 그녀의 사회에 대해서는 별로 알려진 바가 없다. 단지 그 사회가 아테네 도시국가와는 아주 달랐으리라는 점은 분명하다(*Greek Lyrics* 38). 그녀가 태어난 섬 레스보스(Lesbos)[3]는 아테네 동쪽으로부터 멀리 떨어져 자리 잡고 있었다. 그녀가 태어난 항구도시 미티렌(Mitylene)은 북아프리카에서 건너온 아마존 여인들에 의해 건설되었다. 그곳에서 아마존 여인들은 미리나(Myrina)라는 여성 지도자를 중심으로 외부와는 동떨어진 채 그들만의 문화를 형성한다. 이로부터 약 600년 뒤 사포가 이곳에서 태어났고 이 섬에 전해 내려오던 여성 중심 문화가 사포의 시 배경이 되었으리라는 게 정설이다. 이러한 주장에 의하면 사포가 시작 활동을 하기 이전에 이미 수많은 여성 시인이 시작 활동을 하고 있었다. 즉 사포는 최초의 위대한 여성 시인이라기보다 위대한 모계사회의 마지막 시인이자 오늘날까지 시적 파편들이 남아있는 당시의 유일한 시인으로 간주되어야 한다. 사실 사포의 시에 나오는 여성 간의 유대는 모계사회의 전통에서나 가능한 것이다. 그리스의 가부장제 사회는 B.C. 5세기경에 자리 잡았고, 이 과정에서 오랜 전통의 여성 중심 문화가 와해되었으리라고 추정된다. 그녀가 작품 활동을 한 것은 이로부터 1-2세기 이전이었고, 이러한 시간적인 간격이 사포의 시를 가능하게 했다고 볼 수 있다

---

3) 여성 동성애자를 뜻하는 Lesbian은 이 섬 이름에서 유래했다.

(Grahn 4-5).

　사포는 결코 이성애를 폄하하지 않는다. 그녀는 결혼 축시들을 썼고, 그녀 자신에게 클레이스(Kleis)라는 딸이 있었다.4) 또한 그녀는 이성애적 사랑과 비교해서 레즈비언 사랑을 부정적으로 묘사하지도 않았다. 그녀는 이성애와 마찬가지로 여성 간의 동성애적 감정을 자연스럽게 드러냈고, 그에 대해 죄의식을 느끼지 않았다. 이는 이러한 여성 간의 관계를 그녀의 사회가 자연스럽고 정상적이라고 간주했기 때문이라고 볼 수 있다. 그녀의 사회에 의하면 여성 간의 관계도 남성과의 관계만큼이나 삶에 필요한 것이다(*Sappho's Lyre* 14). 당시 귀족 여성들은 노동할 필요가 없었고 교육도 받았으며 결혼하기 전에 자기들끼리 교제할 자유가 충분히 주어졌다. 레스보스 남성들이 정치 행위에 관여하는 동안 귀족 여성들은 그들만의 자유로운 교제의 기회를 즐겼다. 사포는 귀족 출신이었고, 많은 여성과 교류했다. 여성들은 그녀의 시에 귀를 기울였으며 사포는 이들 그룹 중의 한 멤버였다. 그녀의 시에서 여성들은 서로 분리되어 있지 않았다. 그들은 서로를 그리워하고 갈망했다.

---

4) 이러한 설을 뒷받침하는 것은 그의 시에 나오는 "pais"와 "paidos"라는 단어인데, 이 단어가 반드시 "자식"을 뜻하지 않고 "노예"나 "학생"을 뜻할 수 있다는 주장도 있다. 원문을 보면 다음과 같다.

　　I have a child, her form
　　like golden flowers, beloved Kleis
　　whom I would not trade for all of Lydia
　　or lovely . . . (*Sappho's Lyre* 45)

화려한 왕좌에 앉아있는, 불멸의, 오 아프로디테여,
제우스의 딸이여, 마법을 만드는 자여, 당신께 간청하오니
나의 정신을 슬픔과 처참함으로
짓이겨 놓지 마소서, 오 여신이여,
‥‥‥‥
은총의 여신인 그대는
불멸의 아름다움으로 내게 미소 지으며
이번엔 어떤 고통이 내게 있는 건지
왜 내가 당신을 불렀는지를 물었지요

상한 내 가슴에
무슨 일이 일어나길 가장 바라는지를.
"그렇다면 이번엔 누구를 설득해서
그대 가슴의 욕망에 답하도록 해줄까?
사포, 누가 널 괴롭히고 있지?

그녀가 달아나고 있으면 널 쫓게 해줄게.
그녀가 선물을 받지 않으면 선물을 네게 주도록 해볼게.
그녀가 사랑하지 않으면 곧 그녀가 마지못해서라도
사랑하도록 만들어 볼게."

신이여, 그런 모습으로 한번만 더 내게 와주오
날 의심과 슬픔에서 벗어나게 해주오
나의 심장이 갈망하는 것을 채워 주소서.
오셔서 내 곁에 있어 주오

Throned in splendor, deathless, O Aphrodite,
child of Zeus, charm-fashioner, I entreat you
not with griefs and bitternesses to break my
    spirit, O goddess;
. . . . . .
and you, blessed lady,
smiling on me out of immortal beauty,
asked me what affliction was on me, why I
    called thus upon you,

what beyond all else I would have befall my
tortured heart: "Whom then would you have Per-
    suasion
force to serve desire in your heart? Who is it,
    Sappho, that hurt you?

Though she now escape you, she soon will follow;
though she take not gifts from you, she will give
    them:
though she love not, yet she will surely love you
    even unwilling."

In such guise come even again and set me
free from doubt and sorrow; accomplish all those
things my heart desires to be done; appear and

stand at my shoulder. (*Greek Lyrics* 38-39)

고대 그리스 사람들은 성적 욕망을 인간의 자연스러운 욕구로 보아 그것을 금기시하지 않았다. 정신, 혹은 영혼 등의 개념보다는 육체의 개념을 중시했던 그들은 인간의 아름다운 육체를 보고 찬미하고 갈망하는 것을 인간 본연의 욕구로 보았다. 사포는 인간의 아름다운 육체를 찬미하는 데 인색하지 않았다. 그녀의 시에서는 남성에 대한 여성의 감정과 여성에 대한 여성의 감정 사이에 차이가 없다. 그녀의 시에는 여성이 한 남성을 강렬히 사랑하는 것과 여성이 다른 여성을 사모하는 것 사이에 차이가 없다. 사포는 둘 다 미를 추구한다는 점에서 공통된다고 본 듯하다. 다음은 아름다운 여성 아낙토리아(Anactoria)에 대한 사포의 사랑의 감정이다.

어떤 이는 기마대가, 어떤 이는 보병대가
또 어떤 이는 함선이 이 세상에서 가장
사랑스럽다고 말한다. 그러나 나는 말한다.
가장 사랑스러운 것은 내가 사랑하는 사람이라고

이를 이해하기란 어렵지 않으니
이 세상에서 가장 아름다운 여성
헬렌은 최고의 남편을 남겨두고
트로이로 건너갔다

[그녀는] 사랑하는 자식이나 부모 생각은
한 번도 하지 않았다 . . .

갑자기 먼 데 있는 아낙토리아가
그립구나.

리디아 왕국의 마차 행렬이나 군대보다도
그녀의 예쁜 걸음걸이와 빛나는 얼굴의 광채를
내 눈앞에서
한번 보고 싶구나.

Some there are who say that the fairest thing seen
on the black earth is an array of horsemen;
some, men marching; some would say ships; but I say
       she whom one loves best

is the loveliest. Light were the work to make this
plain to all, since she, who surpassed in beauty
all mortality, Helen, once forsaking
       her lordly husband,

fled away to Troy-land across the water.
Not the thought of child nor beloved parents
was remembered . . .

remembering Anaktoria
       who has gone from me

and whose lovely walk and the shinging pallor

of her face I would rather see before my

eyes than Lydia's chariots in all their glory

　　amored for battle. (*Greek Lyrics* 40)

그리스의 아름다운 여성 헬렌(Helen)은 그녀의 남편이자 늙은 왕이었던 메네로스(Menelaus)를 버리고 트로이의 젊고 아름다운 왕자 패리스(Paris)를 택했다. 따라서 사포의 시에서 그녀는 스스로가 아름다운 여성이었을 뿐만 아니라 아름다운 남성을 사랑할 줄 아는 여성으로 묘사된다. 즉 그녀는 미를 적극적으로 추구할 줄 아는 여성이었다. 이로써 헬렌은 사포의 시에서 사랑의 적극적인 주체가 된다. 그리스 남성 작가에게 있어 헬렌은 트로이 전쟁을 유발시킨 인물로서 종종 풍자나 비난의 대상으로 그려졌다. 그러나 사포의 시에서 헬렌은 아름다운 여성이었을 뿐만 아니라 자신의 욕망에도 충실한 정열적인 여성으로 묘사된다. 그러다 갑자기 시에 성별의 변화가 나타난다. 사포는 과거에 헬렌이 패리스를 사랑한 것과 자신이 지금 아낙토리아를 사랑하는 것을 동일화한다. 그리고 아낙토리아의 아름다움이 전쟁에서의 그 어떤 전리품보다 더욱 아름다운 것임을 분명히 함으로써 트로이 전쟁에 대한 남성 작가들(특히 호머)의 시각을 수정한다. 이런 식으로 사포의 시에서는 여성 간의 극도의 개인적인 감정들이 아주 거대한 규모와 화려함으로 다루어진다.

　사포의 시는 풍요롭다. 그녀는 자주 사랑과 아름다움, 우아함, 지성, 다정다감함 등을 노래했다. 그녀의 시는 자줏빛과 황금빛, 태양, 바이올렛과 장미꽃, 신전, 사슴, 작은 숲, 신들에 관한 이야기로 가득하다. 그녀가 시를 쓴 아름다운 레스보스섬은 이 모든 것을 지니고 있었다. 그러나 그녀가 묘사하는 세계가 항상 완벽하게 목가적이고 고통 없는 환상적인 세계는 아니었다. 그녀의 시에는 별리의 슬픔과 고통도 있었다. 여자 친구와의 결별의 아픔을 그녀는 다음과 같이 노래한다.

"죽고만 싶어"
울며 그녀가 떠났지
그리곤 다음과 같이 말했지
"너무 괴로워
사포, 가고 싶지 않은데
가야만 해"
그래 내가 대답했지, 잘 가
그리고 날 기억해 줘
우리가 널 얼마나 사랑했는지 알 거야
모른다면 우리가 공유한 시간들을 기억해 보라고 말해주고 싶어

"I simply wish to die."
Weeping she left me
and said this too:
"We've suffered terribly
Sappho I leave you against my will."
I answered, go happily
and remember me,
you know how we cared for you,
if not, let me remind you
. . . the lovely times we shared. (*Sappho's Lyre* 60)

이처럼 사포의 시에서 여성들의 관계가 중요하다. 그것은 결코 부수적으로 다루어지지 않는다. 여기서 여성들은 결코 주변적인 존재가 아니라 스스로 느끼고 생각하고 사랑하고 슬퍼할 줄 아는 능동적인 인간으로 묘사된다. 이러한 사포의 세계와 여성 간의 깊은 결속은 B.C. 5세기에 여성 중심에서 남성 중심 세계로의 변화가 심화되면서 거의 다 사라지게 되었다. 새로운 세계는 남성적이었으며 또한 물질적이었고 사포의 여러 신들은 유일신 혹은 무신으로 대체되었다. 사포의 대부분의 시와 많은 고대 여성의 모든 작품, 그리고 많은 유럽 여성 작가의 작품들이 불에 타 없어졌다는 사실은 서양 역사에서 여성들의 목소리가 지워졌음을 의미한다. 단지 기적적으로 레스보스의 사포의 시들만 단편적으로 남게 되었다. 9,000행으로 된 9권 이상의 책 중 겨우 900행 가량만 남아 있다(*Sappho's Lyre* 2).

IV

이 글에서는 고대 그리스 시대의 젠더와 섹슈얼리티를 아테네 남성 작가들의 작품과 사포의 시를 통해서 각각 살펴보았다. 아테네 도시국가는 정치 사회 내 소수의 엘리트 계층이 권력을 독점하던 시대였다. 젠더와 섹슈얼리티 역시 그것을 반영했고 그 축소판이었다. 아테네 도시국가는 항상 이웃 나라들과의 전쟁에 대비해야 했고, 따라서 남성다움과 용기, 절제의 덕목들을 강조했다. 반대로 여성다움은 도시국가를 위협한다고 보았다. 그리하여 이 시대에 여성 혐오 사상과 여성 비하가 팽배했다. 여성은 남성을 벌주기 위해 창조되었고 남성이 노동한 결과만 축내는 쓸모없는 존재로 묘사되곤 했다. 따라서 이들과 같이 살아야 하는 결혼은 남성에게는 피할 수 없는 재앙이었다. 트로이 전쟁을 기점으로 가부장제가 확고하게 자리 잡았고, 남성은 공적 영역에서 우위를 차지했다. 공적 영역에서 배제된 여성은 가정의 수장인 남편의 지배하에 놓였다. 솔론(Solon)의 법이 모든 시민에게 평등하게 적용되었던 공적 영역과는 대조적으로 사적 영역에서는 불평등과 폭력이 만연했다. 이러한 그리스 시대의 가부장제와 남근숭배주의가 그리스 남성 작가들의 글에 잘 드러났다.

한편 그리스 남성 작가들과는 달리 사포의 시에서는 결혼이 축복으로 묘사되며 에로스가 전쟁보다 더욱 중요한 가치로 등장한다. 여성은 사랑의 적극적인 주체가 되어 아름다운 남성을 사랑할 줄 알 뿐만 아니라 자신의 욕망에도 충실한 열정적인 존재로 등장했다. 특히 여성 간의 관능적인 관계가 생생하게 묘사되며 동성애적 감정이 죄의식 없이 표현되었다. 사포의 세계는 가부장제가 완전히 자리 잡은 시점인 B.C. 5세기 이전의 모계사회가 배경이었기 때문으로 추정했다.

이러한 그리스 문헌과 문학에 드러난 젠더와 섹슈얼리티 개념은 19세기 후반부터 획일화로 치닫는 빅토리아조 문화에 활력을 불어넣어 줄 하나의 대안으로 대두했다. 그리하여 세기말의 "예술을 위한 예술"이라는 탐미주의 문학과 20세기 초엽의 모더니즘 문학의 형성에 큰 영향을 끼쳤다. 나아가 20세기 후반의 페미니즘 비평과 해체주의와 구조주의 비평에도 적지 않은 영향을 주었다.

| 인용 문헌 |

Arendt, Hannah. *The Human Condition*. Chicago: U of Chicago P, 1958.

Butler, Judith. *Gender Trouble: Feminism and the Subversion of Identity*. New York: Routledge, 1999.

Derrida, Jacques. *Spurs: Nietzsche's Styles*. Chicago: U of Chicago P, 1978.

Dover, K. T. *Greek Homosexuality*. Cambridge: Harvard UP, 1979.

Foucault, Michel. *The History of Sexuality, Volume I: An Introduction*. New York: Vintage Books, 1990.

Gilbert, Sandra M. and Susan Gubar. "Cross-Dressing and Re-Dressing: Transvetism as Metaphor." *No Man's Land: The Place of the Woman Writer in the Twentieth Century: Vol. 2: Sexchanges*. New Haven and London: Yale UP, 1989. 324-76.

Grahn, Judy. *The Highest Apple*. Spinsters Ink. 1985.

Halperin, David M. "Is There a History of Sexuality?" *History and Theory* 28.3 (1989): 257-74.

---. *One Hundred Years of Homosexuality*. New York: Routledge, 1990.

Hesiod. *Theogony & Works and Days*. Tr. & Intro. M. L. West. Oxford: Oxford UP, 1988.

Sappho. "Sappho." *Greek Lyrics*. Tr. Richmond Lattimore. Chicago: U of Chicago P, 1960. 38-42.

---. "Sappho." *Sappho's Lyre: Archaic Lyric and Women Poets of Ancient Greece*. Tr. with Introductions and Notes. Diane J. Rayor. Berkeley: U of California P, 1991. 51-81.

Schor, Naomi. "Dreaming Dissymmetry: Barths, Foucault, and Sexual Difference." *Men in Feminism*. Ed. Alice Jardine & Paul Smith. New York: Methuen, 1987. 98-110.

Semonides. "Semonides." *Greek Lyrics*. Tr. Richmond Lattimore. Chicago: U of Chicago P, 1960. 8-12.

Thucydides. *The Peloponnesian War*. Tr. Walter Blanco. New York: W. W. Norton & Company, 1998.

West, M. L. "Introduction." *Theogony & Works and Days*. Oxford: Oxford UP, 1988.

Winkler, John J. *Constraints of Desire: The Anthropology of Sex and Gender in Ancient Greece*. New York: Routledge, 1990.

Woolf, Virginia. *Orlando*. Oxford: Oxford UP, 1992.

Xenophon. *Oeconomicus*. *Xenophon IV: Memorabilia, Oeconomicus, Symposium, Apology*. Tr. E. C. Marchant & O. J. Todd. Cambridge: Harvard UP, 1923. 363-525.

2

'불튼 앤 파크' 사건(1870-71)

■ ■

I

　1895년 오스카 와일드(Oscar Wilde) 재판의 악명 높은 판결이 입증하듯이 빅토리아조는 그 어느 때보다도 국가에 의한 개인의 섹슈얼리티 규제가 강화된 기간으로 평가받는다. 일반적으로 그 규제의 출발점을 1885년 "형사법 개정안 11조"(Criminal Law Amendment Act Section 11)에서 찾지만, 이 글에서는 그 시점을 빅토리아조 중기의 큰 섹스 스캔들인 '불튼 앤 파크'(Boulton and Park) 사건 분석을 통해 1870년으로 거슬러 내려가서 1885년 훨씬 이전에도 그와 같은 움직임이 이미 있었다는 사실에 주목하고자 한다. 국가가 개인의 도덕적 과오를 응징하는 기능을 담당한 것은 1698년 윌리엄(William) 3세가 인구과밀로 런던에 무질서가 횡행한다고 보아 "부도덕과 음란을 방지하고 처벌하기 위한 선언문"을 발표하면서부터였다(Bristow 12). 이 무렵 결성된 「기독교 지식을 진척시키기 위한 협회」("Society for Promoting Christian

Knowledge")는 런던 내 풍습의 교화를 주도했다. 브리스토우(Edward J. Bristow)에 따르면 1690년대, 18세기 말부터 19세기 초엽 사이, 1880년대, 그리고 20세기 초엽 등 모두 네 차례에 걸쳐 영국에서 사회적 반악 운동이 전개되었는데, 이를 기독교 부흥 운동의 영향으로 본다(2). 매춘에 대한 국가 규제는 1860년대에 적극적으로 전개되었다. 1864년, 1866년, 1869년 세 차례에 걸쳐 "전염병 법안"(Contagious Diseases Acts)을 통과시켜 주로 해군들이 주둔하는 항구도시를 중심으로 경찰이 창녀로 의심되는 거리 여성들을 마음대로 체포, 구금하여 최고 6개월까지 의학적 조사를 벌일 수 있도록 허가했다. 그러나 남성들의 성적 방종은 묵인하고 몸을 파는 여성만을 규제하는 이 법령은 페미니스트들 사이에서 강한 반발을 일으켜 1880년대에 폐지되었다.

한편 남자 매춘의 경우 남자 동성애자들을 상대로 한 매춘을 의미함으로, 그에 대한 규제는 남자 동성애자에 대한 법적 규제와 관련하게 된다. 1885년 이전만 해도 남자 동성애자를 규제하는 포괄적인 법이 따로 없었다.1) 이와 관련된 유일한 법은 버거리(buggery) 혹은 소도미와

---

1) 주지하다시피 소도미(sodomy)에 대한 부정적인 견해는 성경에서 출발한다. "누구든지 여인과 동침하듯 남자와 동침하면 둘 다 가증한 일을 행함인즉 반드시 죽일지니 자기의 피가 자기에게로 돌아가리라"(레위기 2: 13). 하나님의 법을 어긴 소돔(Sodom) 땅의 독특한 죄로서의 소도미 개념은 초대교회에서도 받아들여졌는데, 영국에서는 9세기 말 알프레드 대왕(Alfred the Great)에 의해 받아들여졌다. 그러다 1533년 헨리(Henry) 8세 때 버거리(buggery) 법령이 만들어졌다. 헨리 8세의 법령 25조 6항은 "남자 혹은 동물과 범한 가증스럽고 혐오스러운 버거리 악"을 사형에 처하고 재산 손실을 당할 중죄(felony)로 선언했다. 버거리란 단어는 이처럼 헨리 8세 때 최초로 법령의 주어로 등장한다. "버거리 혹은 소도미에 대해" 상세한 기술이 처음 등장한 것은 1628년 완성된

관련된 것이었다. 항문 섹스를 의미하는 이 행위는 "혐오스러운 범죄"로 규정되어 발각될 경우 1533년부터 사형이 구형되었다가 1861년 법령 (Offences Against the Person Act)에 의거해 버거리를 범하면 종신형 혹은 법원의 재량으로 10년 이상의 징역형에 처해지거나, 버거리 미수의 경우에는 최대 10년 형에 처하도록 하는 등 그 처벌이 완화되었다. 그러나 사정과 삽입의 증거가 있어야만 처벌할 수 있도록 한 1781년 법령 때문에 버거리 혹은 소도미에 대한 처벌은 18세기 후반부터는 사실상 어려워졌다. 그 뒤 삽입의 증거만 있으면 처벌할 수 있도록 하는 1828년 법령이 새로 생겨났지만, 여전히 증거 확보가 어려워 실제로 이 죄로 인해 처벌받은 숫자는 그리 많지 않았다.

그러다 남자 동성애자들에 대한 국가 규제는 1885년 "형사법 개정안 11조"를 통해 기시화되었다. 1885년 7월 『폴 몰 가제트』(*Pall Mall Gazette*)의 편집장이었던 W. T. 스테드(W. T. Stead)는 「근대적인 바빌론의 처녀 공물」("Maiden Tribute of Modern Babylon")이라는 연재 기사를 통해 어떻게 나이 어린 순진한 소녀가 사창가에 팔려 가고 결국 파멸되어 가는지를 폭로했고, 실제 현장 체험을 통해 보고된 이 기사는 당시 폭발적인 반응을 불러일으켰다. 결국 국가는 나이 어린 하층민 소녀들의 희생을 더 이상 방관할 수 없어 1885년 "형사법 개정안"을 제정

에드워드 코크 경(Sir Edward Coke)의 『법전』(*Institutes*) 3부에서였다. 다음은 코크 경의 설명이다. "헨리 8세의 25조는 그것을 중죄로 다루고 따라서 중죄의 판결은 죽을 때까지 목을 졸라 죽이는 것이다. 이 25조의 서문을 읽은 자는 우리의 과거 [법률] 저자들의 논의가 얼마나 필요한 것인지를 알게 될 것이다." 즉 이전에 교회에서 다스려지던 "죄"(sin)가 1533년 법령 25조 6항에 의거해 이때부터 국가의 법으로 다스려지는 "범죄"(crime)가 되었다. 그리고 이 법은 영국에서 거의 3세기 동안 존속되었다(Hyde 1970, 29-39).

하여 성관계에 대한 소녀의 승낙 나이를 13세에서 16세로 높여 소녀들을 타락한 돈 많은 남성들로부터 보호하고자 했다(Mallett 186-87). 그런데 애초에 하층민 소녀들을 매춘으로부터 보호할 목적으로 입안되었던 이 1885년 "형사법 개정안"에 우연히 남성 간 동성애자들에 대한 처벌 조항이 끼어들었다. 헨리 라부세르(Henry Labouchere)라는 국회의원에 의해 급히 만들어졌다고 해서 "라부세르 법안"이라고도 불리는 이 1885년 "형사법 개정안 11조"는 버거리 혹은 소도미에 직접 해당되지 않는 다른 행위들조차도 불법화함으로써 동성애자에 대한 처벌 범위를 확대했고, 그들에 대한 처벌을 더욱 용이하게 만들었다. 보통 남성 간의 육체적 관계는 애무와 포옹, 그리고 키스로 시작해서 상호 간의 자위행위가 있고 이후 알몸 밀착, 구강성교가 뒤따르는데, 이 법안은 이러한 행위들을 모두 "추잡한 부적절한 행위들"(acts of gross indecency)로 규정하여 범법자는 최고 2년의 감금과 중노동에 처하는 형사처벌을 받도록 했다. 즉 형사처벌이 항문 섹스에만 국한되지 않고 폭넓게 적용되게 만들었다. 이 법안은 1886년 1월 1일부터 발효되었다(Hyde 1970, 7-8).[2]

---

2) 이 법안은 1861년 법령과 함께 동성애자를 실제적으로 규제하는 19세기 후반의 주요한 두 법으로 작용했고, 두 법은 1967년이 되어서야 폐지되었다. 두 성인 사이에 사적으로 행해진 모든 동성애적 행위가 그 성격이 어떠하든지 간에 처벌 대상이 되지 않게 된 것은 "형사법 개정안 11조"가 제정되고 난 후 거의 80년이 지난 뒤에 제정된 1967년 법령(Sexual Offences Act)에 의해서였는데, 이 법령에 의해 비로소 쌍방이 21세보다 많고 그 행위가 사적으로 행해지기만 하면 더 이상 범죄가 되지 않게 되었다. 이에 앞서 1954년 8월부터 당시 레딩(Reading) 대학의 부총장으로 있던 존 월펜든 경(Sir John Wolfenden)을 의장으로 하는 위원회가 정부에 의해 만들어져서 이 "형사법 개정안 11조"를 변경하는 것에 대한 논의가 시작되었다. 그러다 1957년 9월 3일 월펜든 위원회는

라부세르가 이러한 남성 간 동성애자에 대한 처벌 항목을 따로 만들어 "형사법 개정안"에 끼어 넣도록 만든 것은 그가 애초의 법안 추진자였던 스테드로부터 런던에 남자 매춘이 성행하고 있다는 말을 전해 듣게 된 데 따른 급작스러운 결정이었다고 한다(Weeks 199). 여자 매춘을 다룬 법안과 달리 이 라부세르 법안은 나이 어린 남창의 나이 제한에 대한 언급도 전혀 없었고, 성인 남성 간의 상호 동의하에 이루어지는 사적인 행위까지도 문제 삼는 것이었기 때문에 이후 동성애자들이 많은 협박과 공갈에 시달리게 되는 공포의 법령이 되어 "공갈협박범의 헌장"(blackmailer's charter)으로 불리기도 했다. 그리하여 이 법령 제정으로 인해 남자 동성애자들과 이들을 상대로 호객행위를 벌이던 남창들의 활약은 1885년 이후 더욱 위축되었다.

이 글에서는 1885년 리부세르 법안이 제정되기 훨씬 이전의 사건인 1870-71년 '불튼 앤 파크' 스캔들의 분석을 통해 1870년대 런던의 남자 매춘 현황과 개인의 섹슈얼리티에 대한 국가 규제에 대해 알아보고자 한다. 특히 여기에서는 빅토리아조 중기에 이미 개인의 섹슈얼리티가 국가에 의해 통제되었다는 전제하에 호모 섹슈얼리티에 대한 국가 규제가 1885년 라부세르 법안 제정의 훨씬 이전인 1870년대 초반에 이미 그러했다는 사실을 부각시키고자 한다.

서로 동의한 두 사람이 단지 그들의 동성애적 행위가 어떤 특정한 형태를 갖는다고 해서 종신형에 처하고, 또 그 행위가 "평범한 사람들에게는 여전히 혐오스러울" 수 있는 또 다른 형태를 취하게 된다고 하여 2년간 수감되도록 처벌하는 것은 우스꽝스럽다고 판단하기에 이르렀다. 그리하여 이제 법률가들은 소도미 혹은 버거리를 분리된 범죄로 유지할 결정적인 이유가 없다고 보게 되었다(Hyde 1970, 9).

II

영국에서의 동성애는 공립학교에 그 기원을 둔다. 그곳에서 동성애는 오래전부터 은밀히 묵인되었다. 와일드 재판 당시 스테드는 다음과 같이 말했다. "와일드와 같은 죄를 범한 모든 사람을 감옥에 넣는다고 하면 이튼(Eton), 해로우(Harrow), 럭비(Rugby), 윈체스터(Winchester)로부터 펜튼빌(Pentonville)과 할러웨이(Holloway) 감옥으로의 아주 놀랄만한 이주가 있게 될 것이다." 17세기에는 동성애가 궁정에서 유행했다. 제임스(James) 1세와 윌리엄(William) 3세는 둘 다 동성애자였다. 그리고 찰스(Charles) 2세 때 왕의 방탕한 친구인 윌못(John Wilmot)은 동성애를 찬양하는 연극 『소돔 혹은 방탕함의 진수』(*Sodom: or The Quintessence of Debauchery*, 1684)를 써서 왕과 조신들 앞에서 공연했다. 18세기에는 산문으로 된 첫 동성애자 문학인 『패니 힐』(*Fanny Hill*, 1748)이 등장했고, 19세기에는 소도미를 적극적으로 옹호하는 시 『돈 리온』(*Don Leon*, 1866)이 출판되기도 했다(Hyde 1964, 136-39).

그리하여 런던 내 동성애자 사교 클럽은 상식적이었다. 18세기 초엽 런던에는 일명 '몰리 클럽'(Molly Clubs)이 이미 존재했다. 남자 동성애자들이 그곳으로 몰려들었고, 거기에는 여장한 남창들이 있었다. 이들은 이러한 모임을 통해 서로 '결혼'과 '출산'을 흉내 냈다. 남창들은 대부분 하층민 출신이었고, 이 당시만 해도 이들은 지하 세계에서 은밀히 움직였다. 이러한 클럽의 운영을 맡았던 후원자들은 발각되기만 하면 엄벌에 처해지곤 했는데, 1726년 한 경관은 "마더 클랩스 몰리 하우스"(Mother Clap's Molly House)에서 성애 행각을 벌이고 있던 수십 명의 동성애자들을 모두 고발했다. 이때 재판은 이들에게 아주 가혹한 처벌을 내렸다. "[세] 명은 티번에서 교수형에 처해졌고, 두 명의 남자와 두 명의 여자는 형틀에 채워졌고 벌금을 냈으며 투옥되었고, 한 명은 감옥에서 죽었고, 한 명은 무죄선고를 받아 석방되었으며, 한 명은 집행유예를 받았고, 다수의 사람에게는 숨어 지내도록 강제 조처가 취해졌다"(Kaplan 2005, 20).

이와 비슷한 스캔들로 1810년 '비어 스트리트 일당'(Vere Street Coterie) 사건이 발생했다. 이 사건에서도 많은 사람이 현장에서 체포되었고, 8명이 소도미와 소도미 알선죄로 유죄 선고를 받았다. 6명은 필로리(pillory) 형벌을 받았고 2명은 교수형에 처해졌다. 이들이 출입한 비어 스트리트에 있던 당시 남창가인 흰 백조(The White Swan)의 내부 모습은 『소돔의 불사조』(*The Phoenix of Sodom*, 1813)에서 이 책의 저자 할러웨이(Robert Holloway)에 의해 다음과 같이 묘사된다.

하나의 방에 네 개의 침대가 놓여 있었다. 또 다른 방에는 여성용 의상실이 꾸며져 있었고, 거기에는 화장실이 달려 있었으며, 루즈 등의 물건이 있었고, 세 번째 방은 예배당으로 불렸다. 그곳에서 혼인식이 열렸고, 6피트 키의 여자 병사와 작은 주인 사이의 결혼식이 가끔 열렸다. 신부 들러리와 신랑 들러리의 놀림을 받으며 식은 엄숙한 의식의 형태로 진행되었다. 결혼식은 종종 둘, 혹은 셋, 혹은 네 쌍이 같은 방에서 서로 보는 가운데 섹스를 하는 것으로 끝났다.

Four beds were provided in one room—another was fitted up for the ladies' dressing-room, with a toilette, and every appendage of rouge, etc.,—a third room was called the Chapel, where marriages took place, sometimes between a female grenadier, six feet high, and a

petit maitre not more than half the attitude of his beloved wife!
These marriages ere solemnized with all the mockery of bridesmaids
and bridesmen; and the nuptials were frequently consummated by
two, three or four couples in the same room, and in the sight of
each other! (Hyde 1964, 135 재인용)

그러다 이들의 활동은 한동안 뜸해지는 듯했다. 남창들이 갑자기 거리로
나온 것은 1860년대부터이다. 이 무렵부터 다수의 남창가가 런던 거리
에 들어서기 시작했고, 쿼드런트(Quadrant), 플릿 스트리트(Fleet Street),
호번(Holborn), 스트랜드(Strand) 등의 거리에는 여장한 남창들이 활보
하는 모습이 자주 눈에 띄었다(Hyde 1970, 120). 이들은 지하 세계에서
은밀히 활약하던 이전의 남창들과 달리 거리를 활보하고 다녔다. 1850
년대에 이미 한 포르노 출판업자는 그의 책 『촌부의 선생』(*Yokel's
Precepter c. 1855*)에서 이들의 활약상을 이렇게 묘사한다. "런던에서
최근에 보통 마저리, 혹은 푸프라고 명명되는 이들 남자 괴물들의 증가
는 대중의 안전을 위해 알려져야 할 필요가 있게 되었다. . . . 이들이
창녀들처럼 기회를 엿보며 실제 거리를 걸어 다니고 있다는 것은 사실
이다"(Hyde 1970, 120 재인용).

1870년대에는 남창을 가리키는 말로 '메어리 앤'(Mary Ann)이라는
용어가 등장하기도 했다. 남자 매춘은 특히 군인 등 급여가 낮은 직종의
청년들에게 인기가 있었다. 그것은 이들이 신분 높은 사람들과 쉽게 어
울릴 수 있도록 해주었고 상당한 자본을 손에 넣을 수 있게 해주었으며
따라서 단순히 돈을 벌기 위해 남자 매춘을 택한 런던 주둔의 병졸들과
호위병들이 꽤 있었다. 이들은 딱히 자신이 남창이란 생각도, 자신이 동

성애자란 의식도 별로 하지 않은 채 단지 그들의 작은 봉급을 보충하기를 원했다. 시먼즈(John Addington Symonds)는 그의 회고록에서 1877년 2월 강연 차 런던에 갔다가 지인의 소개로 남창가를 방문하게 되었고, 거기서 나이 어린 군인을 알게 되어 그 청년과 여러 번 만나 사랑을 나누게 되었다고 밝히는데(Kaplan 2005, 11),[3] 이러한 흐름으로 보건대 1870년대에 이미 런던 거리에 동성애 문화가 그들만의 세계로 가시화되기 시작했다는 것을 알 수 있다.

---

3) 19세기 후반에 동성애자들이 쉽게 남창을 만나 돈을 지불하고 사랑을 나눌 수 있게 된 배경을 맷 쿡(Matt Cook)은 다음과 같이 산업화로 인한 교통의 빌딜과 관련하여 설명한다. "주로 1837년과 1876년 사이 철로의 건설은 런던을 대규모로 붕괴시켰고, 광범위한 사회적·문화적 변화를 야기했다. 공동체들이 건설 작업으로 붕괴되거나 혹은 분리되었다. 한편 철로로 새로운 교외 지역의 개발이 촉진되고 유지되었다. 직장으로의 통근은 공통적이고 특징적인 도시적 경험이 되었고, 직장과 가정을 분리시켰으며, 외지인들이 도시를 출입하면서 서로 가까워지도록 해주었다. 웨스트 엔드는 더욱 접근이 쉬워졌고, 새 점포와 극장과 음식점들이 지어져 점점 더 다양해진 고객층을 만족시켰다. 1863년부터 개발된 지하철을 포함한 새로운 교통 기반시설은 시간과 공간과 도시가 경험되는 방식을 바꾸었다"(1). 이러한 남창들과의 관계는 돈 많은 동성애자들로 하여금 관습적인 사랑에서 벗어나 일탈의 쾌락을 느낄 수 있게 해주었다며, 모리스 카플란(Morris Kaplan)은 그 성격을 다음과 같이 설명하기도 했다. "이러한 지하 세계에서 그들은 사회적 관습이나 규범과는 무관하게 젠더가 서로 횡단할 수 있는 곳, 사회적 계급이나 경제적 지위의 구속 없이 자유로운 개인 간의 만남이 가능한 곳, 두 사람 사이의 의견 일치만 있으면 그에 따라 움직이기만 하면 되는 자유로운 그들만의 사적인 공간을 발견했다"(2002, 62).

III

    빅토리아조 중반의 두 동성애자였던 어니스트 볼튼(Ernest Boulton) 과 프레데릭 윌리엄 파크(Frederick William Park)는 돈 많은 사람들이 거주하는 런던의 웨스트 엔드(West End) 지역을 창녀들 사이에서 여장한 채 여느 창녀들과 마찬가지로 활보하고 다녔는데, 그럴 때마다 남자들이 그들의 뒤를 쫓아다녔다. 이들은 여성 드레스를 입고 여성적인 분장을 하고 중산층 계급의 남자 동성애자들을 대상으로 성을 팔고자 했던 남창들이었다. 이들에게는 각각 스텔라(Stella)와 패니(Fanny)라는 여자 이름도 있었다. 대부분의 사람들은 여장한 이들을 창녀라고 생각했지 남창인 줄은 잘 알지 못했다. 그러나 남자 동성애자들의 세계에서 이렇게 하고 다니는 것은 그들만의 은밀한 암호였고 규칙이었다. 이들은 완전히 여자로 통하도록 여장을 했고, 원할 경우에만 자기들이 선택한 사람에게 남색가임을 가시화했다. 또한 간혹 충분히 남성적인 외모를 드러내 자신들을 의심하는 사람들에게는 혼동을 주기도 했다. 이들은 여자 옷을 입지 않을 때조차도 여성적인 스타일을 구가했는데 그것은 그들만의 세계에서 살아남기 위한 한 가지 방식이었다. 즉 이들은 런던에서의 자신들을 위한 공적인 공간을 만들기 위해 그들의 드레스를 사용하고자 했고 그들의 이러한 스타일을 직업화했다(Bartlett 138, 134). 스텔라의 경우에는 외모가 너무 여성적으로 매력적이어서 쫓아다니는 남자들 사이에서 인기가 꽤 높았다. 경찰은 이들의 행동을 거의 1년 이상 감시했다. 경찰은 이들이 원래는 남자인데 여자 옷을 입고 다니며 소란을 피운다고 확신하게 되었다. 마침내 경찰은 1870년 4월 28일 스트랜드 극장 (Strand Theatre)을 떠나려는 그들을 체포했다.

남자 동성애자들과 남자 매춘이 실제로 아주 가까이에 존재할 수도 있다는 사실을 대중에게 최초로 광범위하게 각인시킨 '불튼 앤 파크' 사건은 1870년 5-6월 이들에 대한 청문회가 거의 한 달간 열리면서, 그리고 이듬해 봄인 1871년 5월 고등법원(Queen's Bench)에서 그들에 대한 재판이 열리기까지 언론의 집중적인 조명을 받았다.4) 당시만 해도 일반 대중은 치마 입은 남자들이 거리를 누비는 것이 남창들의 호객행위라고는 생각하지 못했다. 그럴 정도로 남자 동성애자와 남창의 존재가 일반인들에게는 잘 알려지지 않은 때였다. 이들에 대한 청문회가 수차례 열렸는데 여장한 이들의 모습을 보기 위해 법정으로 수많은 인파가 몰렸다. 처음에는 여장한 채 나타나다 나중에는 남자 옷을 입고 등장하거나 아예 나타나지 않기도 하자 실망하기도 했다. 1860년대에 창녀들의 존재가 중산층 가정의 윤리를 위협했다면, '불튼 앤 파크' 사건은 이보다 더 복잡한 방식으로 그렇게 했다. 그것은 성병의 위험성에다 젠더의 자연스러운 질서 전복이라는 위험성까지도 추가했고, 나아가서는 하층민 계급에서나 찾아볼 수 있다고 여겼던 소도미가 중산층 자녀에게서도 행해질 수 있다는 사실이 알려지면서 도덕적 헤게모니를 쥐고 있다고 믿었던 중산층을 적잖이 당황케 만들었다.

당시 법정에서 밝혀진 바에 의하면 스텔라와 패니는 18세기 초엽

---

4) 1870년 봄 보우 스트리트 하급재판소(Bow Street Magistrate's Court)는 런던에 한 달 이상 재미있는 오락을 제공했다. 신문의 해설과 싸구려 팸플릿의 내용들은 주로 법정의 증언에 의존했다. 매주 추측을 부채질하는 새로운 발견들이 나왔고, 신문 칼럼은 이들의 얘기로 가득 채워졌다. 1년 뒤에 열린 재판에서도 대중의 관심은 뜨거웠다. 스텔라와 패니, 그 친구들의 삶 이야기는 로맨틱 코미디부터 도시적 풍자, 비극에 가까운 가정극까지 모두를 포함했다 (Kaplan 2005, 26).

몰리 클럽의 몰리(mollies)와는 여러 면에서 달랐다. 첫째 이들은 중산층 출신의 청년들이었다는 점, 둘째 비밀리에 움직이지 않고 공공연히 거리를 활보하고 다녔던 복장 도착자들이었다는 점, 셋째 비록 전문적이지는 않았지만 무대에서 여성 역할을 맡으며 공연을 해오던 아마추어 연극배우들이었다는 점이다. 22세의 불튼은 주식 중개인의 아들이었고, 23세의 파크는 아버지가 민사 법원의 보좌관이었고 할아버지는 판사를 지낸 대단한 집안 출신이었다. 불튼은 체포 당시 자기 직업을 무직이라고 말한 반면 파크는 법학도라고 밝혔다. 이들은 중산층 중에서도 상층 부르주아에 속했던 신분의 소유자들이었다. 이 점은 후에 그들이 돈을 받고 행하는 매춘을 굳이 할 필요가 없었다는 피고 측 변호인단의 주장에 설득력을 실어 그들의 석방에 일조했다. 또한 이들은 은밀히 지하에서 매춘을 한 게 아니라 거리낌 없이 거리를 활보하고 다녔는데 이런 점 역시 그들이 매춘을 하려고 여장하고 다닌 게 아니라 그저 재미 삼아 그렇게 했을 뿐이라는 주장을 가능하게 했다.

이들은 또한 아마추어 배우이기도 했다. 그래서 그들의 여장 차림은 직업과 관련된 것이라는 해석을 가능하게 했다. 그들은 무대에서 남성의 상대역으로 나와 천연덕스럽게 여성 역할을 해내 관객들의 찬사를 받았다. 특히 메조소프라노 목소리를 가진 불튼은 그가 무대에서 노래 "안녕"(Fading Away)을 부를 때면 아무도 '그녀'가 남자라고 생각하지 않았다. 불튼의 노래는 우레와 같은 박수를 받았으며, 앙코르를 받았다. 어느 비평가는 천부적인 그의 연기 능력을 다음과 같이 말했다. "두 눈을 크게 뜨고 그의 놀라운 목소리를 듣고 있노라면 아무리 옹색하게 그의 여성적인 매너와 외모를 비판한다 하더라도 잠시라도 그가 진짜 매력적인 소녀가 아니라고 믿는 것은 아주 어려웠다." 반면 배우로서 파크의 경력은 덜 화려했다. 『아침 방문』(*A Morning Call*)에서 그는 별로 중요하지 않은 인물을 연기했다. 에드워드 아든트 경(Sir Edward Ardent) 역할로 로드 아서 클린튼(Lord Arthur Clinton)의 상대역이었다고 한다(Kaplan 2005, 30). 직업상 남자에서 여자로, 여자에서 남자로 수시로 옷을 바꿔 입어야 했던 이들은, 그들의 의심스러운 거리 활보를 이러한 그들의 직업 연장선상에서 나온 것으로 바라보게 했다.

그러나 이들은 돈을 벌 목적으로 호객행위를 했던 명백한 남창들이었다. 이들은 유흥지와 번잡한 거리 등 돈 많은 사람이 몰리는 곳만 골라 다녔는데 무엇보다도 런던의 주요 극장들을 활용했다. 이들이 극장 이층의 발코니석에 앉거나 서 있으면 바로 아래층의 오케스트라석에 앉아있던 신사들이 이들에게 눈길을 돌렸고, 이들은 그들의 반응에 손을 흔들며 답했다. 막간의 휴식 시간이 돌아오면 이들은 밖으로 나가 서로 인사를 나누었고, 연극이 끝나면 서로 극의 놓친 부분을 얘기하자면서 이후의 데이트 약속을 잡곤 했다. 이들에게는 무대에서 실제 전개되는 연극보다 이러한 그들만의 사교가 그날의 주요한 관심이었고, 더 흥미로운 쇼의 일부가 되었다. 이들이 체포될 당시 그들과 함께 있었던 먼델 씨(Mr. Mundell)는 3주 후 그가 마음을 빼앗기게 된 불튼을 처음 알게 된 경위를 법정에서 다음과 같이 증언했다. "4월 22일 [서레이] 극장에서 그를 처음 알게 되었어요. 저 두 피고들은 2층 정면에 함께 있었어요 . . . 나는 혼자 그쪽으로 갔어요. 나는 원래 1층 정면의 일등석에 앉아 있었는데, 이들에게 관심이 간 거죠. 그들이 여자인 줄 알았고, 그들이 남장했다고 믿었죠." 그날 밤 그는 워털루(Waterloo) 다리를 그들과 함께 걸었다고 했다. "걸어가면서 그들이 여자라고 생각했고, 그들을 희롱했어요. 걸을 때 팔을 좀 더 돌려보라고도 했어요. 우리는 워털루 다리의 스트랜드 끝부분에서 헤어졌어요."(Kaplan 2005, 29). 당시 먼델 씨는 그들이 여자인 줄 오인하여 따라다녔다는 그의 주장이 받아들여져 곧바로 보석으로 풀려났다.

IV

경찰에게 체포되었을 당시 이들의 죄명은 원래 풍기문란 죄였다. 이들은 체포되자마자 즉각 보우 스트리트(Bow Street) 경찰서로 이송되었고, 그곳에서 하룻밤 억류됐다. 다음 날 아침 경찰국장이 경찰에 소속된 의사였던 그의 친구를 만나지 않았더라면, 그들은 다음 날 여느 때처럼 아무 일 없이 풀려났을지도 모른다. 경찰국장은 제임스 폴(James Paul)을 경찰서로 데리고 와 이들 복장 도착자들의 "성별을 확인하기 위한" 조사를 의뢰했다(Cohen 76). 임무를 맡은 의사 폴은 이들을 경찰서 뒤의 희미한 방으로 데리고 가 옷을 벗게 했고, 그들의 은밀한 부위를 살폈다. 그들은 남자였다. 그런데 의사는 거기서 멈추지 않았다. 그는 그들의 몸을 돌려 항문을 살폈다. 그리고 성별 이상의 것을 확인했다. 3주후 그 의사는 하급재판소(Bow Street Magistrate's Court)에서 다음과 같이 증언했다. "나는 16년을 의사로 일해 왔어요. 그중 7년은 세인트 팬크라스 종합 의무실에서 일했답니다. 그래서 사람들의 항문을 수없이 봐왔지요. 그런데 나의 의사 생활 중 항문 모양이 이 두 사람의 모양 같은 건 본 적이 없어요. 성기 삽입만이 내가 묘사한 외관을 야기할 수 있어요"(Cohen 78 재인용).

그리하여 이들은 다시 구류되었고, 보우 스트리트의 하급재판소에서 이들에 대한 청문회가 한 달간 진행되었다. 고발장에 따르면 이들이 범한 죄는 소도미 죄였다. 그 죄는 "기독교인 가운데 이름 붙일 수 없는 증오스럽고 혐오스러운 남색으로 아주 사악하게도 자연의 질서를 위배한" 죄였다. 그리하여 청문회 기간 동안 그들의 죄를 입증하는 수많은 물증이 수집되었다. 레스토랑 운영자들, 여관 주인들, 이들의 유혹을 받았던 남성들, 친척들이 차례로 나와 증인석에 섰고, 피고인들의 방에서 압수한 수많은 여성용 의상과 이들이 주고받은 2,000통이 넘는 편지와 사진들이 그들의 소도미 행위에 대한 증거물로 제시되었다. 그리하여 청문회를 주관했던 당시의 치안 판사 플라워스(Mr. Flowers)는 피고인들에 대한 소도미 증거가 충분하다고 보아 그들의 보석을 거부했고, 그들을 중앙형사 법원으로 넘겼다. 마지막 청문회에서 그들에게 적용된 것은 소도미 공모죄였다. 따라서 이들은 유죄로 확정될 경우 그 당시의 법에 따라 곧바로 적어도 10년간의 징역에 처하게 될 운명이었다.

이들에 대한 대대적인 조사는 불튼과 파크 같은 남창들이 당시 적어도 런던에 20여 명이나 존재했고, 불튼과 파크는 이런 도당의 소수 일원이었을 뿐임을 드러냈다. 즉 이들은 결코 유일한 남창들이 아니었고, 예외적이거나 기이한 사람이 아닌 소수의 가시적인 지하 그룹을 대변하는 청년들일 뿐이었다. 이들은 그들 변호인단의 법정 주장처럼 단순히 재미 삼아 여성 옷을 입고 다닌 것도, 배우라는 직업상의 연관 때문에 여성 복장을 하고 다닌 것도 아니었다. 이들은 돈을 목적으로 움직인 남창이라는 런던 지하 세계의 일원이었고, 그러한 사람으로 인정받기를 원했던 동성애자들이기도 했다. 스트랜드의 잘 알려진 호텔인 로열 엑스터 호텔(Royal Exeter Hotel)에서 무도회가 열렸을 때, 불튼과 파크를 비롯한 20-30명의 복장 도착자들이 그 자리에 참석했음이 당시의 법정 증언으로 드러났다. 호텔 주인이었던 에드워드 넬슨 핵셀(Edward Nelson Haxell)의 증언에 따르면 그 무도회의 주최자는 호텔의 오랜 단골인 21세의 기빙스(Mr. Gibbings)였다. 기빙스는 스텔라를 그날의 음악 파티를 위해 특별히 에딘버러에서 모셔 온 "최고의 아마추어 배우"라고 그에게 소개했다. 기빙스와 그의 친구들은 마차를 타고 외출할 때면 다양한 의상을 걸쳤다. 불튼과 기빙스는 항상 여자 옷을 입고 다닌 반면 서머빌(Mr. Somerville)은 신사복 차림을 하고 다녔고, 파크는 여자 옷과 신사옷을 번갈아 입었으며, 또 다른 신사인 토마스(Mr. Thomas)는 주로 여자 옷을 입고 다녔다. 무도회는 음악 파티였는데, 몇 주 전부터 기빙스가 미리 계획한 것이었다. 그리하여 이 호텔 주인은 25명의 사람들에게 초청장을 보냈고, 그날 밤 무려 48명이 무도회에 나타났다. 파티는 밤 9시 반에 시작되어 자정에는 식사가 있었고, 3시까지 계속되었다. "불튼, 파크, 커밍(Cumming), 토마스, 기빙스, 이들은 모두 여자 옷을 입고 왔어요." 핵셀은 여장한 또 다른 남자로 로버트 필(Robert Peel) 집안과 연관된 필 씨 성을 지닌 남자도 있었다고 했다. 그의 증언에 의하면 그날 밤 여자 옷을 입고 무도회에 참석한 남자는 모두 13명이었다. 비록 드랙(drag)을 걸친 자들이 신사복을 입은 다른 남자들과 파트너가 되어 춤을 추었지만, 거기 있던 사람들 전부는 이들이 모두 여자로 변장한 남자임을 다 알고 있었다고 했다(Kaplan 2005, 37).

이러한 내용 외에 더욱 놀라운 것은 귀족이자 당시 국회의원이었던 30세의 로드 아서 클린튼 역시 한때 불튼과 '내연' 관계에 있었다는 사실이다. 1868년 7월부터 11월까지 사우스햄프튼 스트리트(Southampton Street) 36번지의 페크 부인(Mrs. Peck) 집에서 하녀로 일했던 마리아 더핀(Maria Duffin)은 불튼이 클린튼의 '아내'라고 생각했으며, 분명히 클린튼은 그러한 생각을 고쳐주려 하지 않았다고 주장했다. 오히려 불튼은 "아서 클린튼 부인"(Lady Arthur Clinton)이라는 이름의 명함을 갖고 다녔고, 스텔라라는 이름이 찍힌 도장을 지참하고 다녔다고 말했다 (Hyde 1970, 94). 이 하녀에 의하면 방에 분장실 하나가 더 있어 파크가 오면 그는 그 분장실을 사용했는데, 파크가 가고 없을 때 불튼은 그 분장실의 빈 침대를 사용하는 대신 클린튼과 같은 침대를 사용했다고 증언했다. 또한 이들 사이의 친근감 표시에 대해서도 "로드 아서는 불튼을 남자보다는 여자 대하듯이 했어요. 가끔 내 사랑이라고 말했고, 여보라고도 했어요"라고 증언했다. 또한 그가 한두 번 남자 옷을 입고 있는 것을 보고 의심이 들어 그를 남자라고 비난하자 불튼은 웃으며 결혼반지를 보여주었고, 자신이 로드 클린튼의 아내라고 말했다고 증언했다 (Kaplan 2005, 52). 즉 이들은 거리에서만 여자 옷을 입고 다닌 게 아니었고 사적으로도 "아내"로 살았다.

클린튼과의 '결혼' 생활 중에 스텔라는 모두 세 명의 다른 남자들로부터도 구애의 편지를 받은 것으로 드러났다. 이들 세 명의 구혼자는 모두 스텔라가 남자라는 사실을 알고 있었는데도 사랑을 고백했던 사람들로, 나중에 불튼과 파크와 나란히 고등법원 법정에 서야 했다. 그 셋은 스텔라의 에딘버러 친구이자 미국인 영사였던 존 새포드 피스크(John Safford Fiske), 우체국 감사관이었던 루이스 허트(Louis Hurt), 그리고 윌리엄 소머빌(William Somerville)이었다. 피스크가 불튼에게 보낸 편지 가운데에는 그가 불튼이 남자임을 알고도 접근했음을 확연하게 드러내는 편지가 있었는데, 그 증거물은 재판 과정에서 이들에게 치명적으로 작용했다. "당신이 여자 옷을 입고 다닌다고 그가 말해주었소. 얼마나 환상적이오 . . . . 당신에게는 레이스(Lais)와 안티누스(Antinous)가 함께 있는 거 아니겠소"(Kaplan 2005, 57 재인용). 이들 중 허트와 피스크는 후에 불튼과 파크와 함께 소도미 공모죄에 대한 혐의로 법정에 서야 했다. 한편 한때 스텔라의 '남편'이었던 클린튼 의원은 재판이 열리기 전날 소환장을 받자마자 갑자기 사망했는데, 그의 사인은 겉으로는 성홍열이었으나 자살한 게 거의 확실시되었다. 결국 그는 다음날 법정에서 증언하지 못했다.

이들이 남색가였음을 보여주는 이러한 충분한 증거자료들에도 불구하고, 1871년 5월 9일부터 15일까지 6일간 고등법원에서 이들에 대한 재판(The Queen vs. Boutlon and Others)이 열렸을 때 검찰은 소도미의 증거가 충분하지 않다고 판단했다. 피고들에 대한 죄명은 다음과 같이 정리될 수 있었다. 첫째, 피고들은 남녀 간에나 허용되는 관계가 동성 간의 관계에서도 가능하다는 것을 보여주는 방식으로 서로 말하고 편지했다. 둘째, 여자 옷을 입고 여자를 흉내 내면서 혹은 남장을 했을 때조차도 교태 어린 몸짓으로 상대방의 감정을 자극하려고 했다. 셋째, 그들 자신만의 계급 사람들에게 스스로를 그들의 욕망의 대상으로 만들고자 했다. 그리하여 다음 세 가지가 죄의 유무 판단의 기준이 되었다. 첫째 항문의 느슨함이 과연 소도미를 입증할 수 있는가, 둘째 그들이 입고 다녔던 치마 등 복장이 과연 남자들을 유혹하기 위해 입었다고 볼 수 있는가, 셋째 패니와 스텔라의 사적인 편지들이 과연 그들의 소도미를 입증할 수 있는가 등이 중요한 쟁점이 되었다(Bartlett 136-39). 소도미는 원래 직접적인 증인에 의한 항문 삽입의 직접 증거에 의해서만 입증될 수 있었기 때문에 증거 확보 자체가 어려웠다. 의사 폴의 증언 역시 추후에 피고 측에서 고용한 의사들의 상반된 견해가 첨부되면서 그것만으로는 삽입을 결정적으로 말해줄 수 없다는 쪽으로 기울었다. 이들에게 적용되었던 죄명인 소도미 공모죄 역시 소도미를 범할 의도의 증거에 의존해야 했는데, 역설적으로 이것도 두 사람 사이에 공모가 실제로 이루어졌다는 증거가 있을 때만 유효했다(Cohen 84). 다음으로 소도미 선동죄(inciting persons to commit unnatural offence)가 적용될 수 있겠는데, 이것은 이들이 남색가였을 뿐만 아니라 남창이었다는 것을 의미하기 때문에 공적인 영역에서 이들이 창녀처럼 고객들로부터 돈을 받았는가, 혹은 동성애를 모르는 순진한 청년들을 선동했느냐의 문제들이 중요한 쟁점으로 떠올랐다. 그런데 이 소도미 선동죄는 순진한 청년 독자들을 자극할 수도 있다는 판단으로 당시 신문에서조차 보도하지 못하도록 금지됐다. 이런 식으로 이들의 기소 조항은 소도미를 행했느냐는 사적인 행위 그 자체로부터 시작되었다가 두 사람 사이의 상호이해, 그다음 공적인 장소에서의 그들의 처신 문제로 옮겨갔다. 공적인 영역에서 이들의 행위 여부를 판가름한 뒤 사적인 행위를 문제 삼겠다는 식이었는데, 결국 이들은 소도미 죄, 소도미 공모죄, 소도미 선동죄 중 그 어느 것도 유죄로 처리되지 않았다. 단지 입건될 당시의 죄명이었던 풍기문란죄만 적용되었고, 형사법상으로는 모두 무죄 판결을 받았다. 그리하여 1년여 이상을 끌었던 '볼튼 앤 파크' 사건은 결론적으로 원점으로 되돌아갔다.

그렇다면 어떻게 그리고 왜 이렇게 명백한 입증 자료에도 불구하고 이들이 무죄 판결을 받을 수 있었는지, 그리고 섹슈얼리티의 역사에서 이 판결은 어떤 의미인지를 생각해 보자. 재판 과정에서 가장 눈에 띄는 점은 원고의 입장이나 볼튼 쪽에서 고용한 피고 측 변호사의 입장이나 둘 다 국가의 도덕성이라는 잣대를 그들의 죄 유무를 가릴 기준으로 삼았다는 것이고, 그런 관점에서 그들이 무죄로 판명되었다는 점이다. 국가는 소도미를 처벌하는 것이 국가의 이익을 위한 것이고 따라서 남색가에게 유죄 판결을 내리는 것을 국가의 의무로 간주했다. 재판이 열리는 날 법무관(attorney general)은 배심원들에게 만일 이 "전염병"을 퍼지도록 내버려 둘 경우 국가의 도덕성이 심각하게 훼손될 것이라면서 이를 막을 수 있도록 도와줄 것을 간청하는 개막 연설을 했다. 즉 소도미를 공모한 자들에게 엄한 판결을 내릴 것을 주문했다. 그런데 마찬가지로 붙튼 측 변호사 역시 이러한 법무관의 애국심 논리를 그대로 받아들여 오히려 이들 청년들에게 소도미 죄를 적용할 경우 영국 내의 남색가들의 존재를 기정사실화하는 것과 같다면서 자국의 이익을 위해서도 그러면 안 된다며 이들에게 무죄 판결을 내려줄 것을 당부했다. 다음은 배심원을 향한 피고 측 변호사의 주장이다.

법무관님께서 유창한 열변을 토하시는 중에 여러분에게 고상한 임무를 수행할 것을 요구하셨지요. 이 전염병을 막아 달라고 부탁했을 때 그분은 틀림없이 여러분에게 어떤 영향을 주었을 겁니다. 신사 여러분, 저는 여러분이 더 고상하고, 더 친절하며, 더 애국적인 일을 수행해 주시길 요청하는 바입니다. 더 유용한 무언가를 여러분이 해주기를 요청합니다. 즉 이 전염병이 존재한다고 말하는 자들은 이 나라의 도덕과 성격을 훼손하는 판결을 선언하는 것과 마찬가지입니다. . . . 저는 여러분의 판결이 영국의 도덕적 분위기는 아직 유럽 도시들의 더러움으로 물들지 않았으며, 섬의 위치로 보아 우리는 자유롭기 때문에 여러분들이 언급한 죄로부터 우리가 벗어나 있다는 것을 입증할 것으로 믿으며, 사실들과 관련하여 이번 소송에 대한 여러분의 판결은 어떠한 경우에도 런던은 소돔의 죄로 저주받지 않았고, 웨스트민스터가 고모라의 악으로 물들지 않았다는 것을 선언해 주시리라 믿습니다.

My friend the attorney general in the course of his eloquent peroration asked you to perform your high office, and no doubt he produced an effect upon you at the time when he said he invited you to stop this plague, Gentlemen, I call upon you to perform a higher, a kinder, and a more patriotic office; I call upon you to do something which will be of greater utility, and that is to pronounce by your verdict that they libel the morality and character of this country who say that that plague exists. . . . I trust your verdict will establish that the moral atmosphere of England is not yet tainted with the impurities of Continental cities and that, free as we are from our island position, we are insulated from the crimes to which you have had allusion made, and you will pronounce by your verdict on this case at all events with regard to these facts that London is not cursed with the sins of Sodom or Westminster tainted with the vices of Gomorrah. (Cohen 97)

즉 변호사의 변론은 불튼과 파크가 소도미 죄를 범한 것으로 판명될 경우, 그것은 곧바로 영국을 이미 소도미가 행해지고 있는 나라로 만들어 버리기 때문에 영국이라는 국가의 도덕성을 크게 훼손시킨다는 것이었다. 이들은 영국이 인접 국가와는 달리 아직 소도미를 저지를 정도로 '오염'된 국가가 아니라는 점을 강조했다. 즉 영국은 도덕적으로 "깨끗한" 국가이기 때문에 그 안에는 소도미를 범한 개인들이 존재해서도 안 되고 존재할 수도 없다는 것이었다. 그리하여 이들에게 유죄 선고를 내리는 자들이야말로 이러한 국가의 도덕성에 흠을 내는 자들이었다. 불튼과 파크, 그리고 허트와 피스크는 모두 이러한 논리로 형사처벌을 면했다.

　이것은 마치 1895년 와일드 재판에서 피고 측 변호사인 에드워드 카슨(Edward Carson)이 그의 고객인 퀸즈베리(Queensberry) 후작을 변호하기 위해 와일드가 남창이었던 하층민 소년들과 실제로 소도미를 범했느냐의 여부에 초점을 두는 대신, 그의 "예술을 위한 예술"이 국가나 사회의 도덕이나 윤리를 위한 예술이 아닌 예술형식의 아름다움만을 추구하는, 실상은 청년들을 잘못된 성으로 호도하기 위한 퇴폐적인 문학운동이었을 뿐이라며 유미주의 작가로서의 그가 문인으로서 국가의 도덕성을 위기에 빠뜨릴 위험한 작가일 수 있다는 점을 집중적으로 공격해서 법정에서 승리할 수 있었던 것과 같은 논리이다. 카슨에게 와일드가 남색가였는가 혹은 아니었는가는 중요하지 않았다. 그에게 중요한 쟁점은 와일드가 국가의 도덕성을 선도할 작가로서 자격 미달이라는 점이었다. 그리하여 카슨은 이러한 주장을 입증하기 위해 와일드가 쓴 작품들을 일목요연하게 성을 위한 성을 주장하기 위한 것으로 해석했다. 그리고 카슨의 이러한 전략 앞에서 와일드의 유미주의 운동은 개인의 쾌락만을 추구하는 이기적이고 불온한 성격의 운동으로 치부될 수밖에 없었다. 그런데 이보다 거의 한 세대 먼저 발생한 '불튼 앤 파크' 사건 역시 마찬가지로 이러한 공식을 보여주고 있다는 점에서 시사하는 바가 크다. 즉 개인의 섹슈얼리티는 그것이 국가나 사회 전체의 질서를 훼손시키지 않는 한, 해가 되지 않는 것으로 간주되었다. 그러나 그것이 국가 전체의 질서나 지배계급의 위계질서에 도전이 될 경우, 그것은 가차 없이 응징 당했다. 이러한 주장의 논거가 이미 '불튼 앤 파크' 사건에서도 보였다.

　'불튼 앤 파크'의 재판 결과에 대한 비평가들의 견해는 다양하다.

우선 제프리 윅스(Jeffrey Weeks)는 이들에게 무죄가 선고된 것은 동성 애와 남창이란 개념에 대한 당시 당국자들의 불충분한 지식의 결과에 기인한다고 보았다. 1871년 당시만 해도 런던 경찰청과 의료계, 법조계 사이에서 이런 개념에 대한 지식은 거의 존재하지 않았다는 것이다 (199). 하지만 이러한 주장은 이미 법정에서 소도미 증거가 충분히 드러 난 상황이기 때문에 맞지 않다. 한편 앨런 신필드(Alan Sinfield)는 두 가지 서로 다른 지식이 공존했고, 서로 겹쳤을 것이라고 지적했다. "고 발한 몇몇 사람들은 동성애의 지하 문화를 알고 있었지만 강하게 몰고 가는 것은 원하지 않았을 것이다. 한편 배심원들은 이것을 모르고 있거 나 이해하지 못했을 수 있다"(8). 그러나 이미 이 스캔들은 1년 전에 언 론을 통해 상당히 알려져 있었기 때문에 배심원들이 이들의 죄에 대해 잘 모르고 있었다고 보기에는 무리가 있다. 마지막으로 바틀렛의 경우, 그는 이 재판이 묻고 있는 단 하나의 질문은 패니와 스텔라가 가시적이 었느냐의 여부였다면서 그것이 재판이 초점을 둔 유일한 질문이었다고 보았다. 패니와 스텔라는 또 다른 세계의 가시적인 대변자들이었는데 이 들은 가시적이어서는 안 되었다는 것이었다. 따라서 국가는 이들의 가시 성을 불가시성으로 바꾸어야 했다. 그리하여 바틀렛은 이들의 무죄 판결 원인을 국가에 의한 의도적인 눈감아주기로 파악했다. 이들에 대한 무죄 판결은 가시적인 성소수자의 지하 문화에 대한 법조계의 고의적인 부정 으로, 이것은 피고들에 대한 옹호나 혹은 그들의 행위에 대한 관용의 태 도에서 비롯된 것이 아니라 오히려 있는 그대로의 것을 보기를 거부한 것에 불과했다고 꼬집는다.

배심원들이 이들을 비난하고 이들을 남색가로 본다고 선언하기 위해서는 그들이 편지를 이해하며, 여자 옷의 의미를 자신들이 알고 있다는 것을 인정해야만 했다. 이러한 인정은 조사 대상과 자신들의 위험스러운 근접성을 말해주는 것이었다. . . . 패니와 스텔라의 가시성의 증거는 이들이 존재하지 않는다고 하는 증거로 바뀌었다. 남색가들을 침묵시킴으로써 그리고 그들을 처벌하지 않음으로써 법정은 안도의 한숨을 내쉴 수 있었다. 불튼과 파크가 비록 불가능한 일은 아니다 하더라도 있을 법하지 않은 것으로 선언되고 무시되었을 때 런던의 동성애 문화는 실제적으로 거부당했다.

For the jury to accuse them, to announce that it saw them as sodomites, the jury would have to admit that they understood the letters, that they recognized the significance of the frocks. Such admission would suggest a dangerous proximity to the object of their scrutiny. . . . The evidence of Fanny and Stella's visibility was converted into proof that they didn't exist. The contortion of the law is testimony to how desperately it needed an appropriate verdict. Only by silencing, not punishing, the sodomites, could the court breathe a sigh of relief. When Boulton and Park were dismissed, declared improbable if not impossible, the existence of a homosexual culture in London was effectively denied. (141-42)

바틀렛의 주장은 이 글과 관련하여 가장 설득력이 있다고 본다. 그것은 곧 죄의 유무가 소도미라는 행위에 있는 것이 아니라, 국가의 도덕성 혹은 질서라는 추상적인 잣대에 의한 판결로 그 기준이 자의적이고 인위적이라는 점을 드러내고 있기 때문이다. 개인의 가장 사적인 영역인 섹슈얼리티가 법의 잣대로 이처럼 규제당할 때 그 기준이 애매모호하고 불확실한 것에 의해 좌우된다는 점을 바틀렛은 잘 폭로하고 있는 셈이다. 재판을 주도했던 수석 재판관(Lord Chief Justice)인 칵번 경(Sir Alexander Cockburn)은 결국 원고 측의 주장과 그동안 경찰 측의 행동을 모두 비난하는 것으로 재판 내용을 요약했고, 특히 피고인들에게 애초에 소도미 혐의를 적용한 의사 폴의 실수를 나무랐다. 당시 폴은 소도미에 대한 의학적 증거로 프랑스의 성 의학 저서들을 제시했는데, 칵번 경은 그가 다른 나라 작가들의 글을 잘못 읽어서 그런 판단을 내리게 되었다면서 다행히 다른 많은 의사의 증언대로 영국은 그런 소도미 죄로 아직 물들지 않았음이 입증되었다며 피고 측에서 고용한 의사들인 테일러(Dr. Taylor)와 깁슨(Mr. Gibson)의 이름을 거론하며 그들의 증인 내용을 소개했다(Cohen 98). 이런 식으로 진행된 재판은 결국 배심원들이 단지 53분간의 심의를 거친 후에 불튼과 파크, 피스크와 허트 모두에게 무죄를 선고했다.

V

이 글은 빅토리아조 중엽의 큰 섹스 스캔들인 '불튼 앤 파크' 사건 분석을 통해 일반적으로 빅토리아조의 호모 섹슈얼리티 규제의 출발점을 1885년 법령에서 찾지만, 실제로는 이미 1870년대 초반부터 규제가 국가에 의해 자의적으로 행해졌다는 것을 보여주었다. 여기서는 1870년대 초반의 런던 내 남자 매춘 현황을 살폈고, '불튼 앤 파크' 사건의 청문회와 재판에서 드러나듯이 당시 남창들은 예외적인 존재가 아니었고 남자 동성애가 계급 간 구분 없이 이미 퍼져 있었음을 분석했다. 불튼과 파크는 1870년대에 엄연히 존재했던 런던의 성 지하 세계를 대변했으며 이들은 소비주의 사회에 진입한 도시 문화에서 성을 상품화했고 매춘으로 삶을 영위했던 남창들이었다. 패니와 스텔라의 이야기는 이후 1879년 『진주』(*The Pearl*)라는 잡지에 음란한 오행 속요시(limerick)로 다루어졌고, 1895년 와일드 재판 당시 신문의 앞면을 장식했으며, 수많은 다른 복장 도착 사건들이 터진 후인 1910년에도 언론에 다시 등장함으로써 오랜 기간 사람들의 상상력을 지배했다.

| 인용 문헌 |

Bartlett, Neil. *Who Was That Man?: A Present for Mr Oscar Wilde*. London: Serpent's Tail, 1988.

Bristow, Edward J. *Vice and Vigilance: Purity Movements in Britain Since 1700*. New York: Gill and Macmillan, 1977.

Cohen, William A. *Sex Scandal: The Private Parts of Victorian Fiction*. Durham and London: Duke UP, 1996.

Cook, Matt. *London and the Culture of Homosexuality, 1885-1914*. Cambridge: Cambridge UP, 2003.

Grosskurth, Phyllis, ed. *The Memoirs of John Addington Symonds: The Secret Homosexual Life of a Leading Nineteenth-Century Man of Letters*. Chicago: U of Chicago P, 1986.

Hyde, H. Montgomery. *The Cleveland Street Scandal*. W. H. Allen & London: A Division of Howard & Wyndham Ltd., 1976.

---. *A History of Pornography*. New York: Farrar, Straus and Giroux, 1964.

---. *The Other Love*. London: Heinemann, 1970.

---. *A Tangled Web: Sex Scandals in British Politics and Society*. London: Constable, 1986.

Kaplan, Morris B. "Men in Petticoats: Border Crossings in the Queer Case of Mr. Boulton and Mr. Park." *Imagined Londons*. Ed. Pamela K. Gilbert. State University of New York P, 2002.

---. *Sodom on the Thames: Sex, Love, and Scandal in Wilde Times*. Ithaca & London: Cornell UP, 2005.

Mallett, Phillip. "The Immortal Puzzle: Hardy and Sexuality." *Palgrave Advances in Thomas Hardy Studies*. Ed. Phillip Mallett. London: Palgrave Macmillan, 2004.

Saul, Jack. *Sins on the Cities of the Plain*. New Traveller's Companion Series, 1881.

Sinfield, Alan. *The Wilde Century: Effeminacy, Oscar Wilde and the Queer Moment*. New York: Columbia UP, 1994.

Walkowitz, Judith R. *Prostitution and Victorian Society: Women, Class, and the State*. Cambridge: Cambridge UP, 1980.

Weeks, Jeffrey. "Inverts, Perverts, and Mary-Annes: Male Prostitution and the Regulation of Homosexuality in England in the Nineteenth and Early Twentieth Centuries." *Hidden from History: Reclaiming the Gay & Lesbian Past*. Ed. Martin Duberman, Martha Vicinus, & George Chauncey, Jr. New York: Meridian Book, 1990.

3

『도리언 그레이의 초상』(1890)

■ ■

I

1880-90년대의 빅토리아조 후반부에 이르면 젠더와 섹슈얼리티에 있어서 커다란 변화가 일어난다. 이 당시 신여성과 댄디의 등장은 빅토리아조를 지배해 왔던 남성/여성, 남성성/여성성 사이의 이분법적 개념을 교란시켰으며, 섹슈얼리티에 있어서도 이성애 중심 문화에서 침묵되어 왔거나 혹은 소수문화 집단 내에서만 은밀히 전개되어 오던 동성애 담론이 정식 수면 위로 떠올랐다.1) 칼 밀러(Karl Miller)의 표현대로 이

---

1) "the homosexual"이란 용어는 1869년 스위스 의사인 캐롤리 벤커트(Karoly Benkert)가 만들었으며, 독일의 섹솔로지스트들(sexologists)의 글에 자주 사용되어 오다 1890년대에 리차드 크래프트 에빙(Richard von Krafft-Ebing)의 저서 『성의 정신병리학』(*Psychopathia Sexualis*)이 영어로 번역되면서 영국에 들어와 사용되었다(Cohen 801). 19세기 후반 영국 내에서의 동성애 담론은 주로 의학적, 법적 담론으로 해브록 엘리스(Havelock Ellis)와 존 애딩턴 시먼즈(John Addington Symonds)의 공저인 『성 도착』(*Sexual Inversion*)에서 정점을

기간에 남성은 여성이 되었고 여성은 남성이 되었으며(209), '페미니즘'과 '호모 섹슈얼리티'란 용어가 최초로 사용되기 시작했다. 이 기간에 생겨난 남성/여성, 남성성/여성성, 이성애/동성애 사이 경계선의 불확실성은 각 항목을 확연하게 갈라 이분법적 대립 관계로 설정했던 빅토리아조의 전통적인 가부장제 위계질서를 해체했다. 그리하여 19세기 말의 가장 놀라운 변화 중의 하나는 성별의 역할이 더 이상 분명한 젠더 카테고리 내에 포함되지 않을 수도 있다는 것이었다. 1895년 『펀치』(*Punch*) 지의 한 필자는 다음과 같이 슬퍼했다. "새로운 두려움이 나의 가슴을 괴롭히는구나. 이제 내일이면 더 이상 남자와 여자가 없어질지도 모른다"(Showalter 9 재인용). 엘리스는 『성의 심리학』(*Psychology of Sex*)에서 이러한 염려를 확인시켰다. 그는 다음과 같이 적었다. "비록 성이 무엇인지에 대해 우리가 정확히 모른다 하더라도 그것이 바뀔 수 있는 변화 가능한 것임을 안다. 하나의 성은 다른 성으로 바뀔 수 있다. 성의 경계선들은 변하며 완전한 남성과 완전한 여성 사이에는 수많은 단계가 있다"(225). 이 기간은 또한 섹스 스캔들의 기간이기도 했다. 1884년에 포주 제프리스(Jeffries)의 재판과 석방이 있었고, 1885년에는 윌리엄 스텟(William T. Stead)의 아동매춘에 대한 선정적인 잡지 연재물이 나왔으며, 1889년에는 클리브랜드가(Cleveland Street)에서 남창가(male brothel)가 발각되기도 했다. 이러한 젠더에 있어서의 위기감과 성적 방종은 보수 세력이 강경한 입장을 취하도록 했다. 이들은 남성과 여성을 더욱 확연히 구분 짓고자 했으며, 가족 이데올로기를 더욱 강화해 나갔다. 규범에서 벗어나는 개인의 성적 일탈에 대해서는 강력한 법적 제재를 단행하고자 했다.

이루었다(Summers 20).

문학사적으로도 이 기간에 큰 변화가 일어났다. 조지 엘리엇(George Eliot)이 죽은 1880년 이후 영소설은 여성 작가들의 범람 아래 전개되었던 이성애 중심의 사실주의 문학이 쇠퇴하고, 남성 간의 친밀한 관계가 강조되고 동성애가 강렬하게 암시되는 남성 작가들이 주도하는 로맨스풍의 소설군이 등장하게 되었다. 1880년대 로맨스의 부활은 남성 작가와 남성 독자에게 영소설 왕국을 되찾아 주고자 하는 남성의 문학적 혁명이었다. 여성 작가들의 전문 분야였던 이성애적 구혼 로맨스와 풍속과 결혼의 주제는 이들 남성 작가들에 의해 아더왕(King Arthur)의 서사시적 모험과 탐구의 남성적 로맨스로 대체되었다. 라이더 해거드(Rider Haggard)와 로버트 루이스 스티븐슨(Robert Louis Stevenson), 코난 도일(Conan Doyle)로 대변되는 이들 남성 작가들은 주로 남아를 위한 작품을 추구했으며, 소년의 영원한 청춘을 노래했고, 사실주의 소설이 접근할 수 없는 인간 본성의 원시적 측면을 담았다. 이들의 작품 배경은 주로 빅토리아조 사회의 제약을 벗어나는 아프리카나 동양의 먼 신비한 장소로 설정되었으며, 이들의 탐구 여행은 주로 자아로의 우화적 여행으로 끝나곤 했다. 이들은 여성을 배제했고 무의식적이긴 하나 동성애적 감정을 반영했다(Showalter 78-83).

이 글은 19세기 말 작가 중의 하나인 오스카 와일드(Oscar Wilde)의 소설 『도리언 그레이의 초상』(*The Picture of Dorian Gray*, 1891) 분석을 통해 빅토리아조 후기의 젠더와 섹슈얼리티를 연구하고자 한다. 아일랜드 출신으로 옥스퍼드 대학에서 교육받은 와일드가 런던에서 탐미주의 운동의 선구자로서 활약을 시작했을 때, 그는 그만의 독특한 의상 패션을 창조했다. 그는 빅토리아조 이전 시대에 유행했던 선과 천과 장식품을 이용하고 여성적인 특질들과 관련된 다양한 물건을 혼합하여 사용함으로써, 자신의 의상을 통해 양성애적 수사학을 축조했다. 그것은 부드러움과 딱딱함, 매끄러움과 거침 등과 같은 이분법적 대립으로 표현되던 빅토리아조의 젠더 항목들을 해체함으로써 얻어진 창조였다. 그럼으로써 그는 당대의 남성다움의 이상을 거부했다. 전형적인 19세기 영국 신사 의상의 엄격함과 딱딱함은 빅토리아조의 남성다움뿐만 아니라 그 시대의 도덕과 윤리, 계급가치 등을 반영했다. 1856년 사전에 나오는 '남성다움'의 정의는 다음과 같다. "남자가 되는 것, 즉 단호하고 용감하고 담대하며 품위 있고 귀족적이며 위엄이 있고 나이 어린 소년 같거나 여성적이지 않은 것"(Detmers 112 재인용). 그러나 와일드는 의상을 통해 이러한 빅토리아조 남성상을 전복시켰다. 벨벳 양복 조끼, 비단 스타킹, 나비넥타이가 달린 검은 에나멜가죽 구두 등의 사용은 젠더를 횡단하는 기법의 전범이 되었다. 와일드는 다음과 같이 당대의 남성 복장을 비판했다. "남자들은 벨벳 옷을 좀 더 입어야 한다. 면과는 다르게 벨벳은 빛과 그림자를 나타낼 수 있기 때문이다." "관습이란 이유로 남자들은 검은색과 수수한 회색과 갈색 옷을 입는다. 디자인은 분별없고 스타일에 조화가 없어 그들의 옷은 멋이 없다"(Detmers 113 재인용). 그의 댄디 연출은 빅토리아조 신사의 남성다운 이미지를 해체했다.

그는 동성애자였다.2) 와일드가 언제부터 동성애자였는지에 대해서

---

2) 영국에서 동성애자로 산다는 것은 주변인으로 산다는 것을 의미했다. 영국에서 '소도미'(sodomy)는 '1533년 법령'(Statute of 1533) 이래 1562년부터 1861년까지 사형이 선고되던 중한 범죄였다. 유럽에서는 소도미에 대한 사형제도가 없어진 지 오래되었고 프랑스에서는 상호 간의 동의에 의한 경우 처벌이 완전히 사라졌던 1835년까지도 영국에서는 실제로 사형이 집행되었다. 1861년 사형이 폐지되었을 때는 형벌이 가혹한 종신노역 혹은 10년 이상의 노역으로 바뀌었다(Summers 32-33).

는 비평가들마다 의견이 다르다. 앤 아모르(Anne Clark Amor)는 아내 콘스탄스(Constance Lloyd)가 둘째 아이(Vyvyan)를 임신하고 있었을 때 그가 동성애에 빠졌다고 주장한다. 미의 사도였던 그가 망가진 아내의 모습에 실망해 아름다운 캐나다 귀족 청년인 로버트 로스(Robert Ross)에게 기울게 되었다는 것이다(61-62). 몽고메리 하이드(H. Montgomery Hyde)도 같은 기간에 그가 동성애자가 되었다고 보았다. 청년 시절 걸렸던 매독이 이때 재발하여 아내와 관계를 맺을 수 없어 로스와 동성애를 시작했다는 것이다(55). 반면 브라이언 리드(Brian Reade)는 와일드가 로스를 만나기 10년 전인 1875-77년 옥스퍼드 시절부터 이미 심각한 동성애자였다고 주장한다(24-25). 리차드 엘만(Richard Ellmann) 역시 와일드가 결혼 전부터 이미 동성애자라는 소문에 시달렸고 이 소문을 잠재우기 위해 결혼했다고 봄으로써 와일드의 남성과의 관계는 처음부터 동성애적인 관계였음을 암시한다(233). 프랭크 해리스(Frank Harris)는 법정에서 밝혀진 대로 알프레드 더글라스(Lord Alfred Douglas)를 만난 1891년부터 와일드가 동성애자였을 것으로 추측한다(286). 그러나 비평가들-엘만, 하이드, 리차드 질만(Richard Gilman), 피터 애크로이드(Peter Ackroyd) 등-은 대체로 와일드가 1886년 로스를 만나면서 최초로 남성과 지속적인 관계를 갖기 시작했다는 데 의견의 일치를 보인다.

로스와의 관계 이후 와일드는 줄곧 동성애자로 살았다. 1889년 존 그레이(John Gray) 등과도 친했던 와일드는 1891년 퀸즈베리 후작(Eighth Marquis of Queensberry)의 아들 더글라스를 알게 되며, 이후 그들은 서로의 집에 함께 머물거나 호텔에서 지내는 등 거의 항상 붙어 다녔다(Ellman 63-64). 그러나 와일드의 동성애 상대는 여기서 멈추지 않았다. 1895년 4월부터 5월까지 진행된 와일드의 법정 기록에 의하면 그는 더글라스를 알게 된 이후에도 동성애 상대를 더욱 넓혀 갔다. 그는 남창가를 출입했고, 포주였던 알프레드 테일러(Alfred Taylor)를 통해 하층민 출신의 청년들을 소개받았다. 그가 상대한 남창(male prostitutes) 중에는 놀랍게도 청소부, 점원, 신문팔이 소년 등도 있었다. 알프레드 우드(Alfred Wood), 에드워드 쉘리(Edward Shelley), 알퐁스 칸웨이(Alphonse Conway), 찰스 파커(Charles Parker), 프레드 애트킨즈(Fred Atkins), 어니스트 스카프(Ernest Scarfe), 시드니 매버(Sidney Mavor) 등 와일드가 관계했던 이들 하층민 청년들은 와일드가 피고석에 앉아있던 올드 베일리(Old Bailey) 법정에 나타나 그가 그들과 관계를 맺었으며, 돈과 선물을 준 사실 등을 증언했다(Hyde 115-34). 법정에서 와일드에게 주어진 죄명은 "남성 간의 부적절한 행위"(gross indecency between men)였다. 이로 인해 와일드는 레딩 감옥(Reading Gaol)에서 2년간의 감금과 가혹한 육체노동이라는 형벌을 받았으며, 이로써 그는 1888년 이후 1895년 법정에 서기까지 영국 문단에서 최고의 작가로서 화려하게 쌓아 올렸던 자신의 입지를 완전히 상실했다. 그는 출옥 후 영국을 떠났고, 다시는 돌아오지 않았다. 그러나 치욕적인 법정 스캔들과 긴 감옥살이에도 불구하고 와일드는 자신의 동성애 행위가 잘못되었다고 뉘우치지 않았다. 1897년 이후에도 그는 여전히 대상을 가리지 않은 동성애자였으며, 1900년 죽을 때까지 동성애자로 살았다.

성별과 성욕, 신분을 가로지르는 그의 이러한 댄디즘과 동성애주의는 빅토리아조 후기에 발흥했던 헬레니즘과 관련된다. 빅토리아조 후기의 자유주의자 지식인들은 자본주의 결과로 인한 사회적 균열과 대중 민주주의에로의 접근에서 파생되는 모더니티의 제반 문제점을 치유하는

데 있어 17, 18세기 영국을 지탱해 온 고대 로마의 공화정주의에 근거한 '남성다움'과 '용사의 이상'(ideal of warriors)으로는 더 이상 불가능함을 인식했다. 이들은 빅토리아조 후기의 문화적 위기를 구원할 새로운 도덕적 대안을 그리스 헬레니즘에서 찾았다. 매슈 아놀드(Matthew Arnold)의 『문화와 무질서』(*Culture and Anarchy*), 존 스튜어트 밀(John Stuart Mill)의 『자유론』(*On Liberty*), 윌리엄 글랫스톤(William E. Gladstone)의 「섭리적 세계 질서 내의 고대 그리스의 위치」("The Place of Ancient Greece in the Providential Order of the World") 등은 이러한 빅토리아조 헬레니즘을 반영한다. 이들은 헬레니즘 사상의 기반이 되는 '에너지'와 '개체성', '다양성', '자발성' 등의 새로운 가치만이 빅토리아조 사회의 정체됨과 균일성으로부터 영국 사회를 구제할 수 있다고 믿었다(Dowling 4-12).

1850년대 옥스퍼드 대학의 벤자민 조웻(Benjamin Jowett) 교수와 자유주의자들은 플라톤(Plato)의 저서를 집중적으로 가르치도록 함으로써 대학 교육과정에서의 혁명적인 변화를 주도했다. 이후 그리스 고전 연구는 옥스퍼드 대학 강의의 주요 부분이 되었으며, 플라톤은 빅토리아조 후기 자유주의자들의 형이상학의 기반이 되었다. 특히 남성 간 사랑을 가장 고귀한 사랑으로 정의 내리는 플라톤의 『심포지움』(*Symposium*)은 옥스퍼드 대학 교수들과 학부생 사이에 페더래스티(pederasty)를 유행시켰다.3) 존 헨리 뉴먼(J. H. Newman)의 트랙태리어니즘

---

3) 그리스 시대에 사랑을 뜻하는 단어에는 두 가지가 있었다. 하나는 일반적인 사랑을 뜻하는 "philias"였고, 다른 하나는 두 사람 사이의 열정적인 관계를 뜻하는 "eros"였다. 『심포지움』에서는 이 두 가지 사랑 중 에로스를 다룬다. 그리고 이때의 에로스는 나이 든 자와 나이 어린 자 사이의 페더래스티를 주요 내용으

(Tractarianism) 이래 옥스퍼드 대학에서는 옥스퍼드 대학 특유의 튜터와 학부생 사이의 끈끈한 우정의 역사가 자리 잡고 있었는데, 빅토리아조 후기에 이르면서 이러한 경향이 더욱 확산되었다. 이들 동성애자들은 자손번식을 목표로 하는 이성애보다 정신적 사상의 창조를 목표로 하는 남성 간 사랑이 더욱 고귀한 사랑일 수 있다고 믿었다. 또한 페더래스티는 남성 간의 동지애를 길러주고, 젊은이들에게는 덕목과 지혜 습득을 도와줄 수 있기 때문에 국가건강에도 이롭다고 주장했다. 이때 플라톤의 『심포지움』에 나오는 소크라테스(Socrates)의 가르침이 이들 철학의 기반이 되었다. 1860-90년대의 시먼즈, 더글라스, 씨어도어 래티스로(Theodore Wratislaw) 등의 동성애 시, 시먼즈의 산문 『그리스 시인 연구』(*Studies of the Greek Poets*, 1873), 월터 페이터(Walter Pater)의 『르네상스: 예술과 시 연구』(*The Renaissance: Studies in Art and Poetry*, 1893) 등은 이러한 옥스퍼드 헬레니즘이 가시화된 지적 산물의 결과였다. 시먼즈와 페이터는 실제로 동성애자였고, 이들은 동성애가 더 이상 범죄행위인 소도미가 아니라 빅토리아조 사회를 갱신시킬 수 있는 지적 자아 개발의 한 가지 모드일 수 있음을 강조했다(Dowling 26-31).

1877년 여름 그리스 여행을 다녀온 와일드는 『헬레니즘』(*Hellenism*)이라는 소책자를 통해 그리스 문화에 대한 자신의 지식을 펼쳤다. 여기서 그는 "그리스 역사상 그 어느 도시에도 인간을 제물로 바

로 한다. 페더래스티는 이론적으로는 나이 많은 자와 연소자가 그들의 경험을 서로 주고받는다는 교육적·윤리적 의미를 지닌다. "연안"(lover)은 "사랑받는 자"(the beloved)로부터 성적 쾌락을 얻는 반면, 그는 나이 어린 자에게 자신의 지식과 경험을 전수하고 나이 어린 자는 "연안"의 정신적 인도를 통해 성숙한 시민으로 길러진다고 그리스 사람들은 믿었다(Halperin 5장).

친다든지, 몸을 난자한다든지, 시골 사람들이나 아이들을 노예로 팔아 넘긴다든지, 일부다처제나 혹은 한 사람에 대한 과도한 복종심 같은 것은 존재한 적이 없었다. 이런 관습은 그 당시 그리스가 활발하게 교류를 갖고 있었던 이집트나 페르시아, 동양 사람들 사이에서는 있었던 것들이었다"(7)라며 그리스 문화를 예찬했다. 같은 해 11월, 존 마해피(John P. Mahaffy) 교수가 쓴 『그리스 사람들의 삶과 사상』(*Greek Life and Thought*)에 대한 서평에서도 그는 그리스 문화에 대한 자신의 학문적 관심을 드러냈다. "소재를 다루는 방식이 학자답지 못하며, 역사를 당대 정쟁의 일상적 · 정치적 소책자 수준으로 떨어뜨리는 그의 노력만큼 이 책에서 절망적인 것은 없다"(80). 헬레니즘에 대한 그의 학부 시절의 침윤은 그가 옥스퍼드 대학을 졸업하고 난 뒤에도 그를 떠나지 않았으며, 페더래스터로서 그의 삶은 옥스퍼드 대학에서 체화한 헬레니즘의 영향과 결코 무관하지 않다. 그는 학부 시절 시먼즈, 페이터, 더글라스 등과 함께 옥스퍼드 헬레니즘의 진원지 역할을 했다.4)

그러나 빅토리아조 후기는 과도기적인 시대였다. 그것은 이전의 가

---

4) 1895년 와일드의 2차 재판에서 찰스 질(Charles Gill) 재판관은 더글라스가 와일드에게 보낸 「두 개의 사랑」("The Two Loves")이라는 시를 인용하며 이 시에서 언급하는 "감히 그 이름을 말할 수 없는 사랑"(The love that dare not speak its name)이 무엇이냐고 묻는다. 이때 와일드는 다음과 같이 답했다. "그것은 아름답고 훌륭하며 가장 고귀한 형태의 애정입니다. 거기에는 자연스럽지 않은 게 없습니다. 그것은 지적이며 나이 든 자가 지식을 가지고 있고, 나이 어린 자가 그 앞에서 즐거움과 희망, 삶의 우아함 모두를 가질 때 두 사람 사이에 항상 존재하는 것입니다. 이게 이렇다는 것을 세상은 이해하지 못합니다. 세상은 그것을 비웃죠. 그리고 그것 때문에 가끔 형틀에다 사람을 집어넣기도 하죠"(Hyde 201).

치와 더불어 새로운 가치가 공존했던 역사적 기간이었으며, 시먼즈가 교수직에서 물러나고 페이터가 시험 감독관직을 포기하고(Dowling 92, 102-03) 와일드 법정 사건의 가혹한 결과가 말해주듯, 여전히 이 기간에는 이전의 가치가 맹위를 떨치고 있었다. 와일드의 생애와 문학은 이러한 과도기적인 시대의 산물이었다. "나는 나의 모든 천재성을 삶에다 집어넣었다. 작품에다가는 나의 재능만을 넣었다"(Cohen 802 재인용)라는 그의 발언에서처럼 댄디와 동성애자로서 일관되게 살아왔던 그의 생애와는 대조적으로 그의 문학에는 모순과 간극, 생략과 부재, 침묵과 부정이 나타난다. 아일랜드 출신 예술가로서 빅토리아조 후기 부르주아 계급의 위선과 가식을 꿰뚫어 보았고 그 '진지함' 뒤에 가려진 경박함을 자신의 위트와 경구를 통해 제시했던 작가였지만, 또한 그는 런던에서 생계를 위해 돈을 벌어야 했고 그의 독자 대부분을 차지하는 중산층의 취향과 모럴을 존중해야 했던 빅토리아조 작가이기도 했다.

『도리언 그레이의 초상』은 빅토리아조 후기에 유행했던 남성 간 사랑을 소설이란 장르를 통해 탐구한 작품으로, 한편에서는 그것을 "순수하고" "완전하며" "지적"이라고 제시하고 다른 한편으로는 범죄행위인 소도미와 연결지어 제시한다. 도리언 그레이(Dorian Gray)의 숭배자였던 베이질 홀워드(Basil Hallward)와 헨리 워튼(Lord Henry Wotton)은 플롯이 전개되면서 점점 작품에서 사라지고, 도리언을 숭배하는 자들은 단체로서만 존재한다. 또한 남성 간 사랑이라는 동성애 주제는 여성 인물의 등장과 더불어 작품 중반부터 사라지며 이성 간 사랑의 주제로 대체되는 경향을 보여준다. 즉 와일드는 이 작품에서 빅토리아조 헬레니즘의 정신적 계승자로서 동성애를 찬미함과 동시에 다른 한편으로 그것이 소도미가 될 수 있다는 태도를 견지함으로써 동성애에 대한 접근에 있어

애매모호함을 보여준다.

II

『도리언 그레이의 초상』이 1890년 6월 20일 『리핀코츠 월간잡지』
(*Lippincott's Monthly Magazine*) 7월 호에 처음 발표되었을 때5), 그것
은 영소설사에 새로운 요소를 도입했다. 엘만은 다음과 같이 말했다.
"이 작품이 [대단한 솜씨의 작품은 아니지만] 지속적으로 매력을 끄는
것은 우리가 이 작품을 새로운 기준으로 평가하도록 가르친다. 소설 쓰
는 것이 고통스러운 의무(헨리 제임스의 소설을 그가 그렇게 묘사하듯)
가 아닌 기분 전환이라도 되는 것처럼 와일드는 이 작품을 우아하면서
도 경쾌하게 만들어버렸다. 삶이 가져다줄 수 있는 것 이상을 삶에서 끌
어내려고 하는 이 작품의 기본적인 전설은 깊은 범죄적인 욕망을 불러
일으킨다"(314). 이 작품의 새로움은 동성애라는 전복적인 주제와 관련
된다. 이 작품은 남성 간 사랑이라는 동성애 플롯을 지니며, 동성애를
금기시하는 빅토리아조의 이성애 중심 이데올로기를 해체함으로써 성의

---

5) 이 1890년도 판에 대한 독자의 반응이 적대적이어서, 고치고 삭제하고 또 길이
를 길게 만들어 1891년 개정판이 나왔다. 이 개정판이 지금 대부분의 비평가들
이 사용하는 판이다. 두 개의 판에 대한 비평가들의 견해는 다르다. 도널드 로
러(Donald L. Lawler)는 초판보다 개정판의 예술성이 더 탁월하다고 보는 반
면, 닐스 클로슨(Nils Clausson)은 와일드가 추가한 개정판의 여섯 개 장은 작
품의 예술적 통일성을 약화시키며, 동성애적 언어가 명백하다 해서 초판에서
삭제된 부분들은 원래 작품의 의미를 심각하게 손상시킨다고 평가한다
(Clausson 340 재인용).

해방을 목표로 한다. 문학에서의 동성애 주제는 주로 시적 장르를 통해 나타났다. 1888년 출간된 시 잡지 『예술가』(*The Artist*)의 경우 래티스로, 더글라스 등 옥스퍼드 학부생들에게 지면을 내어줌으로써 그동안 사적인 통로를 통해 언급되던 남성 간 사랑을 공적인 영역에서 취급하도록 해주었다. 그러나 소설 장르를 통한 동성애 주제 탐구는 와일드가 최초일 것이다. 이 작품 바로 앞에 발표된 「W. H. 씨의 초상」("The Portrait of W. H.", 1890), 이 작품이 발표되고 3년 후에 출판된 『텔레니』(*Teleny*, 1893), 더글라스에게 보낸 그의 옥중 서신으로 이루어진 『깊은 데서』(*De Profundis*, 1897) 등은 허구적 산문을 통한 동성애 주제 탐구의 예로 볼 수 있다.

동성애 주제를 다루는 데 있어 와일드는 일관되게 매우 신중한 자세를 보인다. 「W. H. 씨의 초상」의 경우 주인공이 윌리엄 셰익스피어 (William Shakespeare) 소네트 공부를 통해 자신의 동성애적 성향을 발견하지만, 그것을 인정하길 포기함으로써 자아실현을 추구하지 않는다는 내용이다. 정식 동성애 작품이라고 볼 수 있는 『텔레니』의 경우, 와일드는 이 작품을 익명으로 출판했다. 지금도 누구의 작품인지에 대해 딱히 통일된 논의는 없지만 와일드가 이 작품에 깊이 관여했다는 데는 비평가들이 의견을 같이한다(Gagnier 60). 『깊은 데서』 역시 더글라스와 자신의 관계를 묘사하는 데 있어 남성 간 사랑의 아름다움을 찬미하기보다 일방적인 희생자로서의 자기 모습을 강조함으로써 동성애의 위험하고 파괴적인 측면을 부각하려는 경향을 드러낸다. 『도리언 그레이의 초상』의 경우도 마찬가지다. 그는 이 작품에서 동성애란 표현을 사용하지 않으며, 세 남자 주인공은 다른 남성과 성적인 관계를 맺지 않는 것으로 암시된다. 동성애 주제를 다루는 데 있어서의 이러한 신중함은 동성애를 소도미로 간주하는 당시 시대적 상황을 고려해 볼 때 불가피한 작가적 전략이었을 것이다. 그러나 그렇다고 해서 그의 작품들이 지닌 전복성에 대해 눈감고 그의 문학적 작품들이 일궈낸 성취에 대해 온당한 평가를 게을리한다면 이거야말로 작가적 전략에 휘말려 드는 꼴이다.

앨런 신필드(Alan Sinfield) 같은 비평가가 『도리언 그레이의 초상』을 동성애 작품으로 판단할 근거는 이 작품의 어느 곳에도 없다고 주장하는 것은 전혀 근거 없는 말은 아니다. 베이질은 도리언을 사랑하지만 그와의 성적 관계는 암시되지 않으며, 헨리 역시 도리언을 사랑하지만 성적 관계는 아내와 맺는 것으로 암시되며, 도리언은 다른 여성과 결혼 직전까지 가는 것으로 묘사된다. 그러나 이 작품은 신필드 자신의 말처럼 콘텍스트상 동성애 코드로 넘쳐나며(100-03),6) 비록 이 작품이 19세기 말의 작품으로서 작품에 반영된 동성애기 오늘날 우리가 의미하는 동성애와 차이가 있다 하더라도 당시의 독자들이나 지금의 독자들이 이 작품을 동성애 작품으로 이해하는 데는 결코 무리가 없다고 본다. 퀸즈베리 재판 당시 퀸즈베리가 고용한 변호인단 멤버였던 에드워드 카슨(Edward Carson)은 퀸즈베리에게 무죄 판결을 안겨주기 위해 와일드가 순결한 청년 더글라스를 타락시킨 페더래스터임을 입증해야 했다. 그는 와일드가 쓴 '부도덕한' 작품들을 인용하며 법정 공방을 벌여야 했는데, 이때 카슨이 가장 많이 인용한 작품 중의 하나가 바로 이 『도리언 그레

---

6) 여기서 신필드는 "queerness"란 용어를 사용한다. 신필드 주장의 밑바탕에는 성욕의 개념이 시대마다 다르며, 우리가 지금 알고 있는 "queerness"와 19세기 말에 이해된 동성애 사이에는 개념 차이가 있을 것이라는 생각이 깔려 있다. 그는 조나단 돌리모어(Jonathan Dollimore)의 견해대로 이 소설을 "homo-sexual"보다는 "homosocial"한 작품으로 본다(101).

이의 초상』이었다(Hyde 109-15). 이런 점을 감안할 때 출판되었을 당시 독자들이 이 작품을 동성애 작품으로 읽지 않았으리라는 신필드의 주장은 지나치게 신중한 나머지 사실을 왜곡하는 측면이 있다(Clausson 346).

이 작품에는 동성애 작품임을 암시하는 다양한 장치들이 있다. 무엇보다도 이 작품은 빅토리아조 헬레니즘을 반영한다. 헬레니즘에 대한 암시가 빈번하며 그리스 신화에 대한 언급이 많다. 도리언 그레이의 '도리언'은 그리스 시대에 동성애자들이 모여 살던 스파르타 지역의 이름에서 따왔으며, 헨리가 바라보는 도리언의 모습이나 베이질이 바라보는 도리언의 모습, 혹은 도리언이 자기 자신을 바라보는 모습은 모두 그리스 시대와 연관되어 묘사된다. 도리언은 귀족인 어머니의 후손으로 묘사되며, 어머니와 동일시된다. 도리언은 젠더를 횡단한다. 그의 몸의 아름다움은 작품 전체를 지배한다. 이것은 전통적인 소설에서 여성의 역할을 그가 떠맡는 것과 같다. 남성 간 사랑의 묘사에 있어서도 이 작품은『심포지움』에서의 소크라테스 가르침을 그대로 따른다. 베이질과 도리언의 관계는 그리스 시대 페더래스티의 이상을 재현하며, 서로 영향을 주고받는 두 사람의 관계가 반복적으로 강조된다. 헨리와 도리언의 관계도 마찬가지다. 앞서 발표된 와일드의 또 다른 동성애 작품인 「W. H. 씨의 초상」과는 달리 이 작품은 동성애를 창조적이며, 정신적이며, 구원을 가져다줄 수 있는 다분히 매력적인 것으로 제시하는 데 성공한다. 근본적으로 이 소설은 "20세기에 장 지네(Jean Genet), 윌리엄 버로우스(William Burroughs), 제임스 밸러드(James G. Ballard) 등의 작가를 포함하는 전복적인 소설 장르"(Reed 5)로서 젠더와 섹슈얼리티에 있어서 혁명적인 변화를 보여주는 작품이다.

이 작품은 우선 베이질과 도리언의 사랑 이야기다. 두 사람은 다른 대상으로부터 찾을 수 없는 매력을 각각 상대방에게서 찾는다. 베이질은 도리언과의 첫 만남을 헨리에게 다음과 같이 묘사한다.

. . . 갑자기 누군가 날 바라보고 있는 걸 의식했어요. 몸을 반쯤 돌려 처음으로 도리언 그레이를 보았죠. 눈이 마주쳤을 때 난 내가 창백해지고 있다고 느꼈어요. 알 수 없는 공포감이 엄습했어요. 허용하기만 한다면 내 모든 본성과 영혼, 그리고 나의 예술을 송두리째 빨아들일 수 있는 아주 유혹적인 사람과 마주하고 있다는 것을 알았죠

. . . I suddenly became conscious that someone was looking at me. I turned halfway round, and saw Dorian Gray for the first time. When our eyes met, I felt that I was growing pale. A curious sensation of terror came over me. I knew that I had come face to face with someone whose mere personality was so fascinating that, if I allowed it to do so, it would absorb my whole nature, my whole soul, my very art itself. (10)

도리언과의 관계에 대한 베이질의 묘사에는 관능적인 면이 부각된다. "우리는 아주 가까이 다가갔어요. 몸이 서로 닿는 것 같았어요. 우린 다시 눈이 부딪혔지요"(11). 작품 중반부에 오면 베이질은 도리언에게 다음과 같은 사랑 고백을 들려준다.

도리언, 넌 처음부터 날 사로잡았어. 나의 모든 것, 즉 나의 영혼과 지력과 능력을 네가 지배했지. 우리 예술가들의 회상 속에서 떠나지 않는 아름다운 꿈처럼 넌 내겐 눈에 보이지 않는 이상의 화신이었어. 널 숭배했어. 네가 말을 거는 모든 사람을 질투했어. 나 혼자 널 다 가지고 싶어 했지. 너와 함께 있으면 행복하기만 했지.

Dorian, from the moment I met you, your personality had the most extraordinary influence over me. I was dominated, soul, brain, and power by you. You became to me the visible incarnation of that unseen ideal whose memory haunts us artists like an exquisite dream. I worshipped you. I grew jealous of everyone to whom you spoke. I wanted to have you all to myself. I was only happy when I was with you. (126)

이러한 감정은 도리언도 마찬가지다. 베이질의 위의 고백에 앞서 그는 베이질에게 그가 헨리보다 더 나은 인간이며, 그와 함께 있을 때 행복했다고 토로한다(120). 베이질을 죽이고 난 후에도 도리언은 헨리에게 자신은 베이질을 매우 좋아했다고 실토한다(233). 베이질과 함께한 아름다운 시간에 대한 회상은 도리언이 타락의 길로 접어들 때도 도리언의 의식을 가끔씩 침범한다.

　도리언에 대한 베이질의 사랑은 정신적이고 플라토닉한 것으로, 위대한 예술을 창조하게끔 해주는 본성상 "순수하고", "완전하며", "지적"인 것으로 제시된다. 도리언은 그에게 육체와 정신이 완전한 균형을 이룬 "헬레니즘의 이상"이다(15). 베이질은 그를 통해 사물을 새롭게 느끼고 새롭게 생각할 줄 알게 된다. 도리언을 통해 예술에 있어서의 새로운

"방식"과 새로운 "스타일의 양식"(14)을 터득한 그는 이제 전통적 방식과 주제로는 표현할 수 없던 감정과 느낌들을 재현하는 데 성공한다. 도리언에 대한 베이질의 사랑은 너무 순수한 나머지 도리언도 그것이 자신에 대한 진정한 사랑이라고 느끼게끔 한다. 도리언은 타락의 길로 들어서면서도 베이질의 사랑이 어쩌면 자신을 구제할 수 있었을지도 모른다고 생각한다. 도리언에 대한 베이질의 사랑은 유럽 역사상 존재했던 많은 위대한 예술가의 사랑과 연결된다.

> 그가 [도리언]에게 품은 사랑은 진정한 사랑이었기 때문에 거기엔 고상하지 못하거나 지적이지 않은 요소는 하나도 없었다. 그것은 감각으로부터 나와서 감각이 시들면 사라져 버리는 단순한 아름다움에 대한 육체적 찬미가 아니었다. 그것은 마이클 안젤로와 몽테뉴, 윙클만, 셰익스피어 등이 알았던 그런 사랑이었다. 그렇다, 베이질은 그를 구원할 수도 있었을 것이다.

> The love that he bore him— for it was really love— had nothing in it that was not noble and intellectual. It was not that mere physical admiration of beauty that is born of the senses, and that dies when the senses tire. It was such love as Michael Angelo had known, and Montaigne, and Winckelmann, and Shakespeare himself. Yes, Basil could have saved him. (132)

그러나 베이질에 의한 도리언의 예술적 형상화는 그 자체가 베이질의 동성애적 감정을 예술적으로 승화시키는 과정으로, 이 과정에서 도리언에 대한 그의 관능적 욕망은 미학적 욕망으로 대체된다. 그럼으로써 베이질은 도리언에 대한 자신의 동성애적 감정을 숨긴다. 베이질은 도리언에 대한 자기 감정의 진정한 의미를 이해하고 두 사람의 관계를 발전시켜 나가려고 하는 대신, 자신의 예술을 통해 도리언을 재창조하는 데 만족함으로써 그들의 감정을 추상화한다. 이런 과정은 도리언을 단순한 예술의 동기부여로 축소시키며, 그를 자신의 예술적 목적에 맞게 이용하는 것이다. 또한 도리언에 대한 베이질의 사랑은 그에게 죄와 공포의 근원이 된다. 베이질은 도리언의 그림을 완성했을 때 그 안에서 자기 영혼의 "비밀"(127)을 본다. 그것은 바로 "감히 그 이름을 말할 수 없는 사랑"이다. 그 사랑은 사회가 금지하고 있기 때문이다. 따라서 진지한 예술가 베이질은 자신이 창작한 가장 위대한 작품인 도리언 그레이의 초상화를 숨기기로 한다. 그는 그 그림을 전시회에 출품하자는 헨리의 제안을 받아들이지 않는다. 도리언에 대한 사랑은 이처럼 베이질에 의해 한편으로는 이상화되면서 다른 한편으로는 죄악시되고 비밀로 해야만 하는 것이 된다. 이것은 그 자신의 잘못이기도 하지만, 그가 그렇게 할 수밖에 없도록 만드는 동성애를 죄악시하는 빅토리아조 사회의 잘못이기도 하다.

베이질의 딜레마는 와일드 자신의 딜레마이자 당대 동성애 작가들의 딜레마를 말해준다. 와일드도 베이질과 마찬가지로 나이 어린 청년들과의 교제를 통해 예술 작품을 탄생시켰다. 「W. H. 씨의 초상」은 로스와의 관계의 결과이며,7)『도리언 그레이의 초상』은 그레이를 의식해서 썼으며, 더글러스를 만난 이후에는 다섯 편의 극작품을 발표해 영국에서 최고 극작가로서의 명성을 얻었다. 와일드도 동성애자로서의 경험이 자

---

7) 이 작품을『블랙우드』(*Balckwood's*) 잡지에 발표한 뒤 와일드는 로스에게 다음과 같이 말했다. "이 이야기는 반은 당신 거요. 그대가 없었다면 이 작품은 쓰이지 않았을 거요."(Hart-Davis 247).

기 작품에 반영되는 것이 두려웠을 것이다. 비록 옥스퍼드 시절에 체화한 그리스 사상과 정신이 그의 몸에 배어 있었다 하더라도 동성애는 영국 형법에 의하면 엄연한 소도미였다. 그가 로스와 최초의 지속적인 동성애 관계에 들어갔던 1886년은 공교롭게도 "1885년 형사법 개정안"(The Criminal Law Amendment Act) 11조가 효력을 발생하기 시작한 해였다. 1880년대에 이르면 영국에서는 이미 동성애자들이 하위문화 그룹을 형성하면서 자기들끼리 은밀하지만 적극적인 활동을 하고 있었다 (Showalter 10). 보수주의자들은 이러한 동성애 그룹의 활약에 대처하기 위해 새로운 법안 제정을 필요로 했다. "1885년 형사법 개정안"이 바로 그 예였다. 이 법안은 헨리 라부세르(Henry Labouchere)가 입안한 것으로, 모든 남성 간의 성행위를 범죄행위로 규정해 처벌 대상으로 삼았다. 그 이전에는 상호 간의 동외에 따라 시적으로 행한 동성애의 경우에는 처벌 대상이 되지 않았다. 이 법의 제정으로 인해 실제 많은 동성애자가 처벌을 받았다고 한다(Summers 19).

따라서 작가가 작품을 통해서 동성애 주제를 다룬다면 그것은 사회적 법을 어기는 범법행위를 저지르는 것과 같다. 작가는 동성애 주제를 다루되 이 작품에서의 와일드 자신처럼 조심스럽고 은밀한 방식으로 다루든지, 혹은 베이질처럼 그것을 사람들 앞에 발표하기를 포기해야 한다. 와일드는 삶에서 동성애를 실천했고 그것을 소재로 문학작품들을 발표했지만, 베이질은 그렇게 하기에는 너무 겁이 많은 예술가다. 그는 사회적 금기에 따라 도리언에 대한 자신의 감정을 억압한다. 그는 도리언에 대한 자기감정을 발전시키지도 못할 뿐 아니라, 그의 최고 예술작품인 도리언 그레이의 초상화를 사람들 앞에 전시하지도 못한다. 그 결과로 그는 자신을 고립시킨다. 도리언이 그를 떠나며 그들의 사랑은 미완인

채 끝난다. 그 결과는 치명적이다. 베이질은 더 이상 탁월한 예술 작품을 창조하지 못하며, 베이질을 떠난 도리언은 도덕적으로 타락한다. 도리언은 베이질을 살해한 후 왜 자기가 베이질을 죽였는지 앨런 캠벨(Alan Campbell)에게 다음과 같이 변명하는데, 거기에는 일말의 진리가 있다.

> 내가 그를 죽였어. 넌 그가 날 얼마나 고통스럽게 했는지 몰라. 내 인생이 어떻든지 간에 헨리보다 그가 더 내 인생을 만들거나 망가뜨리거나 했단 말이야. 그가 그것을 의도하지 않았을지도 모르지. 그러나 결과는 같은 거였어.

> I killed him. You don't know what he had made me suffer. Whatever my life is, he had more to do with the making or the marring of it than poor Harry has had. He may not have intended it, the result was the same. (185)

따라서 이 작품에서 남성 간의 사랑은 비극으로 끝난다. 도리언이 그를 떠난 후 시빌 베인(Sybil Vane)과 결혼하겠다고 암시할 때 베이질은 다음과 같이 상실감에 괴로워한다.

> 이상하게도 상실감이 그를 엄습했다. 이제 도리언 그레이는 그에게 과거의 도리언 그레이가 다시 되어 줄 수 없을 것이라고 그는 느꼈다. 인생이 그들 사이로 끼어들었다. . . . 눈물이 그의 시야를 가렸다. 사람들로 넘쳐나고 불빛으로 너울거리는 거리들이 그의 눈앞에서 흐려졌다. 마차가 극장에 도달했을 때 그는 자신이 몇 년 더 늙어버렸다고 생각했

다.

A strange sense of loss came over him. He felt that Dorian Gray
would never again be to him all that he had been in the past. Life
had come between them. . . . His eyes darkened, and the crowded,
flaring streets became blurred to his eyes. When the cab drew up at
the theatre, it seemed to him that he had grown years older. (90)

III

　베이질과 도리언의 관계가 깨지는 것은 헨리의 개입 때부터 예견된
다. 헨리가 도리언을 사로잡는 무기는 바로 그의 언어 구사 능력이다.
그는 베이질이 캔버스 위의 도리언 초상화에 마지막 손질을 하는 동안
자신의 지적인 능력을 무기로 도리언을 설득하며, 그를 "새로운 욕망의
상징적 질서"(Cohen 807)로 안내한다. 그는 페이터가 『쾌락주의자 마리
우스』(*Marius the Epicurean*, 1885)에서 주장하는 '자아 개발'(self-
development)의 도덕적 이상을 도리언에게 설교한다. 페이터의 자아 개
발 주제는 개인의 성 해방을 목표로 하는 것으로, 근본적으로 동성애를
소도미로 간주하는 당대 사회에 대한 전복적 시도였다. 도리언에 대한
성적 이끌림을 억제했던 베이질과는 대조적으로 헨리는 무제한적인 자
기개발 철학을 통해 동성애자들이 사회와 종교가 가하는 구속력에 맞서
그들 자신의 진정한 자아를 실현시킬 것을 독려한다. 그는 도리언에게
"인생의 목표는 자아 개발이다"(23)라고 분명한 논조로 말한다.

헨리의 '자아 개발'에 대한 탐구는 로렌스(D. H. Lawrence)처럼 다분히 문명 비판적이다. 그것은 빅토리아조 사회의 근간이 되는 중세주의와 그리스 헬레니즘의 이상을 대조시키며, 육체와 영혼의 완전한 조화를 상징하는 그리스 시대로의 회귀를 갈망한다. 나아가 헨리는 '자아 개발'에 대한 탐구를 헬레니즘의 이상을 좌절시키는 당대 법에 대한 공격과 연결한다. 그가 공격의 대상으로 삼는 "끔찍한 법"은 우리들로부터 충만한 삶을 방해하는 "1885년 형사법 개정안"을 염두에 둔 것이다.

> 유혹을 없앨 유일한 방법은 그것에 굴복하는 것이다. 유혹을 거절해 봐라. 네 영혼은 스스로에게 금지시킨 것, 그 끔찍한 법이 끔찍하고도 불법적이라고 만든 것에 대한 갈망 때문에 병이 날 것이다.

> The only way to get rid of a temptation is to yield to it. Resist it, and your soul grows sick with longing for the things it has forbidden to itself, with desire for what its monstrous laws have made monstrous and unlawful. (22-23)

헨리와 도리언의 관계 역시 남성 간의 사랑 주제를 반복한다. 다음은 "그리스 조각" 같은 도리언의 아름다움에 반한 헨리의 감정이다.

> 전날 밤 클럽에서 저녁 식사 때 그가 놀란 두 눈과 겁에 질린 쾌락으로 두 입술을 벌린 채 그의 반대편에 앉아 있었을 때, 이 청년은 얼마나 유혹적[8]이었던가. 붉은 촛불의 그림자는 잠에서 깨어난 듯한 그의 얼

---

8) 이때 사용된 형용사 "charming"은 종종 동성애자를 수식할 때 사용되었다고

굴을 더욱 진한 장미꽃으로 물들이고 있었다. 그에게 말을 시키는 것은 마치 정교한 바이올린을 켜는 것과 같았다. 활의 모든 터치와 떨림에 그는 반응했다.

And how charming he had been at dinner the night before, as, with startled eyes and lips parted in frightened pleasure, he had sat opposite to him at the club, the red candle-shades staining to a richer rose the wakening wonder of his face. Talking to him was like playing upon an exquisite violin. He answered to every touch and thrill of the bow. (42)

도리언 역시 헨리에게서 관능적인 매력을 발견한다. "그의 낭만적인 올리브 색깔의 얼굴과 지친 표정은 그의 관심을 끌었다. 그의 낮고 느린 목소리는 아주 매력적이었는데, 거기에는 무언가가 있었다. 차갑고, 희고, 꽃 같은 두 손조차도 묘한 매력을 지니고 있었다. 그가 말을 할 때면 그의 두 손은 음악처럼 움직여 그 자체의 언어를 갖고 있는 것 같았다"(26).

이제 헨리는 도리언을 자신의 의도대로 만들고자 하는 작업을 자기 인생의 주요 목표로 삼는다. 헨리의 이러한 목표는 베이질의 헬레니즘 이상과 유사하게 그를 통해 몸과 영혼의 균형을 창조하고자 함이다. 그리하여 이 작품의 최고 탐미주의자인 헨리는 도리언에게 감각의 중요성을 일깨운다. "항상 새로운 감각을 찾아 나서라. 아무것도 두려워하지

한다. 뒤에 도리언은 시빌에 의해 "Prince Charming"으로 불리는데 이것도 우연이 아니다.

마. . . . 새로운 쾌락주의 . . . 넌 그 상징이 될 수 있을 거야'(28). 헨리의 가르침으로 도리언은 자신 안에 숨겨져 있던 동성애적 성향에 처음으로 눈뜬다(24).

헨리가 도리언을 가르치는 과정은 베이질이 도리언의 이미지를 자신의 화폭 안에 담는 예술적 과정과 유사하다. 베이질이 도리언에 대한 사랑을 통해 그것을 예술적으로 승화시켜 예술적 작품을 창조하는 것처럼, 헨리도 도리언에 대한 사랑을 통해 도리언을 자신의 철학에 맞춰 새로운 이미지의 인물로 재창조하고자 한다. 그럼으로써 자기 삶에서 직접 체험하지 못하는 감각과 감정을 그를 통해 간접적으로 경험하고자 한다. 이것 역시 도리언을 자기 목적에 이용하는 것이다. 베이질과 헨리는 여러 면에서 대조적인 인물이지만, 도리언을 자신의 심미적, 정신적 만족을 위해 각각 변형하고 재창조한다는 점에서 예술가적인 공통점을 지닌다. 이것은 그들의 본질적인 수동성에 대한 심리적 보상일 수 있다(Summers 48). 베이질과 헨리, 도리언은 모두 육체와 영혼이 분리된 우리 시대 우리들의 자화상이다. 이들은 아는 것을 행동으로 옮길 수 없는 분열된 현대인들이다. 이 작품은 사랑의 어려움과 상실의 고통을 기록하고 있지만 몸과 영혼, 주체와 대상 사이의 조화로운 결합에 대한 갈망으로 가득 차 있다.

부자들의 자선 사업을 비웃고, 결혼과 가족의 의미를 외면하고, 예술의 도덕성을 거부하는 등 헨리는 빅토리아조의 중산층적 가치와는 거리가 먼 전형적인 탐미주의자의 철학을 보여준다. 그는 근면, 생산성, 공리주의, 합리성 등 빅토리아조에 중시되던 가치들을 해체한다. 그는 남성다운 빅토리아조 신사의 이상을 조롱한다. 태만하고 방탕하며 퇴폐적인 귀족으로 등장하는 그는 19세기 말의 반제국주의적, 반가부장제적,

반공리주의적 입장을 보였던 '예술을 위한 예술'의 지지자인 탐미주의자들의 시각을 반영한다(Gagnier 4-8). 이러한 헨리의 전복적인 철학은 곧 와일드 자신의 체제 전복적인 태도와 연관된다. 그의 가장 정치적인 에세이 중 하나인 「사회주의하의 인간의 영혼」("The Soul of Man under Socialism")이라는 글에서 와일드는 다음과 같이 주장한 바 있다.

죄란 것은 진보의 필수적인 요소이다. 그것 없이는 세상은 정체되고 낡으며 멋없는 것이 된다. 그것이 지닌 호기심으로 인해 죄는 종족의 경험을 더욱 증대시켜 준다. 개인주의를 더욱 주장함으로써 죄는 유형의 단조로움으로부터 우리를 구제한다. 그것은 작금의 도덕적 개념들을 거부함으로써 더 높은 윤리와 하나가 된다.

What is termed Sin is an essential element of progress. Without it the world would stagnate, or grow old, or become colourless. By its curiosity sin increases the experience of the race. Through its intensified assertion of individualism it saves from monotony of type. In its rejection of the current notions about morality, it is one with the higher ethics. (125)

IV

지금까지 이 장에서는 빅토리아조 후반의 헬레니즘 부활과 옥스퍼드 헬레니즘의 내용을 살핀 뒤 그 영향으로 남성 간 사랑을 고귀한 감정으로 바라보는 시각이 유행했다는 전제 아래, 옥스퍼드 대학 출신인 와일드의 작품『도리언 그레이의 초상』에서도 이러한 헬레니즘의 이상에 대한 동경이 자리 잡고 있다고 분석했다. 육체와 영혼의 조화라는 헬레니즘 이상의 구현물인 도리언을 사이에 두고 베이질과 헨리가 벌이는 사랑의 삼각관계를 살폈다. 두 사람이 도리언과 충만한 관계를 이루지 못하는 책임은 본인들의 용기 부족 탓이기도 하지만 동성애를 터부시하고 불법화한 당대 사회의 잘못도 크다. 따라서 이 작품은 동성애를 불법화한 당대 법에 대한 항의를 담고 있다. 베이질의 딜레마는 도리언을 사랑하지만 그 감정은 사회가 동의하지 않는 감정이기 때문에 그 감정을 숨겨야만 한다고 믿는 것이다. 그는 동성애를 터부시하는 사회가 잘못된 것인 줄 인식하지 못한다. 그는 단지 자기 감정을 세상으로부터 숨기기만 하면 된다고 생각한다. 반면 헨리는 개인의 성을 억압하는 빅토리아조 사회에 대한 비판을 서슴지 않는다. 그는 교회와 사회가 개인의 성적 해방을 방해한다고 보아 개인은 이러한 적대 세력에 반기를 들어 저항해야 한다고 믿는다. 그러나 그는 이러한 전복적 철학에도 불구하고 자신은 절대 동성애를 범할 인물이 못 된다. 그는 단지 도리언에게 자신이 행동할 자신이 없는 것을 행하기를 고무시킴으로써 만족할 뿐이다. 그도 역시 베이질과 마찬가지로 도리언에 대한 자신의 성적 끌림이 의미하는 바를 이해하지 못하며 도리언과의 관계를 발전시켜 나가지 못한다.

소설의 전개는 4장부터 갑자기 시빌이라는 이질적인 요소가 등장하면서 도리언을 중심으로 한 베이질과 헨리 사이의 동성애적 삼각관계가 아무런 설명 없이 배경으로 밀려난다. 대신 도리언과 시빌의 이성애적 관계가 전면에서 탐구된다. 이것이 8장까지 간다. 헨리의 영향으로 자신의 숨겨진 동성애적 성향에 눈뜬 도리언이 자신의 파트너로 여성 시빌을 선택한 것은 아이러니다. 이것은 지금까지 너무나 명백하게 동성애 주제를 다루어 온 와일드로선 그 주제를 희석화하기 위해 필요한 불가피한 선택이었다. 따라서 소설의 감정 구조상 베이질과 헨리 사이에서 일종의 여성 역할을 담당했던 양성애적인 도리언이 여성 시빌과 사랑에 빠지고 그 사랑이 곧장 파국으로 끝남은 당연한 귀결로 볼 수 있다. 시빌의 자살 이후 도리언은 타락의 나락으로 떨어지는데 그는 이제 마약, 범죄, 성적 타락 등 빅토리아조의 온갖 지하 세계로의 경험을 계속한다. 그가 저지르는 범죄가 구체적으로 무엇인지 불분명하게 처리되고 있는 것은 사실이지만,9) 그가 귀족 청년들과 저지르는 범죄행위는 동성애임이 강하게 암시된다. 소문을 듣고 달려온 베이질은 도리언에게 다음과 같이 묻는다. "왜 어린 청년들과 맺는 너의 우정은 치명적인 결과를 낳는 거냐. 근위병 중에 자살한 불쌍한 친구가 있잖아. 그 친군 네 친한 친구였고, 오명을 남기고 영국을 떠나야민 했던 헨리 애쉬톤(Sir Henry Ashton)도 있잖아. 걔랑 너랑 딱 붙어 다녔잖아. 무서운 최후를 맞은 애드리언 싱글턴(Adrian Singleton)은 또 어떻고"(165-66). 이런 경우 도리언은 야수적인 차원의 인물로 묘사되며, 그가 범하는 동성애는 소도미로 처리된다. 와일드는 도리언이 짓는 이러한 죄를 통해 동성애를 소도미로 간주하는 당대의 모럴에 동참한다. 도리언 역시 베이질이 그려준 자신의 초상화에서 자신이 짓는 죄의 성격을 본다. 베이질과 마찬가지로 그도 자기 초상화를 다른 사람들이 볼까 봐 그것을 벽장에 숨긴다. "비밀"이란 단어는 이 작품에 수없이 등장한다. 이 당시의 동성애자들은 그들의

---

9) 비평가들도 의견이 다르다. 한스 메이어(Hans Mayer)는 도리언이 저지르는 범죄를 마약으로(223-24), 신필드는 자위로 본다(101). 쇼월터는 도리언 그레이 초상화의 얼굴이 흉악해지는 것은 동성애자들을 위협하는 성병의 결과와 관련된다고 해석한다(177).

행위를 반드시 숨겨야만 했다. 동성애자들이 겪는 삶의 폐해를 시먼즈는 다음과 같이 고발한다. "[동성애자들]은 그들의 관계를 지속적으로 숨기도록 강요당한다. 이 점에 대한 그들의 두려움은 끝이 없다. 의심을 불러일으킬 극도의 친밀감은 (특히 나이가 다르거나 같은 계급이 아닌 경우) 외부 세계에 드러나지 않도록 숨겨야 한다"(72).

도리언이 범하는 범죄행위를 소도미로 처리함으로써 앞장에서 공감을 갖고 묘사되던 동성애는 이제 흔적 없이 자취를 감춘다. 여전히 아름다운 도리언의 미는 이제 어떤 개인을 통해 흠모되는 게 아니라 불분명한 집단에 의해 흠모되고 점점 그 숭배자 수는 늘어난다. 즉 그의 아름다움은 베이질이나 헨리 같은 어떤 개인을 통해 흠모되는 것이 아니라 대상이 분산되어 집단화된다. 그리하여 전에 그를 흠모하던 숭배자들은 이 집단 속으로 함몰된다. 도리언을 흠모하는 자들은 이제 삼인칭 복수의 형태로 나타나 도리언이 구현하는 에로스의 대상은 집단이 된다(Nunokawa 189). 이러한 소설 전략은 앞장에서 거의 분명하게 전개되던 동성애 주제를 회석하고 관습적인 모럴에 동참하고자 하는 작가의 봉쇄 전략의 일환이다.

시빌의 등장과 죽음은 탐미주의자 문학에서 여성의 위치를 재고하게 해준다. 와일드는 수많은 여성과도 교류를 가졌던 페미니스트였다. 1887-89년에 그는 『여성의 세계』(Woman's World)라는 여성 잡지 편집장으로서 여성의 고등교육과 직업, 참정권, 사회적 지위, 의상 개혁 등에 대한 글을 실었다(Heilman 142). 1890년대는 이미 '가정의 천사'라는 개념은 허구였고, 많은 여성이 집 밖으로 뛰쳐나와 자신만의 일을 찾고자 했다. 와일드의 문학은 신여성이 활보하던 시대를 반영한다. 와일드 자신이 관습적인 빅토리아조 남성상에 도전해 댄디라는 새로운 남성상을 창조했던 것처럼, 그는 여성에 있어서도 신여성을 지지했다. 시빌은 와일드가 선호했던 이러한 신여성의 이미지와는 거리가 멀다. 작중에서 헨리는 다음과 같이 독립적이지 못한 여성을 비판한다. "여성은 인간이 신을 대접하듯 우리 남성을 대접하죠. 그들은 우리를 숭배하면서 자기들을 위해 항상 무언가를 해달라고 졸라대요"(88-89). "우리는 여성을 해방시켰지만 그들은 여전히 주인을 찾으러 다니는 노예들이지요"(114). 4장에서 8장까지 다루어지는 도리언과 시빌의 이성애적 관계는 이 소설의 동성애 주제를 감추기 위한 작가적 전략이자 관습적인 남녀 간 결혼 제도에 대한 작가의 비판적인 시각을 보여준다.

이 작품 속의 세 주요 인물은 작가 자신의 분신들이다. 베이질은 동성애에 몸담기 이전의 '순결한' 와일드를, 헨리는 1886년 이후 동성애자였으나 작품을 쓸 때는 아닌 것처럼 기장해야 했던 동성애자 작가로서의 와일드를, 도리언은 1892년 더글라스를 만나면서 무분별한 동성애에 탐닉했던 실제 삶 속의 와일드를 예언적으로 보여준다. 이 세 단계의 와일드 자신의 경험은 사회적 공식에 의하면 순수로부터 경험, 경험으로부터 타락에 이르는 모든 과정을 포함하지만 와일드에게는 다 중요할 수밖에 없다. 이 작품에서 작가의 다원주의는 어느 것 하나만을 일방적으로 지지하지 않는다. 이 작품은 한편으로는 베이질과 헨리를 불구로 만드는 동성애 혐오적인 빅토리아조 사회를 고발하면서도 다른 한편으로는 이 모든 것이 꿈이고 '순결한' 자신으로 돌아가고픈, 사회에서 '순결한' 작가로 인정받고픈 강렬한 갈망도 보여준다. 결말에 도리언이 추악한 모습으로 변해버린 자신의 초상화를 칼로 찌르는 순간 추한 자신은 죽고 초상화는 원래의 아름다운 모습으로 돌아가는 것처럼, 와일드는 이 작품의 초판에 나타나는 동성애적 흔적을 개정판에서 다 지우고자 했으나, 그의 예술은 아름다운 모습으로 지금껏 살아 우리들의 관심을 끈다.

빅토리아조 사회는 아일랜드인이었고, 옥스퍼드 출신이었고, 동성애자였으며, '범죄자'였고, 자칭 사회주의자였던 와일드를 단합하여 응징했다. 그것은 그가 그만큼 당시 영국적인 가치에 온몸으로 저항했기 때문이다. 무엇보다도 그는 몸을 비하하고 동성애를 소도미로 간주하는 당시의 이성애 중심적인 중산층 윤리에 반발했다. 특히 그는 『도리언 그레이의 초상』에서 빅토리아조 동성애자들을 억압하는 "1885년 형사법 개정안"에 맞서 성 해방의 필요성을 암시했다. 19세기의 교묘한 성 담론을 지적한 미셸 푸코(Michel Foucault)는 다음과 같이 말한 바 있다. "만일 성이 억압당한다면, 즉 금지되고, 부재해야 하고, 침묵당해야만 하는 것으로 비난받는다면, 그것에 대해 누군가 말하기만 해도 그 사실은 의도적인 법률 위반의 형태를 띄게 될 것이다. 그는 기존의 법을 해체한다. 어찌 되었든 그는 미래의 해방을 예견한다"(6). 분명 19세기 말의 『도리언 그레이의 초상』은 다가올 성 해방을 예견하는 중요하고도 값진 작품이다.

| 인용 문헌 |

Amor, Anne Clark. *Mrs Oscar Wilde: A Woman of Some Importance*. London: Sidgwick & Jackson, 1983.

Clausson, Nils. "'Culture and Corruption": Paterian Self-Development versus Gothic

Degeneration in Oscar Wilde's *The Picture of Dorian Gray*.' *JSCLL* 39.4 (Fall 2003): 339-64.

Cohen, Ed. "Writing Gone Wilde: Homoerotic Desire in the Closet of Representation." *PMLA* 102.5 (Oct. 1987): 801-13.

Dellamora, Richard. *Masculine Desire: The Sexual Politics of Victorian Aestheticism*. Chapel Hill and London: U of North Carolina P, 1990.

Detmers, Ines. "Oscar's Fashion: Constructing a Rhetoric of Androgyny." Ed. Uwe Boker et al. *The Importance of Reinventing Oscar: Versions of Wilde during the Last 100 Years*. Amsterdam-New York: Rodopi, 1999.

Dollimore, Jonathan. *Sexual Dissidence*. Oxford: Clarendon P, 1991.

Dowling, Linda. *Hellenism and Homosexuality in Victorian Oxford*. Ithaca and London: Cornell UP, 1994.

Ellis, Havelock. *The Psychology of Sex*. New York: Ray Long and Richard R. Smith, 1933.

Ellmann, Richard. *Oscar Wilde*. New York: Vintage Books, 1988.

Foucault, Michel. *The History of Sexuality, Volume I: An Introduction*. New York: Vintage Books, 1990.

Gagnier, Regenia A. *Idylls of the Marketplace: Oscar Wilde and the Victorian Public*. Standford: Standford UP, 1986.

Gladstone, William E. "The Place of Ancient Greece in the Providential Order of the World." *Gleanings of Past Years, 1843-79*, 7: 31-96. New York: Charles Scribners, 1879.

Halperin, David. *One Hundred Years of Homosexuality*. New York and London: Routledge, 1990.

Harris, Frank. *Oscar Wilde: His Life and Confessions*. London: Constable, 1938.

Hart-Davis, Rupert, ed. *The Letters of Oscar Wilde*. New York: Harcourt Brace & World,

1962.

Heilmann, Ann. "Wilde's New Women: The New Woman on Wilde." Ed. Uwe Boker et al. *The Importance of Reinventing Oscar: Versions of Wilde during the Last 100 Years*. Amsterdam-New York: Rodopi, 1999.

Hyde, H. Montgomery. *The Trials of Oscar Wilde*. New York: Dover Publications, 1962.

Jenkyns, Richard. *The Victorians and Ancient Greece*. Cambridge: Harvard UP, 1980.

Mayer, Hans. *Outsiders*. Trans. Denis M. Sweet. Cambridge, MA: MIT P, 1984.

Miller, Karl. *Doubles: Studies in Literary History*. London: Oxford UP, 1987.

Nunokawa, Jeffrey. "The Disappearance of the Homosexual in *The Picture of Dorian Gray*." Ed. George E. Haggerty and Bonnie Zimmerman. *Professions of Desire*. New York: MLAA, 1995.

Pater, Walter. *The Renaissance: Studies in Art and Poetry*. Ed. Donald L. Hill. Berkeley: U of California P, 1980.

Plato. *Symposium*. Trans. Alexander Nehamas & Paul Woodruff. Indianapolis & Cambridge: Hackett Publishing Company, 1989.

Reade, Brian. *Sexual Heretics: Male Homosexuality in English Literature from 1850 to 1900: An Anthology*. New York: Coward-McCann, 1870.

Reed, Jeremy. Introduction. *The Picture of Dorian Gray*. London: Creation Books, 2000.

Showalter, Elaine. *Sexual Anarchy*. London: Bloomsbury, 1991.

Sinfield, Alan. *The Wilde Century: Effeminacy, Oscar Wilde, and the Queer Moment*. New York: Columbia UP, 1994.

Summers, Claude J. *Gay Fictions: Wilde to Stonewall*. New York: Continuum, 1990.

Symonds, John Addington. *A Problem in Modern Ethics*. New York: B. Blom, 1971.

Wilde, Oscar. *De Profundis and Other Writings*. Intro. Hesketh Pearson. Harmondsworth: Penguin Books, 1954.

---. *Hellenism*. Edinburgh: The Tragara P, 1979.

---. "Mr. Mahaffy's New Book *Greek Life and Thought*." Ed. Richard Ellmann. *The Artist as Critic*. London: Butler & Tanner, 1970.

---. *The Picture of Dorian Gray*. London: Penguin Books, 1949.

---. "Portrait of Mr. W. H." Ed. Richard Ellmann. *The Artist as Critic*. London: Butler & Tanner, 1970.

---. *The Soul of Man Under Socialism and Other Essays*. Intro. Philip Rieff. New York: Harper & Row, 1970.

--- and Others. *Teleny*. Ed. John McRae. London: GMP, 1986.

4

오스카 와일드 재판(1895)

■ ■

I

1895년 4월 3일부터 5일까지 진행된 오스카 와일드(Oscar Wilde)의 1차 재판(*Reg. v. Queensberry*)은 무엇보다도 와일드의 문학에 대한 재판이었다. 그것은 와일드가 명예훼손으로 고발한 퀸즈베리 후작(Marquis of Queensberry)에게 무죄 판결을 내리는 한편, "예술을 위한 예술"을 표방했던 와일드에게 구속 영장을 발부해 체포함으로써 세기말 영국의 유미주의 문학에 종언을 고했다. 1885년 형사법 개정안 11조(Criminal Law Amendment Act 1885 Section 11)에 의거해 "부적절한 행위"라는 죄명으로 와일드 자신이 피고석에 서야 했던 연이어 열린 와일드의 2차, 3차 재판은 동성애자들에게는 그들의 존재를 세상에 널리 알리는 세기말의 기념비적인 사건이 되었다. 앨런 신필드(Alan Sinfield)의 지적처럼 와일드의 재판은 남자 동성애자들의 경험의 정점을 보여주는 사건으로, 이때부터 "남자 동성애자"(homosexual), "퀴어"(queer)라는 용어들이 섹슈얼리티의 역사 속으로 진입하게 되었다(3). 그러나 와일드의 재판이 우리에게 또 다른 수확으로 다가오는 것은, 사실주의에서 모더니즘으로 옮겨가는 문학사의 과도기적인 지점에서 20세기 초엽 모더니즘의 전조가 되는 그의 유미주의 문학 이론이 법정에서의 증언을 통해 본인의 입을 빌려 생생하게 증언되고 있다는 점이다. 그가 재판에 서는 순간 그의 유미주의 문학이 재판을 받게 되며, 자신이 기록한 문학 작품들에 의해 그는 '불온한' 작가로 낙인찍혀 결국 영국 사회에서 영원히 추방당할 처지에 놓였다. 이처럼 와일드의 재판은 세기말에 사회적 평판에 있어 전례 없이 추락당해야 했던 예술가의 지위를 보여주며, 이후 사회로부터 고립된 상황에서 작품을 써야 했던 모더니스트 작가의 출현을 예고했다. 이 장은 당시 "예술을 위한 예술"이라는 슬로건 아래 유미주의 문학을 출범시켰던 일군의 세기말 예술가들과 이들을 사회악으로 응징하려 했던 관습적인 사실주의자들이 첨예하게 대립하였다는 전제 아래, 와일드의 재판을 이러한 두 세력 사이의 싸움으로 보고자 한다.

재판은 와일드가 퀸즈베리 후작을 명예훼손으로 고소하면서 발단되었다. 자신을 "남색가인 척하는 자"(Oscar Wilde, posing [as a] somdomite[sic])"라고 불렀다 하여 퀸즈베리 후작을 고소했던 와일드는 올드 베일리(Old Bailey)에서 열린 1차 재판에서 아이러니하게도 피고 앞에서 자신의 문학과 문학관을 변호해야만 하는 난처한 입장에 처하게 된다. 왜냐하면 명예훼손으로 고소당한 자가 자기 행위를 정당한 것으로 탄원하기 위한 유일한 방법이 당시로서는 그것이 공익을 위해 불가피한 행위였음을 입증하는 것이었고, 따라서 퀸즈베리 후작은 작가적 명성이 높았던 와일드의 문학이 남성 간에 성을 부추기기 위한 것, 궁극적으로는 국가 전체의 건강을 해칠 수 있는 것임을 밝히고자 하는 데 초점을 맞추었기 때문이다. 명예훼손 고소는 자신의 평판을 지키기 위해 종종 의도되지만, 이처럼 자신을 수렁에 빠뜨리게 하는 결과를 가져오기도 했다. 와일드 말고도 그 이전에 애트켄(Jonathan Aitken), 아처(Jeffrey Archer) 등도 그들의 명예를 지키려다 스스로 감옥에 가는 길을 자초한 바 있었다(Merlin Holland, forward by Sir John Mortimer, xi). 1843년 전만 해도 명예훼손죄에 대한 피고의 탄원서는 허용되지 않았다. 그러다 1843년 "명예훼손 법령"(Libel Act)이 통과되면서 피고는 그의 명예훼손이 공적 이익을 위해 불가피한 것이었음을 입증할 수 있을 경우에 한하여 탄원서를 제출할 수 있도록 허용되었다(Hyde 99).

따라서 와일드의 1차 재판에서 피고인 퀸즈베리 측은 평판 높은 작가라는 공인으로서 와일드의 작가적 지질을 문제 심었고, 주로 와일드의 문학 작품 및 그가 쓴 사적인 서신뿐만 아니라 그의 작품이 게재되었던 같은 잡지에 실린 다른 작가들의 작품까지도 망라해서 거론했으며, 그의 데카당 문학의 '불온'한 성격이 검증대 위에 올라가게 되었다. 애시당초 퀸즈베리 측이 법원에 제출한 탄원서에 나오는 14개의 항목 가운데 문학과 관련된 2개 항목을 보면, 와일드는 그의 작품 『도리언 그레이의 초상』(*The Picture of Dorian Gray*)을 통해 수많은 순진한 청년을 "소도미와 그 외 다른 부적절하고 부도덕한 행위를 범하도록 유혹했으며 또한 선동했다." 뿐만 아니라 『카멜레온』(*The Chameleon*, 1894)에 실린 와일드의 「청년들의 용도를 위한 구절과 철학」("Phrases and Philosophies for the Use of the Young")에 나오는 '부도덕한' 격언들 역시 독자들의 도덕을 전복시키고, 청년들을 타락시키며, 부자연스러운 악을 고무시키기 위해 의도된 것들이었다. 그리하여 탄원서는 다음과 같이 주장했다.

. . . 비방하는 문제의 글을 [퀸즈베리]가 썼던 그 당시에 문제의 오스
카 핑걸 오팔허티 윌스 와일드는 문학인이었고, 탁월하고 악명 높은 극
작가였으며, 청년들에게 상당한 영향력을 행사하던 사람으로, 문제의
오스카 핑걸 오팔허티 윌스 와일드는 청년들에게 충고와 교훈을 주는
데 자신을 적합한 사람으로 믿어, 옥스퍼드 학부생들 사이에 나돌고 있
는 잡지였던 『카멜레온』에 문제의 격언들을 게재했다. 『카멜레온』과
『도리언 그레이의 초상』이란 제목의 문제의 글들은 도덕을 전복시키고
부자연스러운 악을 고취시키기 위해 계획되었으며, 문제의 오스카 핑걸
오팔허티 윌스 와일드는 문제의 찰스 파커, 알폰소 칸웨이, 월터 그레
인저, 시드니 매이버, 프레데릭 애트킨스, 어니스트 스카프, 에드워드
셸리 등 청년들의 도덕을 타락시키고 더럽혔으며, 문제의 오스카 핑걸
오팔허티 윌스 와일드는 처벌받지도 않고 발각당하지도 않은 채 문제의
소도미 행위를 오랫동안 범해왔다.

. . . before and at the time of the publishing of the said alleged
libel the said Oscar Fingal O'Flahertie Wills Wilde was a man of
letters and a dramatist of prominence and notoriety and a person
who exercised considerable influence over young men, that the said
Osacr Fingal O'Flahertie Wills Wildeclaimed to be a fit and proper
person to give advice and instruction to the young and had
published the said maxims hereinbefore mentioned in the said
magazine entitled "The Chameleon": for circulation amongst students
of the University of Oxford, and the said works entitled "The

Chameleon" and "The Picture of Dorian Gray" were calculated to subvert morality and to encourage unnatural vice, and that the said Oscar Fingal O'Flahertie Wills Wilde had corrupted and debauched the morals of the said Charles Parker, Alfonso Harold Conway, Walter Grainger, Sidney Mavor, Frederick Atkins, Ernest Scarfe and Edward Shelley as aforesaid, and that the said Oscar Fingal O'Flahertie Wills Wilde had committed the offences aforementioned and the sodomitical practices for a long time with impunity and without detection. (Hyde 327)

소도미 혐의는 성격상 입증 자체가 거의 불가능했기 때문에 연이어 열린 2차, 3차 재판에서도 와일드의 문학작품과 그의 사적인 글들은 그의 유죄 여부를 따지는 데 있어 중요한 참조사항으로 지속적으로 거론되었다. 가령 3차 재판의 마지막 날 연설에서도 재판관은 와일드에게 유죄 판결을 내릴 때 다름 아닌 더글라스에게 보낸 와일드의 사적인 편지를 문제 삼으며 그를 질타했다.[1]

이 장에서는 와일드의 1차 재판을 "예술을 위한 예술"을 고집했던 세기말의 유미주의 문학에 대한 19세기 관습적 사실주의의 승리로 보고, 당시로서는 혁신적인 예술론이었던 유미주의 문학에 대한 종언으로 와일드의 1차 재판을 다루고자 한다. 19세기의 관습적 사실주의 문학관과 20세기 초엽 모더니즘의 전조가 되는 세기말의 유미주의 문학관 사이의 팽팽한 대결이 바로 와일드의 1차 재판 현장에서 벌어진다는 전제하에,

---

1) 와일드 본인도 자신을 감옥 가도록 만든 것은 실은 다름 아닌 더글라스에게 보낸 편지가 발단이 되었다고 술회한 바 있다(*De Profundis* 105).

비록 재판에서 와일드가 패배하고 퀸즈베리 후작이 무죄로 석방되긴 하지만 문학사적으로 볼 때는 그의 유미주의 미학이 20세기 초엽의 모더니즘 문학에서 다시 부활하고, 또 그 이후에도 현대 비평에서 지속적으로 큰 영향력을 발휘하는바 종국에는 그의 유미주의가 옳았다는 점을 밝히고자 한다. 특히 여기에서는 와일드의 유미주의 미학이 체계적으로 전개되는 와일드 자신의 비평집 『의도』(*Intentions*, 1891)에 나오는 두 개의 에세이 「거짓말의 쇠퇴」("The Decay of Lying")와 「예술가로서의 비평가」("The Critic as Artist")에 나오는 미학적 쟁점들을 소개하여 와일드의 법정 진술을 그 자신의 비평이론으로 보완해 설명하고자 한다. 재판 과정에서 제기되는 관습적인 사실주의와 와일드의 유미주의 미학 사이의 쟁점들을 두 개의 서로 다른 사조 사이의 차이로 변별하면서 와일드의 유미주의 내용을 좀 더 구체적으로 분석해 보겠다.

II

카슨이 와일드와의 논쟁에서 문제 삼은 것 중 하나는 와일드의 문학이 도덕적이지 않다는 점이었다. 카슨에게 예술은 거울과 같은 것으로 작가는 삶 혹은 자연을 제대로 비추어 독자들에게 교훈과 도덕을 제공할 수 있어야 했다. 그리하여 카슨에게 문학은 모방적이어야 했고, 교훈적이어야 했다. 거울에 대한 이 비유는 그 출처가 셰익스피어(Shakespeare)의 『햄릿』(*Hamlet*)으로 거슬러 내려간다. 극 중에서 햄릿은 연기를 맡은 배우들에게 다음과 같이 주문한다. "자연의 중도를 넘어서지 말라. 관례대로 행위를 말에, 말을 행위에다 맞추도록 하라. 과도한 것은 극의 목적에서 벗어나기 때문이다. 기실 극의 목적은 처음부터 끝까지 자연에다 거울을 비추는 것이다"(248). 이처럼 사실주의는 문학 작품이 자연을 모방하며, 거기에는 도덕적 교훈이 가미되어야 한다고 믿었다. 이때 작품의 형식은 이러한 도덕적 교훈을 전달하기 위한 수단에 불과했다. 한편 와일드에게는 미학이 사실주의나 도덕보다 더욱 중요했다. 그에게 예술은 자연이나 혹은 도덕과 무관했다. 예술은 자연을 모방하는 것이 아니라 그 자체를 위해 존재하는 것으로 그것은 오히려 무질서하고 혼란스러운 자연에다 질서와 아름다움을 부여하는 것이었다. 따라서 예술이 자연을 모방하는 것이 아니라 오히려 자연이 예술을 모방한다고 주장했다.

카슨이 예술의 개념, 그리고 예술과 도덕의 관계에 대한 와일드의 견해를 유도하기 위해 끌어들인 구체적인 텍스트들을 보면 ① 『카멜레온』지에 실린 와일드의 격언집 「청년들의 용도를 위한 구절과 철학」, 더글라스의 두 개의 시 「수치를 찬미하며」("In Praise of Shame")와 「두 개의 사랑」("The Two Loves"), J. F. 블락삼(J. F. Bloxam)이 쓴 「신부와 조수」("The Priest and the Acolyte"), ② 와일드의 유일한 소설 『도리언 그레이의 초상』, ③ 와일드가 더글라스에게 보낸 사적인 편지 등이 있었다. 카슨에게는 이들 작품에 단 하나의 사상만이 관통하고 있었다. 그것은 곧 남자가 여자에게나 사용하는 언어를 남자에게 하고 있다는 데서 드러나듯이 청년 독자들에게 소도미를 부추긴다는 것이었다. 즉 와일드의 문학은 부자연스럽고 부적절한 것만을 비추는 부도덕한 것이었다. 그리하여 와일드의 문학 텍스트들만으로도 자신의 변호인인 퀸즈베리 후작의 표기인 "남색가인 척하는 오스카 와일드"는 사실에 부합할 뿐만 아니라 공익을 위해서도 필요했다고 주장했다.

와일드의 「청년들의 용도를 위한 구절과 철학」과 관련하여 카슨은 우선 와일드의 텍스트가 옥스퍼드 대학 학부생들에 의해 운영되는 게이적인 소재를 다루는 『카멜레온』지에 기고되었다는 점을 중시했다. 와일드의 격언들은 소도미 주제를 분명히 드러내지 않았던바, 순서상 소도미 주제를 직접적으로 드러내고 있는 더글라스의 시들과 블락삼의 「신부와 조수」를 먼저 거론해야 했다. 우선 더글라스의 시 「두 개의 사랑」은 이성애와 동성애를 다루는 시로 한 소년은 그의 사랑을 "진정한 사랑"이라고 부르고 다른 소년은 그의 사랑을 "수치"라고 부르는데, 이 시의 마지막 행인 "나는 감히 그 이름을 말하지 못하는 사랑이다"와 같은 부분에는 "부적절한 암시"가 있지 않느냐고 물었다. 「신부와 조수」에 대해서도 카슨은 신부가 자신의 미사를 돕는 나이 어린 조수와 사랑에 빠지고, 그 소년이 신부의 방에서 발견되는 바람에 스캔들이 터지고, 결국 신부가 소년에게 독을 먹이고 자신도 함께 자살하고 만다는 내용인데 이 작품이 과연 도덕적인가를 물었다. 카슨에게 이 작품은 소도미라는 부자연스럽고 적절하지 못한 것만을 다루는 불경스러운 작품이었다. 그는 이런 식으로 작품 중에서 소도미와 관련된 부분만을 떼어내 그것이 곧 작가의 삶과 연관된다고 주장했다. 이에 와일드는 작품은 문학적 기준에서 그 예술성이 평가되어야지 도덕 혹은 부도덕성은 작품을 평가할 주요한 잣대가 될 수 없다고 주장했다.

카슨: 「신부와 조수」를 읽었죠?
와일드: 네.
카슨: 그게 부적절한 기고문이라고 조금도 생각하지 않았나요?
와일드: 문학적 관점에서 아주 부적절하다고 생각합니다.

카슨:	그 작품을 문학적 관점에서만 반대합니까?

와일드:	작가가 문학적 결함을 떠나서 다른 방법으로 문학 작품을 판단하는 것은 불가능하지요. 문학이란 말로 나는 소재의 처리, 소재의 선택 등 모든 것을 포함합니다. 이 작품은 선택도 틀렸고, 소재도 틀렸고, 글쓰기도 완전 틀렸고, 모든 처리가 잘못되었지요.

카슨:	모든 처리가 잘못되었다고요?

와일드:	소재도 틀렸어요. 그것은 아름답게 만들어졌어야 해요.

카슨:	당신은 부도덕적인 책 같은 것은 없다는 의견인가요.

와일드:	네.

카슨:	그게 당신의 의견인가요?

와일드:	네.

카슨:	그렇다면 제 생각에 당신의 견해로는 그 작품이 부도덕적인 책이 아닌가 보죠?

와일드:	그보다 더욱 나쁘지요. 그 책은 형편없이 써졌거든요. (웃음)

Carson:	You read "The Priest and the Acolyte"?

Wilde:	Yes.

Carson:	You have no doubt whatsoever that that was not an improper contribution?

Wilde:	From a literary point of view, I think it highly improper.

Carson:	Do you only disapprove of it from a literary point of view?

Wilde:	It is impossible for a man of letters to judge of a piece of writing otherwise than from its fault in literature. By literature, of course, one includes reatment of subject, selection of subject, everything. I mean, I couldn't criticise a book as if it was a piece of actual life. I think the choice was wrong, the subject wrong, the writing perfectly wrong, the whole treatment wrong — wrong!

Carson: The whole treatment was wrong?

Wilde: And subject wrong. It might have been made beautiful.

Carson: I think you are of the opinion, Mr Wilde, that there is no such thing as an immoral book?

Wilde: Yes.

Carson: You are of that opinion?

Wilde: Yes.

Carson: Then, I suppose I may take it that in your opinion the piece was not immoral?

Wilde: Worse, it is badly written. (Laughter) (Holland 68-69)

다음으로 카슨은 "종교는 진실이 입증될 경우 죽어버린다", "쾌락은 살아야만 할 유일한 이유이다", "진리란 두 사람 이상이 믿으면 더 이상 진리가 아니다", "완벽함의 조건은 게으름이다"와 같은 와일드의 「청년들의 용도를 위한 구절과 철학」에 나오는 격언들을 인용한 뒤, 이러한 와일드의 격언이 남성 간 사랑을 직접적으로 다루는 더글라스의 시와 「신부와 조수」같은 옥스퍼드 학부생들의 작품과 나란히 실렸을 경우 『카멜레온』지의 주요 독자인 나이 어린 청년 독자들에게 소도미를 부추겨 그들을 도덕적으로 타락시킬 수 있지 않겠느냐며 따졌다. 이에 대해 와일드는 예술은 선과 악을 소재로 사용할 뿐이지 그 자체가 선과 악을 추구하지 않는다고 말했다. 그렇다면 이 격언들을 쓸 때 그것이 도덕적 혹은 부도덕적인 효과를 만들어 낼지에 대해 전혀 관심이 없었느냐고 카슨이 다시 물었다. 이에 와일드는 그렇다고 대답했다. 어떤 책도, 어떤 예술도, 인간의 행위에 어떠한 영향도 주지 않기 때문에 도덕적 혹은 부도덕한 책 같은 구분은 있을 수 없다고 말했다. 나아가 미와 위트와 감정의 형식으로 아름다움의 효과를 갖는 그 무언가를 만들려는 게 예술가로서 자신의 목표이지 진리는 자신이 추구하는 예술의 본령이 아니라고 역설했다. 현실 속에서의 사실과 일대일 대응관계를 갖는 그런 진리를 다루고 있지 않다는 것이다.

카슨: 들어보세요. 여기 당신의 「청년들의 용도를 위한 구절과 철학」에서 따온 격언 하나가 있어요. "사악함은 선한 사람들이 다른 사람들의 신기한 매력을 설명하기 위해 만들어 낸 신화다." (웃음)

와일드: 네.

카슨: 당신은 그 말이 진리라고 생각하시나요?

와일드: 나는 내가 쓴 무엇이든 그것을 진리라고 생각한 적이 별로 없어요.

카슨: "별로"라고 말씀하셨나요?

와일드: "별로"라고 말했어요. 어쩌면 결코 그런 적이 없다고도 말할 수 있겠네요.

카슨: 당신이 썼던 게 아무것도 진리가 아니라고요?

와일드: 사실과 일치한다는 점에서 진리가 아니라는 말이죠. 모순, 웃음, 넌센스 등의 제멋대로의 분위기를 묘사한다면 모를까요. 삶의 실제적 사실들에 일치하지 않는다는 점에서 진리가 아

니라는 거죠. 분명 그건 아니죠. 그렇게 생각한다면 유감이죠.

Carson: Listen, sir. Here is one of your "Phrases and Philosophies for the Use of the Young": "Wickedness is a myth invented by good people to account for the curious attractiveness of others." (Laughter)

Wilde: Yes.

Carson: Do you think that is true?

Wilde: I rarely think that anything I write is true. (Laughter)

Carson: Did you say 'rarely'?

Wilde: I said 'rarely.' I might have said never.

Carson: Nothing you ever write is true?

Wilde: Not true in the sense of correspondence to fact; to represent wilful moods of paradox, of fun, nonsense, of anything at all – but not true in the actual sense of correspondence to actual facts of life, certainly not: I should be very sorry to think it. (Holland 74)

더글라스에게 보낸 "자기야"(My Own Boy)로 시작하는 와일드의 편지에 대해서도 카슨은 자기보다 거의 스무 살이나 나이 어린 청년에게 "자기야"라고 부르는 것은 적절하지 않지 않느냐고 물었다. 그리고 그 편지 중에서 가장 시적인 부분이라 할 수 있는 구절 "그대의 소네트는 너무 사랑스럽소. 그대의 붉은 장미 이파리 입술이 미친 키스를 불러일으키는 것만큼이나 음악을 위한 것이기도 하다니 놀랍소"를 직접 인용하면서 이것이 과연 나이 어린 청년에게 건네는 언어로서 적절하고

자연스러운 방식인가를 따졌다. 그러나 와일드는 이 편지를 "아름다운 편지"라고 주장했으며, 그것은 예술작품이지 결코 "예술과 별개"가 아니라고 맞섰다.

와일드: 나는 그 편지가 아름다운 편지라고 생각해요. 당신이 만일 내게 이것이 적절하냐고 묻는다면 그것은 『킹 리어』나 혹은 셰익스피어 소네트가 적절한가를 내게 심문하는 것과 같은 거예요.

카슨: 예술을 떠나서 말하면요?

와일드: 난 예술을 떠나서는 답변할 수 없어요.

카슨: 그러나 예술을 떠나서는 어떤가요?

와일드: 예술을 떠나서는 어떤 답변도 할 수 없어요.

카슨: 예술가가 아닌 사람이 이 편지를 알프레드 더글라스 같은 멋진 청년에게 썼다고 가정합시다.

와일드: 네.

카슨: 자기보다 스무 살이나 더 어린 청년에게요. 이게 그에게 보낼 적절하고 자연스러운 편지였다고 생각하시나요.

와일드: 그가 예술가가 아니었다면 이런 편지를 결코 쓸 수 없었을 겁니다.

Wilde: Yes, I think it was a beautiful letter. If you ask me whether it is proper, you might as well ask me whether King Lear is proper, or a sonnet of Shakespeare is proper. It was a beautiful letter. It was not concerned − the letter was not written − the object of writing propriety; it was written with the object of making a beautiful thing.

Carson:　But apart from art?

Wilde:　Ah! I cannot do that.

Carson:　But apart from art?

Wilde:　I cannot answer any question apart from art. (Holland 105)

와일드에게 예술가는 예외적인 존재들로 평범한 일상적인 언어를 구사하는 자들과는 구분되는 존재였다. 와일드는 자신의 편지를 읽는 카슨의 방식을 못마땅해 하면서 카슨이 자신의 작품을 "비예술적"으로 읽는다고 비난했다. 그에게는 언어의 음악성이 예술의 주요한 부분이었기 때문이다.

　이러한 와일드의 입장을 좀 더 심층적으로 이해하기 위해서는 그의 에세이 「거짓말의 쇠퇴」를 살펴볼 필요가 있다. 와일드는 이 에세이에서 외관을 모방하는 것을 미덕으로 삼았던 전통적인 사실주의 문학을 거부한다. 자연의 무한한 다양성은 단지 신화일 뿐으로 그것은 오히려 자연을 바라보는 인간의 상상력 안에 존재한다고 그는 역설한다. 예술은 그 진실성을 입증하기 위해 굳이 외부 세계를 끌어들일 필요가 없다. "예술은 그 어떤 외적인 유사함의 기준으로 판단되지 않는다"(306). 예술은 그 자체 안에서 완전성을 발견하며 예술 형식의 구조적 힘에 의존한다. 따라서 예술은 도덕, 윤리, 정치 등 모든 외적인 것들로부터 독립한다. 한편 19세기의 관습적인 사실주의는 외부 묘사에 치중한 나머지 문학 본연의 로맨스적인 요소를 상실하게 되었다고 한탄한다. "우리 시대 대부분의 문학이 진부한 성격을 갖는 주된 요인 가운데 하나는 틀림없이 예술로서, 과학으로서, 사회적 쾌락으로서 거짓말의 퇴보이다"(293). 그리하여 그는 졸라(Zola)로 대변되던 당대의 관습적인 사실주의 문학을 비판하면서 "우리가 해야 할 의무는 이 낡은 거짓말 기술을 회복하는 것이다"(317)라고 선언한다. 이 에세이에서 와일드는 픽션을 거짓말로, 소설가를 거짓말쟁이로 규정하면서 유미주의 미학의 다섯 가지 명제를 다음과 같이 정리한다. ① 예술은 그것 외에는 다른 아무것도 표현하지 않는다. ② 모든 나쁜 예술은 삶과 자연에로의 회귀 때문에 발생한다. ③ 삶이 예술을 모방한다. ④ 자연이 예술을 모방한다. ⑤ 거짓말, 즉 아름답고 사실이 아닌 것을 말하는 것이 예술의 고유한 목표다(319-20).

와일드는 삶이 예술을 모방한다고 역설한다. "삶이 거울을 예술에다 비추며, 그것은 화가나 혹은 조각가가 상상한 신기한 것들을 재생산해 내거나 혹은 허구 속에서 꿈꿔진 것들을 실제의 삶 속에서 현실화시킨다." 이것은 1880년대의 상류층 귀부인들이 로제티(Rossetti)나 혹은 번존스(Burne-Jones)의 그림 속에 나오는 인물들이 입은 것과 똑같은 옷을 입으려고 한다는 것만을 의미하지 않았다. 그것은 예술이 우리로 하여금 삶과 자연에 대한 우리만의 비전을 갖도록 도와준다는 것, 그리고 우리가 예술을 통해 사물을 창조해 낼 수 있을 때만 그것을 온전히 바라보게 된다는 것을 의미했다. 와일드에 의하면 루소(Rousseau)의 풍경화를 통해 유럽 사람들이 자연의 미를 최초로 발견했고, 런던 사람들은 인상주의자들의 그림을 통해 런던 안개의 아름다움을 처음으로 알게 되었다는 것이다. 그는 다음과 같이 말한다.

이제 사람들은 안개를 본다. 안개가 있기 때문이 아니라 시인들과 화가들이 사람들에게 그러한 효과의 신비로운 사랑스러움을 가르쳐주었기 때문이다. 런던에는 수백 년간 안개가 있었을 것이다. 아마 그럴 것이다. 그러나 아무도 안개를 보지 못했다. 우리는 그것에 대해 아무것도 알지 못했다. 예술이 그것을 고안해 내고서야 안개는 존재하기 시작했다.

At present, people see fogs, not because there are fogs, but because poets and painters have taught them the mysterious loveliness of such effects. There may have been fogs for centuries in London. I dare say there were. But no one saw them, and so we do not know anything about them. They did not exist till Art had invented them. (312)

이처럼 자연보다는 예술의 위대함을 신뢰했던 와일드는 새로운 유미주의 미학만이 제 기능과 활력을 상실한 사실주의 문학을 수렁으로부터 건져낼 수 있다고 믿었다. 사실주의와 결별을 선언하는 이러한 와일드의 예술가적 반란은 20세기 초엽 1차 대전 후 울프(Virginia Woolf)가 "삶은 발광하는 무리다. 의식의 시작부터 끝까지 우리를 에워싸고 있는 반투명의 봉투이다"("Modern Fiction" 189)라고 삶을 정의할 때, 혹은 조이스(James Joyce)가 『젊은 예술가의 초상』(*A Portrait of the Artist as a Young Man*)에서 가족과 언어, 조국 등 자신의 감수성을 억압하는 모든 것을 거부하고 예술가로서의 독립을 선언할 때 다시 부활한다.

III

법정 논쟁에서 첨예하게 대립된 또 다른 쟁점은 과연 텍스트를 어떻게 해석하느냐였다. 카슨에게 텍스트는 하나의 확고하고도 절대적인 의미를 갖는 그런 성격의 것이었다. 그리고 그것은 작가를 반영한다. 반면 와일드에게 텍스트는 무수한 해석이 가능한 복잡한 성격의 것이었다. 그리고 그것은 바라보는 자, 즉 독자와 관련되었다. 따라서 텍스트와 독자 사이의 역동적인 관계가 중요했다.

텍스트 해석을 두고 벌인 두 사람 사이의 충돌은 예술과 비평의 관계에 대한 사실주의자와 유미주의자 사이의 서로 다른 입장 때문이었다. 사실주의자적 관점에서는 예술작품이 비평보다 우위에 있었다. 성경의 텍스트가 모든 해석 위에 놓이는 것처럼 기존의 사실주의자들은 예술작품에는 비평가의 해석을 초월하는 어떤 절대적인 의미가 있다고 보았다. 예술은 자연을 모방하고 예술가는 그러한 외적인 자연을 그대로 재현하는 것인바, 예술 작품에는 객관적이고 사실적이며 과학적인 의미가 담겨 있다고 보았다. 비평가는 그것을 찾아내야 했다. 그러나 와일드는 비평이 예술보다 더 우월하다고 보았다. 비평가는 다루는 예술작품으로부터 독립되어 자신만의 상상력에 의해 또 다른 작품을 만들어 낼 자유가 허용된다고 믿었다. 그리고 결국 예술작품은 이러한 다양한 해석들로 구성된다는 입장을 보였다. 그리하여 와일드의 유미주의 비평에서 중요한 가치는 더 이상 공정성, 사실성, 과학성이 아니었다. 이제 그를 통해 비평은 더욱 상대적이고 주관적이 되었다.

텍스트 해석의 문제와 관련하여 두 사람은 특히 『도리언 그레이의 초상』의 주인공인 도리언이 지은 죄가 무엇이냐를 두고 의견 대립을 보였다. 카슨에게 도리언이 지은 죄는 소도미였다. 그에게 이 소설의 성격은 근본적으로 「신부와 조수」와 같은 것으로, 사악한 어른인 헨리 워튼(Lord Henry Wotton)의 영향으로 순진한 청년 도리언이 도덕적으로 타락해 가는 과정을 묘사한다고 보았다. 워튼이 도리언에게 읽으라고 준 프랑스 작가 위망(J. K. Huysmans)이 쓴 『역노』(*A Rebours*, 1884)라는 소설은 소도미를 선동하는 것으로, 도리언이 이 책을 읽고 작중에서 소도미 죄를 범하게 된다는 것이었다. 마찬가지로 와일드의 소설을 읽은 미숙한 청년들 역시 도리언처럼 소도미를 범할 우려가 있는데, 이 점이 바로 이 소설의 문제라고 지적했다. 그러나 와일드는 도리언이 지은 죄는 작가에 의해 애매하게 처리되어 있기 때문에 특정한 죄를 가리키는 것이 아니라 무수한 죄를 상징할 수 있다고 주장했다. 그것이 무슨 죄인지는 독자마다 달라진다며, 텍스트 의미의 다양성을 강조했다. 텍스트는 무수한 서로 다른 의미들에 개방되어 있는 것으로 거기서 무슨 의미를 유추하느냐의 문제는 전적으로 독자가 결정할 뿐이라고 주장했다. 그리고 이때 텍스트의 의미는 작가 자신과는 무관하다고 역설했다. 그러면서 와일드는 자신은 예술가이고 예술에 무지하고 편협한 사람들이 자기 소설에서 어떤 의미를 유추하는지에 대해서는 전혀 관심이 없다고 강조했다.

『도리언 그레이의 초상』은 출판 당시부터 소도미 논란이 있었다. 이 작품은 원래 1890년 『리핀코츠』(*Lippincott's Magazine*) 월간 잡지를 통해 출간되었는데, 출간하고 두 달 뒤 와일드는 이 소설에 대한 비평을 216편이나 읽게 되었다. 비평가들은 소설에 담긴 성적 타락을 내비치며 공격했다. 이러한 비평가들의 반응 때문에 와일드는 9개월 뒤 이 작품을 다시 출판하게 되었을 때 소설의 일부를 고치거나 삭제했다. 그는 특히 홀워드(Basil Hallward)가 도리언에 대한 사랑을 로맨틱한 용어로 고백하는 장면 등을 포함하여 텍스트에서 가장 분명하게 소도미로 독해될 소지가 있는 구절들을 모두 잘라냈다. 그러나 카슨이 법정에 들고나온 책은 유감스럽게도 『리핀코츠』에 실렸던 원본 텍스트였고, 그가 법정에서 큰 소리로 인용한 부분 역시 바로 와일드가 원본에서 삭제한 부분들이었다.

카슨에게 이 소설 주인공들의 감정과 생각은 곧 작가 자신의 것이었다. 그는 홀워드가 도리언을 처음 만났을 때 받은 인상을 워튼에게 묘사하는 부분인 『리핀코츠』 6쪽, 홀워드가 도리언에게 사랑을 고백하는 장면인 『리핀코츠』 56-57쪽을 직접 인용하면서 첫 번째의 경우 어린 청년에 대한 한 남성의 이런 감정 묘사가 적절한가를 물었고(Holland 86), 두 번째의 경우 나이 어린 청년에 대한 그러한 열렬한 감정을 와일드 자신이 실제로 삶에서 느껴본 적이 있는 것은 아니냐고 물었다. 이에 와일드는 자신의 소설은 예술작품임을 주장했다. "내가 묘사하는 건 허구입니다"(Holland 90). 또한 화가인 홀워드가 아름다운 청년 도리언에 대해 갖는 사랑은 홀워드가 예술가이기 때문에 가능한 감정으로, 그러한 감정은 감수성이 예민한 예술가들의 경우 흔히 느낄 수 있는 감정이라며 옹호했다. 그러면서 그러한 부분은 다름 아닌 셰익스피어의 소네트를 차용한 것이라고 말했다.

카슨: "나는 널 정말 미치도록 흠모했다." 당신은 당신 자신보다 몇 년 아래인 잘생긴 청년에게 이와 같은 경험을 한 적이 있습니까?

와일드: 답변을 이미 했는데요. 나는 나 자신만 흠모합니다.

카슨:	내 질문에 "예" 혹은 "아니오"라고만 답변해 주세요.

와일드:	답변했습니다. 나는 나보다 나이 어린 청년이든 혹은 나보다 나이가 많은 자이든 간에 결코 흠모의 감정을 가져 본 적이 없어요. 난 그들을 흠모하지 않아요. 한 사람을 사랑하든가 혹은 아무도 사랑하지 않느냐죠.

카슨:	그럼 당신은 여기서 묘사되는 감정을 실제로 경험한 적이 없군요.

와일드:	없습니다. 죄송하지만 그 표현은 셰익스피어에게서 빌려 온 겁니다. (웃음)

카슨:	셰익스피어라고 했나요?

와일드:	네, 셰익스피어 소네트에서요 . . .

Carson:	"I quite admit that I adored you madly." Have you ever had that experience towards a beautiful male person many years younger than yourself?

Wilde:	I have given you my answer. Adoration is a thing I reserve for myself.

Carson:	I ask you "yes" or "no", sir, to my question.

Wilde:	I have given it to you. I have never adored any young man younger than myself or any person older than myself of any kind. I do not adore them. I either love a person or do not love them.

Carson:	Then, you never had that feeling that you depict there?

Wilde:	No, it was borrowed from Shakespeare I regret to say. (Laughter)

Carson: From Shakespeare?

Wilde: Yes, from Shakespeare's sonnets. (Holland 92-93)

카슨은 한 비평가의 글을 인용했는데, 이 소설을 혹평했던 그 비평가는 1889-90년 사이 런던 언론을 장악했던 클리브랜드 스트리트 스캔들(Cleveland Street Scandal)과 와일드의 소설을 연관 짓고 있었다. 당시 중앙 우체국 내의 사소한 도난 사고를 조사하던 경찰은 전보 배달 소년들이 클리브랜드 스트리트 19번가에 남창으로 고용되어 시간제로 일한다는 사실을 알게 되었다. 계속된 조사는 이들 고객 중에 왕실과 정부 쪽 고위급 인사들이 대거 포함되어 있다는 사실을 폭로했는데, 당시 급진적인 언론들은 이들을 처벌하지 않고 은닉시켜 주었다며 정부를 비난했다. 따라서 이 비평가는 와일드의 소설을 이러한 클리브랜드 스트리트 스캔들과 연결하여 귀족의 타락과 그들의 노동자 계급 청년에 대한 성적 착취의 이미지를 불러일으켰다. 그러나 당시 이 비평가의 이러한 혹평을 읽었던 와일드는 7월 19일 자 신문에 반박하는 글을 냈는데, 카슨은 와일드의 이 글도 법정에서 함께 인용했다. 와일드는 그 반박 글에서 도리언이 지은 죄가 무엇인지는 작가에 의해 분명하게 처리되어 있지 않기 때문에 아무도 그것을 알 수 없다고 단언했다. 그런데 만일 누군가 그것을 찾아냈다면 그것은 그 사람 자신이 갖고 온 것일 뿐이라고 강조했다. 즉 도리언이 지은 죄가 무엇이냐는 독자에 의해 전적으로 결정된다는 입장을 고수했다. 다음은 카슨이 인용하는 와일드 소설에 대한 한 비평가의 혹평과 이에 대한 와일드 자신의 반박 글이다.

카슨: "와일드 씨는 두뇌와 기교와 문체를 갖고 있다. 그러나 그가

법을 어기는 귀족들과 몸 파는 전보 배달 소년들만을 위해 글을 쓴다면 그는 가능하면 빨리 재봉업에나 종사하는 게 (아니면 다른 바람직한 직업에 종사하든지) 그 자신의 평판과 공공의 도덕을 위해 더 나을 것이다."

와일드: 네.

클라크: 누구의 의견이죠?

카슨: 1890년 7월 5일 자 『스컷츠 옵저버』지요. (와일드에게) 1890년 7월 19일 당신은 이 글에 답을 했지요. 말미에 당신은 다음과 같이 말했어요. "이 이야기의 극적 전개를 위해 도리언 그레이의 주변을 도덕적 타락의 분위기로 둘러쌀 필요가 있었습니다."

와일드: 네.

카슨: "안 그러면 이야기는 아무런 의미도 없고, 플롯은 아무런 쟁점도 갖게 되지 못했을 테니까요. 이러한 분위기를 불분명하게 하고, 애매하게 하고, 놀랍게 유지하는 것은 이야기를 쓴 예술가의 목표였습니다."

와일드: 네.

카슨: "나는 그가 성공했다고 봅니다. 각 사람은 도리언 그레이에게서 각자 자신의 죄를 보지요. 도리언 그레이의 죄가 무언지 아무도 모릅니다. 그것을 발견한 자는 그 자신이 갖고 온 거죠"

와일드: 네.

Carson: "Mr Wilde has brains and art and style; but if he can write for none but outlawed noblemen and perverted telegraph boys, the sooner he takes to tailoring (or some other decent trade), the better for his own reputation and the public morals."

Wilde: Yes.

Carson: You wrote an answer to that on the 19th of July 1890, and you say this at the end: "It was necessary, sir, for the dramatic development of this story to surround Dorian Gray with an atmosphere of moral corruption."

Wilde: Yes.

Clarke: Whose opinion is this?

Carson: The *Scots Observer* on the 5th of July 1890. (To Wilde) You wrote an answer to that on the 19th of July 1890, and you say this at the end: "It was necessary, sir, for the dramatic development of this story to surround Dorian Gray with an atmosphere of moral corruption."

Wilde: Yes.

Carson: "Otherwise the story would have had no meaning and the plot no issue. To keep this atmosphere vague and indeterminate and wonderful was the aim of the artist who wrote the story."

Wilde: Yes.

Carson: "I claim, sir, that he has succeeded. Each man sees his own sin in Dorian Gray. What Dorian Gray's sins are, no one knows. He who finds them has brought them."

Wilde: Yes. (Holland 77-78)

위에 언급된 것처럼 와일드의 견해에 의하면 각각의 독자는 도리언의 죄에서 각자 자기 자신의 죄를 본다. 와일드의 미학에 의하면 텍스트는 바라보는 자, 즉 독자를 반영하기 때문이다. 따라서 와일드의 미학에 의하면 소도미 죄를 저지른 자는 그것을 작품에 가져온 자, 즉 카슨 자신이 된다. "각 사람은 도리언 그레이에게서 각자 자신의 죄를 본다." 그런데 법정 공방에서 와일드는 이러한 주장을 개진하지 않았다. 오히려 공세적으로 나온 사람은 카슨이었다. 카슨은 이 의미심장한 순간에 텍스트 의미의 다양성을 주장하는 와일드의 미학을 그대로 받아들여 와일드의 주장대로 만일 도리언이 지은 죄가 다양한 죄에 개방되어 있다면 그가 저지른 죄들 가운데에 소도미도 해당될 수 있는 게 아니냐고 물었다. 와일드의 주장처럼 소위 예술적 식견을 제대로 갖추지 못한 독자들의 경우 도리언의 죄에서 소도미를 읽어 낼 소지가 충분히 있지 않겠느냐는 말이었다.

카슨: 그렇다면 내가 받아들이기로는 당신은 도리언 그레이가 지은 죄들 가운데 어떤 것은 소도미일 수 있다는 추론의 가능성을 열어 놓은 거네요.

와일드: 그건 책을 읽는 각 사람의 기질에 따라 그렇죠. 그 죄를 발견한 사람이 그것을 갖고 온 거죠.

카슨: 그렇다면 아무튼 그 책을 읽은 몇몇 사람은 그 책이 소도미를 다루고 있다고 생각할 수도 있다는 거네요.

와일드: 몇몇 사람은 그렇게 생각할 수 있겠지요.

Carson: Then, you left it open to be inferred, I take it, that the

sins of Dorian Gray, some of them, may have been
sodomy?

Wilde: That is according to the temper of each one who reads the
           book; he who has found the sin has brought it.

Carson: Then, I take it that some people upon reading the book, at
           all events, might reasonably think that it did deal with
           sodomy?

Wilde: Some people might think so. (Holland 77-78)

윌리엄 코헨(William A. Cohen)은 와일드의 재판을 그가 문인이었다는 사실과 연결 지으면서 와일드의 문예이론 자체가 그에게 패배를 안겨주었다고 주장했다. 와일드는 작가로서 문학적인 것과 성애적인 것을 작품 속에 서로 결합하려 했는데, 바로 그 서로 다른 두 개의 영역을 자신의 글쓰기에 포함시키기 위해서는 불가피하게 텍스트 해석의 애매성과 불확실성을 강조할 수밖에 없었고, 이러한 강조는 그의 텍스트가 소도미를 선동하는 것만을 의미하지 않는다는 것을 입증하는 데는 성공했을지 몰라도 다른 한편으로는 그의 텍스트가 그러한 해석도 낳을 수 있다는 가능성을 열어둠으로써 카슨의 공격 앞에서 무방비한 채로 패할 수밖에 없었다는 것이다(214). "[작품] 해석을 두고 벌인 법정 싸움에서 와일드는 그의 모든 글쓰기가 비록 명백하게 관능적으로 나타날 때조차도 문학적이라고 주장한 반면 반대편의 변호사는 그것이 합법적으로 문학적일 때조차도 모두 성적으로 암호화되어 있다고 묘사했다"(213-14). 그러나 와일드의 법정 싸움 패배를 그의 미학의 패배로 해석하는 것은 옳지 않다고 본다. 와일드는 미학적 관점에서 그 자신의 작품이 그렇게도 해석될 수 있다는 점은 인정했지만, 다른 한편으로는 자신의 텍스트가 그런 해석에만 한정되지 않는다는 점을 분명히 밝혔기 때문이다. 그가 끝까지 자기 소설을 예술작품으로서 바라볼 것을 강조한 이유는 동성애자로서의 자기 정체성을 감추기 위해서가 아니라 자신의 작품을 예술작품으로서 옹호해야 할 의무가 예술가인 자신에게 있다고 보았기 때문이다.

「예술가로서의 비평가」에서 와일드는 예술을 근본적으로 비평적 정신의 산물로 보았다. "모든 훌륭한 상상력의 산물은 자의식적이고 의도적이다"(354). 마찬가지로 비평을 창조적인 것으로 규정했다. "비평은 그 자체가 예술이다. 예술적인 창조가 비평적 기능의 활동을 의미하는 것과 마찬가지로 비평 역시 최고의 의미로 진정 창조적이다." 그러면서 그는 예술이 자연과 삶으로부터 독립된 것과 마찬가지로 비평 역시 자신이 비평하는 예술작품으로부터 독립된다고 주장한다. 비평가는 작품에 구속될 필요 없이 자신만의 상상력에 의존하여 자신의 주관적이고 개인적인 인상을 기록하기만 하면 되었다. "예술가가 가시적인 형태와 색채의 세계 혹은 열정과 사상의 비가시적인 세계에 갖는 관계처럼 비평가 역시 그가 비평하는 예술 작품과 같은 관계를 갖는다"(364). 그리하여 그는 이 에세이에서 "비평은 다루는 작품을 출발점으로 하여 또 다른 창작을 한다"(367)라는 혁명적인 선언을 한다. 바로 여기서 예술로서의 비평, 예술가로서의 비평가라는 개념이 등장한다.

비평가에게 예술 작품은 그 자신만의 새로운 작품에 대한 암시일 뿐이다. 그 자신만의 새로운 작품은 그것이 비평하는 것과 어떤 분명한 닮은 점을 반드시 지니고 있어야 할 필요가 없다. 아름다운 형태의 한 가지 특징은 거기에다가 자기가 원하는 것을 무엇이든지 넣을 수 있고,

그 안에서 자기가 보고 싶은 것을 볼 수 있다는 것이다. 창작물에 보편적 미학적 요소를 부여하는 아름다움은 비평가로 하여금 이번에는 그를 창조자로 만들며, 애초의 창작물, 즉 동상을 조각하거나 혹은 패널을 그렸거나 혹은 보석을 깎은 자의 정신에 있지 않았던 천 개의 다른 것들을 속삭여준다.

To the critic the work of art is simply a suggestion for a new work of his own, that need not necessarily bear any obvious resemblance to the thing it criticizes. The one characteristic of a beautiful form is that one can put into it whatever one wishes, and see in it whatever one chooses to see; and the Beauty, that gives to creation its universal and aesthetic element, made the critic a creator in his turn, and whispers of a thousand different things which were not present in the mind of him who carved the statue or painted the panel or graved the gem. (369)

「거짓말의 쇠퇴」에서 와일드가 삶이 예술을 모방하며 우리가 예술을 통해 삶을 더 잘 이해하게 된다고 말했다면, 「예술가로서의 비평가」에서 그는 비평이 예술보다 더 우월하며 비평을 통해 우리가 예술을 더 잘 이해하게 된다고 주장한다. 가령 우리가 터너(Turner)의 그림 때문에 일몰의 아름다움을 감상하는 법을 알게 되었다면, 마찬가지로 비평가 러스킨(John Ruskin)이 우리에게 터너의 그림을 제대로 감상하는 법을 가르쳐줘서 터너의 그림을 보고 감탄하게 되었다는 것이다. 레오나르도 다빈치(Leonardo da Vinci) 때문에 이탈리아의 아름다움을 보고 감탄하게 되는 것도 페이터(Walter Pater)의 통찰이 우리의 눈을 뜨게 해주었기 때문이라면서, 우리는 모나리자(Mona Lisa)와 그녀의 신비로운 미소의 아름다움을 페이터의 비평을 통해 알게 된다고 말한다. 도식화해서 말하자면 와일드로부터 예술은 삶보다 더 우월하며, 비평은 또한 예술보다 더 우월한 것이 되었다.

이러한 와일드의 창조적 비평 개념은 1950년대 이후의 현대 비평계에서 적극적으로 수용되었다. 1950년대 윔샛(Wimsatt)과 비어즈리(Beardsley)의 신비평, 1970-80년대 데리다(Derrida)의 해체주의, 프라이(Northrop Frye)의 원형/신화비평에 각각 도입되었을 뿐만 아니라, 사이드(Edward Said)와 블룸(Harold Bloom), 그리고 하트만(Geoffrey Hartman) 등 최근 비평가들의 이론에도 적극적으로 수용되어 예술과 비평의 지위를 더욱 격상시켰다(Longxi 94-99).

결국 카슨은 『카멜레온』과 관련하여, 와일드가 자기 작품을 같은 잡지에 게재하면서도 소도미 주제를 명백히 드러내는 「신부와 조수」를 작가로서 반대한다는 공식적인 입장을 독자들에게 밝히지 않음으로써 순진한 청년 독자들의 피해를 막지 않았으며, 『도리언 그레이의 초상』의 경우에도 본인이 인정했듯이 소도미로 해석될 소지가 있는데도 대중들에게 그 판매와 보급을 막으려고 노력하지 않았으며, 마지막으로 와일드의 사적인 서신의 경우에는 수년간 그의 지배 아래에 있는 더글라스의 위치가 얼마나 위태롭고 위험스러운 것이었는지를 예증해 보여줄 뿐이라며 공인으로서 와일드의 처신을 문제 삼았다. 그는 와일드의 글만 보아도 그가 "부도덕하고 소도미적인 습관에 공감하고 있는지 혹은 그것에 탐닉하고 있는지"를 잘 입증한다고 강조했다(Holland 255). 이런 식으로 와일드의 작품들은 카슨에 의해 "남색가인 척 행세하는" 자라는 퀸즈베리의 표기를 정당화하는 알리바이로 사용되었고, 카슨은 퀸즈베리 후작의 그러한 표기는 사실에 부합할 뿐만 아니라 영국의 질서라는 공익을 위한 것이기도 하다면서 배심원들의 애국심에 호소했다. 그리하여 와일드 측은 퀸즈베리 후작에 대한 고소를 취하해야 했고, 퀸즈베리에게는 무죄가 선고되었다. 다음날 조간신문들은 일제히 유미주의를 근절시켜 마땅한 문예운동으로 규정했고, 퀸즈베리 후작을 영웅시했으며, 와일드의 개인적인 몰락을 당연시 했다. 이후 와일드는 형사법 개정안 11조에 의거하여 피고의 신분으로 법정에 서서 2차, 3차 재판을 받아야 했고 유죄 판결을 받아 2년의 투옥과 함께 문학계에서 사라져야 했다.

IV

이 장은 19세기 말에 "예술을 위한 예술"이라는 슬로건 아래 유미주의 문학을 출범시켰던 일군의 예술가들과 이들을 사회악으로 응징하려 했던 관습적 사실주의자들이 첨예하게 대립했다는 전제하에 와일드의 1차 재판을 이러한 두 세력 사이의 싸움으로 접근했다. 와일드의 재판은 예술가가 단지 예술과 문학이라는 명분으로 사회로부터 더 이상 안전한 지위를 확보할 수 없게 되었고, 대신 사회로부터 추방당해 홀로 설 수밖에 없게 된 역사적 상황을 재현한다. 작가는 더 이상 중산층 독자들이 지지하는 공적인 가치를 확대, 재생산하는 데 기여할 수 없었을 뿐만 아니라 그들 스스로 대중으로부터 물러나 은둔자로 머물며 혼자만의 사적인 세계에서 자신만이 알고 있는 주관적인 상상력의 세계를 창조해 내야 할 운명에 처하게 되었다. 이런 의미에서 와일드의 1차 재판은 모더니스트라는 새로운 종류의 예술가의 탄생을 예고하는 상징적인 재판이었다.

예술의 자율성과 독립성, 그리고 텍스트 의미의 다양성 등을 강조했던 와일드의 유미주의 미학은 지금은 누구나 다 알고 있는 상식이다. 와일드의 재판을 그의 유미주의 미학과 관련하여 살핀 것은 그의 유미주의 미학의 내용을 점검해 보기 위한 것이기도 하면서 작가가 이처럼 특정한 시기의 특정한 장소에서 무기력할 수밖에 없었다는 사실을 상기하기 위함이었다. 작가에게 자율성과 독립성이 담보될 때만 작가는 라캉(Lacan)이 말한 상징 세계에서 그 세계가 결여한 것을 그의 작품 속에 집어넣을 수 있을 것이다. 우리가 어쩔 수 없이 법과 관습이 지배하는 상징 세계에서 살아갈 수밖에 없다 하더라도 적어도 예술가에게는 상징계가 담지 못하는 간극과 잉여들을 자유롭게 축조할 자유가 허용되어야 하지 않겠나 하고 다시 한번 생각해 본다.

| 인용 문헌 |

Arnold, Matthew. *Complete Prose Works*. Ed. R. H. Super. Ann Arbor: U of Michigan P, 1962.

C. Griffin, Ronald. "The Trials of Oscar Wilde: The Intersection between Law and Literature." *The Importance of Reinventing Oscar Versions of Wilde during the Last 100 Years*. Eds. U. Boker, R. Corballis and I. A. Hibbard. New York: Rodopi, 2002. 57-66.

Cohen, William A. *Sex Scandal: The Private Parts of Victorian Fiction*. Durham and London:

Duke UP, 1996.

Danson, Lawrence. "Wilde as Critic and Theorist." *The Cambridge Companion to Oscar Wilde*. Ed. Peter Raby. Cambridge: Cambridge UP, 1997. 80-95.

Ellmann, Richard. "Introduction: The Critic as Artist as Wilde." *The Artist as Critic: Critical Writings of Oscar Wilde*. Ed. Richard Ellmann. Chicago: U of Chicago P, 1982. ix-xxviii.

Foldy, M. S. *The Trials of Oscar Wilde: Deviance, Morality, and Late Victorian Society*. New Haven and London: Yale UP, 1997.

Gagnier, Regenia A. *Idylls of the Marketplace: Oscar Wilde and the Victorian Public*. Standford: Standford UP, 1986.

Green, R. J. "Oscar Wilde's Intentions: An Early Modernist Manifesto." *The British Journal of Aesthetics* 13.4 (1973): 397-404.

Harris, Wendell V. "Arnold, Wilde, and Object as in Themselves They See It." *Studies in English Literature, 1500-1900* 11.4 (Autumn 1971): 733-47.

Holland, Merlin. *The Real Trial of Oscar Wilde*. New York: Fourth Estate, 2003.

Hyde, H. Montgomery. *The Trials of Oscar Wilde*. New York: Dover Publications, Inc., 1948.

Kaplan, Morris B. "Literature in the Dock: The Trials of Oscar Wilde." *Journal of Law and Society* 31.1 (2004): 113-30.

Kaufmann, Moises. *Gross Indecency: The Three Trials of Oscar Wilde*. New York: Vintage Books, 1998.

Longxi, Zhang. "The Critical Legacy of Oscar Wilde." *Texas Studies in Literature and Language* 30.1 (Spring 1988): 87-103.

Pater, Walter. *The Renaissance: Studies in Art and Poetry*. Ed. D. L. Hill. Berkeley: U of California P, 1980.

Shakespeare, William. *Hamlet*. Ed. G. R. Gibbord. Oxford: Oxford UP, 1994.

Sinfield, Alan. *The Wilde Century: Effeminacy, Oscar Wilde, and the Queer Moment*. New York: Columbia UP, 1994.

Wilde, Oscar. "The Critic as Artist." *The Artist As Critic: Critical Writings of Oscar Wilde*. Ed. Richard Ellmann. Chicago: U of Chicago P, 1982. 340-408.

---. "The Decay of Lying." *The Artist As Critic: Critical Writings of Oscar Wilde*. Ed. Richard Ellmann. Chicago: U of Chicago P, 1982. 290-320.

---. *De Profundis and Other Writings*. Intro. Hesketh Pearson. Harmondsworth: Penguin Books, 1954.

---. *The Picture of Dorian Gray*. London: Penguin Books, 1949.

Woolf, Virginia. "Modern Fiction." *The Common Reader*. Ed. and Intro. Andrew McNeillie. San Diego: A Harvest Book, 1984.

5

『도라』(1905)

■ ■

I

    프로이트(Sigmund Freud)의 『도라』(*Dora: An Analysis of a Case of Hysteria*, 1905)는 히스테리아 환자에 대한 의사의 한 가지 의학적 사례 보고서다. 1900년 가을 프로이트는 자신의 심리 치료를 받아 효과를 본 사람(실명 Philipp Bauer)이 데리고 온 그의 딸 치료를 맡게 된다. 당시 그녀는 우울증과 실성증, 기침 발작 등의 증세를 보이고 있었다. 프로이트는 이 환자를 아주 흔한 신체적, 정신적 증세를 보이는 히스테리아 환자로 진단하고, 이 환자의 치료에 자신의 정신분석 이론을 적용하고자 한다. 그는 질병을 설명해 줄 심리적 결정인자들을 찾아내 모든 증세의 의미와 기원, 기능 등을 밝혀내려 한다. 그리하여 프로이트는 도라(실명 Ida Bauer)에게 그녀의 경험을 말하도록 요청하면서 치료를 시작한다. 여기서 등장하는 것이 그의 사례 요지다. 그래서 이 책은 히스테리아의 원인과 구조를 세상에 알리고 그것을 유발하는 복잡한 계기들을 파헤침으로써 다른 많은 환자에게 도움을 주기 위해 의도된, 일종의 의학적 의무감에서 출발한 책이었다. 따라서 이 책에는 많은 전문용어가 등장한다. "감정의 역전", "감각의 환치", "전이", "역전이", "과잉 결정" 등과 같은 정신분석 용어에다가 "질병발생론", "건망증", "기억착오", "호흡곤란", "병인학", "실성증", "공포병", "식욕부진", "신체의" (somatic), "신경통" 등의 전문 의학 용어가 상당수 등장한다.

그러나 우리가 책장을 펼치면서 마주하는 세계는 우리가 종종 논픽션 작품에서 기대하는 분위기와는 아주 다르다. 「서문」에서부터 이 의학적 사례 보고서는 전달자의 자의식으로 가득 차 있다. 마치 헨리 제임스 (Henry James)의 소설 『메이지가 아는 것』(*What Maisie Knew*, 1908) 의 화자만큼이나 프로이트는 도라의 묘사 앞에서 변명과 우회적 방식을 취한다. 무엇보다도 프로이트는 자신의 보고서에 대한 독자의 반응을 과도하게 의식한다. 히스테리아 이론을 입증하기 위해 한 환자의 사례를 들고 나왔는데 그게 비평가들로부터 어색하다는 비난을 받을 소지가 있다는 것이다. 사례는 환자의 가장 비밀스럽고 억압된 갈망을 드러내야 하는 작업을 포함해야 하기 때문에 그 자체가 문제점을 안고 있다며 다루는 소재에 대한 불안감을 드러낸다(1-5). 또한 프로이트는 자기 보고서가 불완전할 수밖에 없다며 여러 이유를 들어 설명한다. 첫째 치료가 환자에 의해 일방적으로 도중에 끝났기 때문에, 둘째 의학적 해석의 결과만을 다루었지 그 과정은 재현하지 않았기 때문에, 셋째 도라의 사례는 히스테리아의 한 가지 예일 뿐 히스테리아로부터 야기되는 모든 문제에 대한 답은 될 수 없기 때문에, 자신의 도라 보고서는 불완전할 수밖에 없다는 것이다(6-8). 「서문」뿐만이 아니다. 「후기」에서도 프로이트는 자기 분석의 부적절함과 실패를 언급한다. 그는 Herr K에 대한 환자의 감정이 의사인 자신에게로 전이되는 것을 제때 알아차리지 못했다고 고백한다(108). 또한 Frau K에 대한 도라의 동성애적 감정이 그녀 무의식의 중요한 부분을 차지하고 있는데, 이것 역시 의사로서 너무 늦게 깨달아 도라에게 말해주지 못했다며 분석가로서의 실패를 시인한다(110). 따라서 그의 보고서는 "내가 이 글을 분석의 한 파편으로서 이미 소개한 바 있지만 독자는 이 글의 제목으로 예상되는 것보다 이 글이 훨씬 더 불완전함을 발견하게 될 것이다"(102)라고 발언한다. 이러한 글쓰기의 특징은 마커스(Stephen Marcus)로 하여금 이 작품을 의학적 보고서가 아닌 하나의 문학 작품으로 바라보도록 유도한다. 그는 이 작품의 형식을 20세기 실험적인 모더니즘 소설에 비유한다(64). 그에 의하면 이 작품에는 보르헤스(Jorge Luis Borges)나 나보코브(Vladimir Nabokov) 등의 소설을 읽을 때의 당혹감과 난해함이 있으며, 프루스트(Marcel Proust) 소설 기획에서와 같은 유동적인 시간관이 특징적으로 나타난다고 말한다(69-72).

이 책은 의학 전문 서적으로 보기에는 너무 많은 성적 용어로 가득 차 있다. 프로이트 자신은 성 문제의 솔직한 토론을 위해 불가피한 일이라고 말하지만 성적 용어들이 지나칠 정도로 거리낌 없이 등장한다. 따라서 과학적 지식으로 가득 차야 할 이 보고서는 오히려 음란한 포르노그래피를 연상시킨다. 프로이트가 '펠라치오'(fellatio: 입술에 의한 남성 성기 애무)와 '커너링거스'(cunnilingus: 입술에 의한 여성 성기 애무)에 대해, 그리고 자위에 대해 어린 도라와 깊은 대화를 주고받을 때 독자는 불편할 수밖에 없다. 비록 다양한 성행위가 개별적으로 존재하며, 또한 히스테리아를 다루는 전문 의사에게 이러한 방면에 대한 폭넓은 지식은 필수적임을 인정한다 하더라도 중년 남성 의사가 빅토리아조의 나이 어린 여성 환자를 상대로 이러한 용어들을 노골적으로 사용한다는 것은 납득하기 어려운 측면이 있다. 문제는 이런 대화로부터 그가 갖는 쾌락의 가능성이다. 도라가 만일 자신의 성적 욕망을 프로이트로부터 숨기고 있다면, 프로이트 역시 자기 직업으로부터 찾아지는 성적 쾌락을 독자로부터 숨긴다고도 볼 수 있다(Hertz 65-66). 반면 프로이트는 이러한 자기 입장을 스스로 옹호한다. 나이 어린 여성 환자를 데리고 나이 많은 남자 의사가 그런 성적 언어로 대화를 나누는 것을 못마땅하게 간주할 독자도 있겠지만, 그런 식의 사고야말로 왜곡된 호색의 표시라는 것이다. 그는 도라가 히스테리아 환자이기 때문에 무의식적으로나마 성에 대해 잘 알고 있을 것이며, 자신이 사용하는 모든 성적 용어를 잘 이해할 것이라고 덧붙인다(42). 이러한 프로이트의 태도는 비평가들로부터 이 작품에서 히스테리아 환자는 도라가 아닌 프로이트 자신이라는 주장을 낳기도 한다. 그 증거로 프로이트가 도라에게 돌렸던 히스테리아 증세인 "말수 적음", "건망증", "기억착오", "연대기 변경" 등의 요소들이 프로이트 자신의 책에서도 발견된다고 주장한다(Collins 37-38).

의학적 사례 연구의 내러티브 전략이 정신분석 이론의 가치를 주장하기 위한 것이라면 우리는 응당 핵심 인물의 생생한 목소리를 기대하게 된다. 그러나 당사자인 도라의 목소리는 이 보고서에서 직접적으로 전달되지 못한다. 도라의 목소리 재현 과정에는 프로이트 자신의 통제와 간섭이 나타난다. 프로이트는 도라의 목소리 중에서 자기 이론에 맞는 부분만 재현한다. 그녀의 꿈도 그의 이론을 증명하는 경우에만 의미심장한 것으로 제시된다. 자신의 해석과 도라의 해석이 상충하는 경우 프로이트는 기꺼이 도라의 목소리를 지운다. Herr K의 키스에 대한 프로이트의 분석에 도라가 동조하지 않자 프로이트는 그녀의 입장을 간략하게 다룰 뿐이다. "그러나 나는 환자의 관심을 그녀와 Herr K의 관계에다 돌리는 게 쉽지 않다는 것을 알아냈다. 그녀는 그와의 관계는 끝났다고 주장했다"(22). 반면 프로이트는 불필요할 정도로 이 사건에 대한 Herr K의 목소리를 직접화법을 통해 길게 제시한다. 그는 이 보고서에서 자신을 지속적으로 남성 인물들과 동일시하면서 도라에 대한 그들의 관점을 옹호하고 도라를 가장자리로 내몬다. Frau K와 도라의 어머니, 가정교사 등 다른 여성 인물들 역시 주변적인 존재로서만 다루어진다. 도라는 치료가 진행될수록 점점 더 대상화된다. 프로이트는 의사로서 그녀와의 동일시를 도모하는 대신 자신의 분석 이론에 고분고분하지 않을수록 그녀를 점점 더 밀쳐낸다. 도라는 그에게 지적 정복의 대상이지 공감의 대상이 아니다. 따라서 이 책은 도라에 대한 객관적 보고서라기보다는 자기 정신분석 이론의 타당성을 내세우기 위해 도라의 이야기를 자신의 지적 공식에 꿰어 맞춘 프로이트 본인의 이야기로 볼 수 있다.

글쓰기를 완성하고 나서도 4년이 지난 1905년에야 출판되는 그의 도라 보고서는 이처럼 프로이트 자신의 자의식과 불안감, 죄의식, 두려움 등을 드러낸다. 이 책에는 분명 불일치와 분열, 간격이 있다. 고고학자가 발굴해 낸 파편들을 모아서 하나의 완성된 작품으로 만들고자 하는 것처럼, 프로이트는 3개월간 진행된 도라의 치료기간 동안 벌어진 일들을 그때그때의 기록(가령 도라의 두 개의 꿈 이야기는 그 당시 그대로 기록해 놓았다고 한다)과 회상, 당시에 남겨둔 간략한 메모 등에 의존해서 완전한 하나의 통일체—프로이트 말대로 "지적이고 일관성 있으며 흐름이 끊기지 않는 사례"—로 다시 재구성하려고 하지만, 그의 고백처럼 그의 보고서는 하나의 파편으로 머물고 만다. 다시 말해 프로이트는 『꿈의 해석』(*Interpretation of Dreams*, 1900)에서 자신이 도달한 정신분석 이론에 맞춰 도라의 이야기를 전달하고자 하지만 실패하고 만다. 그의 분석 실패는 여성에 대한 그의 남성 중심적 시각과 관련된다. 우리는 도라에 대한 프로이트의 가부장제적 분석과 해석을 그대로 받아들일 필요가 없다. 오히려 그의 남성 중심적 가설을 해체하는 페미니스트적 의무를 수행할 필요가 있다. 이 글에서는 여성의 입장에서 가부장제적 사회의 희생자인 도라에 대한 공감적 분석을 시도하고자 한다. 이 작품이 탁월한 의학적 보고서라면, 그것은 독자가 도라에 대해 프로이트와는 전혀 다른 분석과 재해석의 공간을 열어놓는다는 데 있다고 본다. 이 글은 프로이트의 도라 보고서를 한 의사의 의학적 가설이 만들어 낸 허구적 산물로 가정하며, 해설자 프로이트도 그 허구적 글쓰기 내의 '믿을 수 없는 화자'로 간주하여 여성론적 관점에서 비판적으로 접근하고자 한다. 그리하여 『도라』를 한 남성 작가의 상상력으로 만들어진 하나의 픽션 세계로 보고, 도라의 인물 초상을 프로이트의 시각에서 떼어내 주체적 자아라는 여성론적 관점에서 재조명하고 재해석하고자 한다.

II

주지하다시피 19세기의 유럽은 자본주의 발달과 제국주의 팽창이 전례 없이 이루어지던 시기였다. 이 기간에 가부장제적 성 이데올로기는 남성과 여성은 서로 다르며, 남성이 여성보다 더 우월하다는 가설을 당연시 했다. 섹슈얼리티에 대한 개념에 있어서도 이중잣대가 적용되었다. 성욕은 남성에게만 해당되는 것이었으며, 여성의 경우 성욕이 없다고 자리매김되었다. 이 당시 여성의 성욕은 일종의 질병으로 죄악시되었으며 위험하다고 간주되었다. 여성은 성욕을 드러내지 않아야 했다. 그들은 남편과 자녀에게 도덕적, 정신적 만족을 제공하는 존재로 머물러야 했다. 한편 남편들은 밖에서 아내가 아닌 여성들을 만나 성욕을 해소했다. 아이러니하게도 몸을 파는 여성들은 같은 여성인데도 성욕이 과다한 부도덕한 존재로 간주되어 정숙한 자기 아내들과는 종류가 다르다고 믿었다. 남편들은 이들의 성적 서비스를 돈을 주고 샀다. 급격한 산업화로 인한 소비의 시대에 성 역시 상품화되었던 것이다.

성욕이 없는 것처럼 가장하던 중산층 여성들은 집단적으로 히스테리아 증세를 앓아야 했다. 가부장제적 성 이데올로기의 현실 앞에서 빅토리아조 여성들은 무의식적인 방어 전략을 구사했다. 그들은 억압된 증오와 갈망을 신체적 증후로 변형시켰고, 19세기 후반에 전환 히스테리가 유행했다. 그들은 남편이 다른 여성을 찾는 동안 프로이트 같은 정신과 의사를 찾아가 자신들의 질병 치유를 호소해야 했다. 이 당시 넘치는 여성 환자들로 인해 정신과 의사들은 쉽게 부를 손에 쥘 수 있었다. 프로이트 같은 정신과 의사들은 이처럼 가부장제 사회의 희생자인 히스테리아 여성 환자들을 치유해서 먹고 산 엘리트 지식인 계층이었다. 이들은 왜 여성이 이처럼 집단적으로 히스테리아 질병에 시달려야 했는지, 이들을 희생자로 만드는 가부장제 사회의 어디가 잘못된 것인지 고민할 필요가 없었다. 프로이트가 분석가로 활동할 때 그의 남성적 시각은 남근 숭배적 사상과 관련되며, 이 시대의 집단적인 가부장제적 이데올로기와 연관된다. 그는 빅토리아조 남성이었고, 그것도 교육받은 부르주아 남성이었다. 그는 도라를 집단적 성 이데올로기로부터 떼어내서 바라볼 수 없었다. 그의 정신분석 이론은 가부장제적 성 이데올로기를 재현하며, 그것을 어떤 고정된 진리체로 인식했다. 프로이트와 라캉(Jacques Lacan),

도이취(Felix Deutsch)에 이르는 정신분석가들에게 여성은 페니스를 지니고 있지 못한 불완전한 존재이자 그것을 갈망하는 콤플렉스를 지닌 열등한 존재일 뿐이었다.

　　물론 프로이트는 인간의 무의식을 조명하고 어린아이와 여성의 성욕을 최초로 수면으로 끌어올린, 당시로서는 혁명적인 의학자였다. 『꿈의 해석』과 『도라』 이후 쓰인 『섹슈얼리티 이론에 대한 세 편의 에세이』(*Three Essays on the Theory of Sexuality*, 1905)를 보면 그의 성 담론이 그 시대의 통념과는 아주 다르다는 것을 알 수 있다. 크래프트 에빙(Richard von Krafft-Ebing)의 『성의 정신의학』(*Psychopathia Sexualis*)이나 해블록 엘리스(Havelock Ellis)의 『성의 심리학 연구』(*Studies in the Psychology of Sex*) 등에 나타나는 당시의 의학적 견해들과는 달리 그는 위의 저서에서 성욕을 어떤 통제할 수 없는 성격의 것으로 고찰한다. 만일 성욕을 억압하거나 통제할 경우 그것은 질병을 유발하거나 치명적인 결과를 초래할 수 있다고 믿었다. 히스테리아 역시 그에게는 문명화된 사람들의 질병이었다. 절제된 성욕과 성욕에 대한 갈망 사이의 갈등은 저절로 치유되는 대신 질병이 되고, 그게 바로 히스테리아 증세라는 것이었다. 그는 또한 정상적인 성과 비정상적인 성에 대한 담론에서도 성의 목표(sexual aim)에 있어서는 이성애와 동성애가 근본적으로 같다고 주장함으로써 양자 사이의 경계를 모호하게 만드는 급진적인 입장을 취했다. 그는 어린 시절의 성욕이 어른의 그것보다도 더욱 강렬할 수 있다고 제시함으로써 탈성욕성과 순수의 표본으로서의 당시 어린아이에 대한 이상적인 개념을 뒤집기도 했다.

　　그러나 성 담론에 있어서 프로이트의 이러한 혁명적인 태도는 당대 가부장제적 질서를 공고히 하려는 그의 보수적인 태도에 의해 주변으로 밀려난다. 특히 여성과 여성적인 특질들에 대한 그의 태도를 보면 전형적인 가부장제적 편견과 여성 혐오증을 드러낸다. 그에게 여성은 남성처럼 독립과 자아성취를 지향하는 존재들이 아니라 본질적으로 타인에게 의존적이며 판단에 있어 정의롭지 못한 미성숙하고 문제가 있는 존재들이었다.[1] 그가 전개한 여아의 '페니스 선망', '남성성에 대한 콤플렉스', 여성의 도덕적 결핍, 페니스 선망에서 비롯된 강한 질투심 등의 개념이 우스꽝스럽고 전형적인 남성 중심적 시각의 산물임은 여러 논자들이 이미 지적한 바이다(신명아 104). 페미니스트 이론가들이 프로이트의 정신분석 담론에서 이러한 여성에 대한 편견과 왜곡을 읽고 반기를 들고나온 것은 당연한 반응이었다. 라캉이 구조주의적 시각으로 재무장한 자신의 정신분석 이론으로 프로이트로의 복귀를 시도했을 때, 페미니스트 진영에서 또다시 거센 항의를 불러일으킨 것 역시 온당한 결과였다. 특히 1970년대 후반 새로운 성격의 페미니스트들은 여성성의 특질 및 여성성의 옹호라는 관점에서 프로이트의 남성 중심주의를 비판했는데, 미첼(Juliet Mitchel), 러빈(Gayle Rubin), 초도로우(Nancy Chodorow) 등은 여성 심리발달에 나타나는 여성 고유의 여성적인 특질들이 프로이트가 주장하는 것처럼 열등한 성질의 것이 아니라, 오히려 그 자체로 남성 중심 문명의 병폐를 치유할 수 있는 도덕적 덕목이 될 수 있다고 주장했다. 이러한 입장은 크리스테바(Julia Kristeva), 식수(Hélène Cixous) 등 프랑스 페미니스트들에게서도 계속되었다. 이들은 프로이트적인 부권적 상징 질서를 죽음을 지향하는 것으로 보았고, 가부장제적 질서가 여성과

---

1) 「성별 사이의 해부학적 차이의 심리적 결과들」("Some Psychical Consequences of the Anatomical Distinction between the Sexes", 1925), 「여성의 성」("Female Sexuality", 1931), 「여성성」("Femininity", 1933) 등 그의 논문 참조

여성의 리얼리티를 거부해 왔고 파괴했다고 역설했다. 이 글은 이러한 프로이트 비판에 편승한다.

III

   도라가 처한 상황은 빅토리아조 후반의 비엔나(Vienna) 부르주아 사회가 안고 있는 가부장제적 사회의 구조적 모순을 드러낸다. 그녀의 히스테리아 제반 증세는 그녀를 둘러싼 부조리한 세계가 만들어 낸 신체적·정신적 현상이며, 또한 그 세계에 대한 그녀의 강렬한 거부의 메타포이기도 하다. 프로이트는 탐정가처럼 도라의 비밀을 캐내고 천부적인 분석력으로 그녀의 행위 밑에 깔린 성적 욕망과 숨겨진 계기들을 추적해 나가지만, 도라 역시 하나의 탐정가처럼 자신을 둘러싼 인물들의 위선과 거짓과 부도덕성 등을 감지해 나간다. 마치 셰익스피어(William Shakespeare)의 『햄릿』(Hamlet)에서의 어린 햄릿처럼 도라는 타락한 어른들에게 둘러싸여 있다. 아버지를 죽인 삼촌, 그러한 삼촌과 재혼한 어머니, 복수를 명하는 아버지의 유령 등 어린 햄릿을 둘러싼 세계는 부조리하고 도덕적으로 타락한 세계이다. 극의 배경이 되는 덴마크(Denmark)는 작가에 의해 치유되어야 할 질병으로 가득 찬 세계로 진단된다. 햄릿의 눈에는 모든 게 혼란이고 무질서이다. 그는 타락한 세계를 바로잡고자 하나 너무 나약하고 어리다. 어린 도라 역시 혼자 힘으로는 바로잡을 수 없는 병든 환경에 둘러싸여 있다.
   1896년에 발표된 프로이트의 논문들을 보면 사춘기 이전의 아이들이 정기적으로 성인들의 성적 괴롭힘의 희생자가 되는 당대의 성적 삶에 대한 놀라운 초상을 발견하게 된다. 괴롭히는 자들은 대체로 "우리가 너무 생각 없이 아이들을 맡기는 유모, 가정교사, 하녀"(*SE* 3: 164)였다. 1897년에 가면 프로이트는 이 악마들이 대부분 "가까운 친척이거나 아버지거나, 혹은 오빠"임을 보여준다(*SE* 1: 246). 프로이트가 어떻게 이러한 확신에 도달했는지를 이해하기 위해서는 19세기 말 부르주아 비엔나에 퍼져 있던 우울과 좌절, 공포와 절망의 성적 분위기를 이해해야 한다. 프로이트가 플리스(Wilhelm Fliess)에게 보낸 초기 편지에서 묘사하듯 이 무렵 성병은 매우 성행했다. 부르주아 계층의 아버지와 오빠들은 정기적으로 그들의 집에서 하녀들을 유혹했다. 그럼으로써 그들의 아내와 딸, 여형제들에게 노역 혹은 창녀로서의 여성 성욕에 대한 비천한 모델을 제공했다(*SE* 1: 248).

아버지의 손에 이끌려 프로이트를 찾았을 당시 도라는 여성으로 당한 고통이 너무 컸다. 그녀의 문제는 그녀를 둘러싼 사회적 배경과 연관된다. 그녀는 독립적인 행위를 거의 할 수 없었고, 가족의 엄격한 감시를 받으며, 아버지로부터 상당한 압력을 받고 있었다. 그녀는 아버지와 아버지 정부(mistress)의 남편인 Herr K 사이의 파워게임에서 자신이 볼모로 사용되고 있다고 믿었다. 이는 프로이트도 믿는 바이다. 아버지는 Frau K와의 관계를 방해받지 않고 지속시키기 위해 Herr K에게 자기 딸을 주고자 한다. 즉 자신의 성적 충족을 위해 Frau K를 갖는 대신 딸을 Herr K에게 주려고 한다. 도라는 아버지와 Frau K의 관계를 더 이상 반대하지 않고, 남성들의 파워게임 희생자로서의 역할을 받아들여 Herr K를 연인으로 받아들이길 바라는 마음에서 아버지가 자신을 프로이트에게 넘겼다고 주장한다. 그렇다면 프로이트는 도라가 이 어려운 상황을 벗어나도록 도와줄 최초의 치료자 혹은 구원자가 된다(Toril Moi

182). 그러나 의사 프로이트 역시 또 다른 공모자임이 드러나면서 그녀의 상황은 악화된다. 그는 도라가 전달하는 말이 진실에 가깝고 모두 사실이라고 짐작하면서도, 히스테리아 증세를 보이는 환자인 그녀에게 억제된 성적 욕망이 있을 것이라는 확신으로 그것을 파헤치고자 한다. 과학 신봉자인 그는 자신의 정신분석 이론을 의심하지 않는다. 그는 결국 아버지에 대한, 그리고 Herr K에 대한 도라의 숨겨진 성적 욕망들을 유추해 낸다. 그리고 프로이트는 성적으로 무능한 도라의 아버지보다는 성적으로 매력이 있는 Herr K와 자신을 동일시함으로써 도라가 Herr K를 깊이 사랑하고 있다는 사실에 집착한다. 다음은 프로이트가 자주 언급하는 Herr K가 도라에게 키스하는 장면이다.

그는 . . . 갑자기 그녀를 자기 쪽으로 끌어당겨 그녀의 입술에 키스했다. 이것은 남자로부터 접근을 당해 본 적 없는 14세의 소녀에게는 분명히 성적 흥분을 불러일으킬 상황이었다. 그러나 도라는 그 순간 격렬한 혐오감을 느꼈으며 그로부터 벗어나 서둘러 계단 쪽으로 갔고 그곳에서 길로 난 문 쪽으로 갔다.

He . . . suddenly clasped the girl to him and pressed a kiss upon her lips. This was surely just situation to call up a distinct feeling of sexual excitement in a girl of fourteen who had never before been approached. But Dora had at that moment a violent feeling of disgust, tore herself free from the man, and hurried past him to the staircase and from there to the street door. (21)

프로이트는 현란한 의학 이론들을 대두시키며 이 장면을 분석한다.

그의 천재성을 유감없이 보여주는 분석이라고 본다. 그의 이론에 따르면, 도라의 성적 혐오감은 "감정의 역전"이라고 하는 심리 기제가 작용한다. 그녀는 사랑의 감정을 정반대의 감정인 혐오감으로 바꾸었다. "감각의 환치"라는 개념도 여기서 소개되는데, 그에 의하면 "건강한 여성이 그와 같은 상황에서 틀림없이 느꼈을 생식기의 흥분 대신 소화기관 입구에 있는 점막에 해당되는 역겨운 감정을 느꼈다"라는 것이다. 신체 위쪽으로의 감각적 환치는 이 장면의 결과로 보아 "그것은 가끔씩 나타났으며, 나한테 그녀의 이야기를 얘기하는 동안에도 나타났다. 그녀는 아직도 그녀의 신체 윗부분에서 Herr K의 포옹의 압박을 느끼고 있었다"(22). 프로이트는 그 장면을 다음과 같이 재구성한다. "남자가 열렬히 포옹하는 동안 그녀는 자기 입술 위의 키스를 느꼈을 뿐만 아니라 그의 성기의 발기를 느꼈다고 나는 믿는다. 그 느낌은 그녀에게 혐오스러웠다. 그것은 그녀의 기억에서 지워졌고, 억압되었고, 가슴 위로의 압박이라는 죄 없는 감각으로 대체되었다"(23). 따라서 프로이트는 다음과 같이 결론을 내린다. "발기의 압박은 아마도 클리토리스라고 하는 [페니스에 상응하는] 여성 생식기에 유사한 변화를 가져왔을 것이다. 그리고 이 두 번째 성감 발생 지대는 전치의 과정으로 가슴에 대한 동시적 압박으로 다가오며, 그것은 그곳에 그대로 고정되었다"(23-24).

이런 분석은 여성의 성욕에 대한 상세한 묘사이자 확인이다. 여성도 남성과 똑같이 성욕을 느낄 수 있는 존재라는 것을 그는 의학적인 용어로 설명한다. 14세의 나이 어린 여성에게도 그것이 가능함을 밝힘으로써 여성의 성욕을 더욱 부각하고 있다. 이것은 여성에게 성욕이 부재한다고 믿었던 당대의 성 이데올로기에 비추어 볼 때 도전적이고 혁명적인 기술이다. 나보코브의 『로리타』(*Lolita*, 1955)가 반세기 이후에나 쓰인 점을 고려할 때 더욱 그렇다. 정황으로 보아 도라가 Herr K에게 불쾌감만을 느꼈다고 볼 수는 없다. 도라가 그와 산책하고 선물을 받았다는 것은 그의 좋은 감정을 받아들였고 그녀 쪽에서도 좋은 감정을 가졌으리라는 것을 말해준다. 그러나 도라의 감정은 거기까지였을 것으로 본다. 그녀는 Frau K처럼 남자에게 몸을 팔고 싶지도 않았을 것이고—그녀는 어찌 되었든 섬유업에 종사하는 부유한 아버지를 두고 있다—Herr K 집안의 가정교사처럼 일시적으로 남성의 성적 파트너가 되고 싶은 생각도 없었을 것이다. Herr K는 프로이트가 언급한 것처럼 남성적인 매력이 넘쳐나는 신사일 수 있다. 그가 주변 여성들에게 지속적으로 지분대는 것은 그러한 자기 강점을 잘 알고 있기 때문이다. 그러나 그는 또한 40대 중년 남성이고—게다가 그녀와 친하게 지내는 Frau K의 남편이다—자기 아내를 돈 많은 남자에게 맡겨 몸을 팔게 하는 도덕적으로 하찮은 남자이며, 심지어 자기 아이들을 가르치는 가정교사를 범한 '전과자'이기도 하다. 경제적 지위라는 관점에서도 그는 도라의 적합한 배우자감이 못 된다. 결혼이 여성의 사회적 지위를 결정하는 게 당시 여성의 운명인데 똑똑한 도라는—이 작품에서 그녀의 분석 능력은 거의 프로이트에 가깝다—이러한 측면을 모두 파악했을 것으로 본다.

더욱 중요한 점은 도라의 여성적인 특질이다. 도라는 아버지가 병으로 시달릴 때 정성껏 돌보며, K 부부의 자녀들도 자기 아이처럼 다정다감하게 돌보아 주고, 주변 사람과도 적극적으로 친근한 관계를 맺는 등 다른 사람과의 관계망을 중시하는 관계지향적인 인물이다. 이러한 그녀의 특성은 자신의 개인적인 욕망 충족을 위해 다른 사람과의 관계망을 깨는 데 주저하지 않는 인물들인 그녀의 아버지나 Herr K 등과는 그녀가 아주 다르다는 것을 암시한다. 그녀는 또한 인간관계를 자기 목적을 위해 이용하는 사물화된 인간들에게 경멸과 혐오감을 느낀다. 그녀의 가정교사가 아버지의 관심을 끌기 위해 자기에게 친절을 베풀 때, 혹은 Frau K가 아버지와의 관계를 지속하기 위해 그에게 거짓 증언할 때, 아내로부터 얻는 것이 하나도 없다며 Herr K가 은밀히 접근해 올 때, 그녀는 상처받고 분노한다. 상황이 더욱 좋지 않은 점은, 그녀가 맺은 관계망들이 깨지고 그녀가 점점 더 주변 사람들로부터 분리되고 소외된다는 점이다. 한때는 가장 가깝고 친했다고 믿었던 그녀의 아버지와 Herr K, Frau K가 거의 동시에 그녀에게 등을 돌리기 시작한다. 그녀가 아버지에게 Frau K와의 관계를 끊으라고 종용하는 것은 그 두 사람의 관계가 거짓되고 잘못된 것일 뿐만 아니라, 자신의 노력으로 어머니와 아버지, Frau K와 Herr K 사이의 깨진 부부관계를 다시 회복시키고자 함이다. 주변 사람들의 깨진 관계망을 다시 되돌리고 원만하게 만들려는 그녀의 노력은 우리 삶에 필요한 덕목이면 덕목이지, 병적이거나 히스테릭한 행위라고 볼 수 없다.

문제는 프로이트가 자신을 Herr K와 지속적으로 동일시하는 반면 도라의 여성성을 문제가 있고 비정상적인 것으로 자리매김해 나간다는 점이다. 환자에 대한 중요한 역전이의 순간에 프로이트는 자신에 대한 도라의 전이를 파악하지 못한다. 그는 도라에 대한 혐오감을 피력한다. 그는 "이 14세 여아의 행동은 이미 완전히 히스테리컬한 것이었다"라고 주장하며, "그와 같은 상황에서 건강한 여아라면 느꼈을 생식기의 흥분 대신에 그녀는 혐오감으로 압도당했다"(22)라고 분석한다. 그에 의하면 그녀는 성적 흥분에 굴복하여 Herr K의 성적 공격에 수동적으로 임했어야 했다. 프로이트는 여성의 성욕을 인정하지만 그것은 남성의 성욕을 충족시키기 위한 것으로서만 그러했다. 뒤이어 프로이트는 도라가 이때 느낀 혐오감을 그녀가 펠라치오를 상상했기 때문이라고 분석한다. 그의 주장에 의하면, 도라는 성행위 하면 펠라치오가 연상된다. 아랫부분에서 느꼈던 성적 흥분은 몸의 윗부분으로 옮겨 가 입에서 역겨움을 느끼는데, 그것은 성행위에 대한 그녀의 불쾌하고 왜곡된 공상에 기인한다는 것이다. 즉 성적 무능자인 그녀의 아버지와 Frau K 사이의 성행위에 대한 그녀의 공상에 따르면, 도라의 아버지는 삽입을 하지 못하기 때문에 Frau K가 펠라치오를 했으리라는 것이다. 펠라치오는 프로이트가 도라의 성적 역겨움을 설명하기 위해 도입한 여러 가지 해석 중 하나이지만 자의적인 해석의 여지가 많은 부분이다. 라캉은 성적으로 무능한 남성들이 일반적으로 행하는 것이 커너링거스임은 누구나 다 아는 상식이라면서, 이 역전이의 순간에 프로이트가 논리적인 결함을 보인다고 지적한다 (98). 모이도 이 부분이 자신의 분신인 Herr K가 얻게 될 성적 만족에 대한 프로이트의 무의식적 갈망을 드러낸다고 본다(191). 필자는 일시적이긴 해도 이 부분이 도라를 향한 프로이트의 무의식적 성적 충동을 반영한다고 본다.

이처럼 분석가 프로이트는 자신을 Herr K와 지속적으로 동일시함으로써 도라에게 또 다른 악마가 되며, 그녀에게 또 다른 정신적 외상의 원인을 제공한다. 도라의 두 개의 꿈에 대한 해석에 있어 프로이트는 자신의 정신분석 이론을 잣대로 하여 그녀에게 숨겨진 성욕의 도해를 그려내는 데 성공한다. 다음은 도라가 말하는 그녀의 첫 번째 꿈이다.

"집에 불이 났다. 아버지가 내 침대맡에 서 계셨다. 나를 깨우셨다. 나는 재빠르게 옷을 입었다. 엄마는 그녀의 보석상자를 구하고 싶어 하셨다. 그러나 아버지가 말씀하셨다. '당신의 보석상자 때문에 나와 내 자식을 불에 타게 내버려 둘 순 없소' 우리는 아래층으로 서둘러 내려갔다. 밖으로 나오자마자 나는 깼다."

"A house was on fire. My father was standing beside my bed and woke me up. I dressed myself quickly. Mother wanted to stop and save her jewel-case; but Father said: 'I refuse to let myself and my two children be burnt for the sake of your jewel-case.' We hurried downstairs, and as soon as I was outside I woke up." (56)

프로이트는 이 꿈에서 "보석상자"에 대한 상징적 해석을 시도하여 Herr K에 대한 도라의 무의식적 성적 욕망을 표출한다. 도라가 Herr K에게 받은 것이 보석상자이고 보석상자는 여성의 성기를 의미하기 때문에, Herr K에 대한 그녀의 사랑을 의미한다고 분석한다. 도라가 이런 꿈을 꾼 것은 바로 Herr K에 대한 그녀의 욕망을 억압하기 위해 어렸을 때 느낀 아버지에 대한 사랑을 다시 불러일으켜 아버지가 불(= Herr K에 대한 그녀의 욕망)로부터 자신을 보호하도록 한다는 것이다. 그만큼 깊은 곳에서 도라는 Herr K를 갈망하며, 그녀의 꿈은 이에 대한 방어기제이다. 그리하여 거의 6주 동안 치료를 받아온 도라에게 프로이트는 다음과 같이 그가 발견한 '진리'의 칼자루를 들이민다.

". . . 그러니까 넌 Herr K의 아내가 남편에게 주고 있지 않는 것을 그에게 기꺼이 주고 싶어 하지. 그러한 생각을 억누르기 위해서는 힘이 들지. 또한 모든 생각의 요소들을 정반대로 바꾸어야만 하지. 네가 꿈을 꾸기 전에 이미 내가 들려준 말을 이 꿈은 다시 한번 확인시켜 주는구나. 즉 넌 Herr K에 대한 사랑으로부터 자신을 보호하기 위해 아버지에 대한 옛사랑을 불러내고 있는 거야. 이 모든 노력은 무엇을 의미할까. 넌 Herr K를 두려워하고 있어. 뿐만 아니라 너 자신을 더 두려워하고 있어. 그에게 넘어가고 싶은 유혹을 겁내고 있는 거야. 결국 이 모든 노력은 네가 그를 얼마나 깊이 사랑하는지 말해주고 있지."

". . . So you are ready to give Herr K. what his wife withholds from him, that is the thought which has made it necessary for every one of its elements to be turned into its opposite. The dream confirms once more what I had already told you before you dreamed it — that you are summoning up your old love for your father in order to protect yourself against your love for Herr K. But what do all these efforts show? Not only that you are afraid of Herr K., but that you are still more afraid of yourself, and of the temptation you feel to yield to him. In short, these efforts prove once more how deeply you loved him." (62)

한편 캔저(Mark Kanzer)는 이 첫 번째 꿈에 대해 상이한 해석을 내린다. 그는 이 꿈에서의 불과 물 이미지를 출애굽에 나오는 성경적 해석에 주목하여 보편적인 상징주의의 예로서 다룬다. 그는 프로이트가 이런 성경적 해석을 적용하지 못하는 것이 그의 역전이에 있어서의 문제점을 드러낸다고 보았다. "프로이트는 지속적으로 그녀가 그에게 남아있기보다는 그로부터 떠날 것이라는 생각을 더 했다. 이것은 그의 분석과는 배치되는 것이었다. 그는 Herr K와 자신에 대해 도라의 전이가 일어나고 있음을 주장하고 Herr K에 대한 도라의 성적 반응의 시인을 얻어내려고 하지만, 자신과 관련되는 한 프로이트는 유별나게 Herr K와의 평행을 주장할 수 없었다"(74). 캔저는 이 꿈에서 도라의 주제를 "부친 판타지로부터의 도망"으로 해석한다. '성숙기의 도라는 불안한 청소년이다. 그녀는 어머니와 동일시되며(보석상자의 공유를 통해), 분석가 자신이기도 한 "착한 아버지"에 의한 구조를 갈망한다'(75).

즉 캔저는 도라의 꿈으로부터 아버지와 Herr K에 대한 도라의 사랑을 읽는 대신, 프로이트에 대한 도라의 갈망을 읽는다. 그러나 프로이트는 도라에게 Herr K에 대한 그녀의 성적 욕망만을 시인하라고 고집한다. 그리고 자신의 이러한 분석에 동조하지 않는 그녀를 그로서는 경계할 수밖에 없다. 그리하여 두 번째 꿈의 분석에 이르면 프로이트는 도라에게 아직도 Herr K를 깊이 사랑하고 있다며 그와의 결혼을 권유한다. Herr K와의 결혼만이 모든 가족 간 문제를 해결할 수 있는 유일한 해결책이므로, 그와 결혼하는 것이 곧 그녀의 의무라고 주장한다. 즉 그는 가족 전체를 위해 그녀의 희생을 강요한다. 어찌 보면 이러한 프로이트의 결론은 출발부터 예견된 것인지도 모른다. Herr K와 도라의 아버지는 프로이트의 주요 고객이다. Herr K는 도라가 12세 때 매독 증세를 보인 그녀의 아버지를 맨 처음 프로이트에게 소개한 인물이었다(Decker 65). 도라는 아버지의 돈으로 프로이트의 치료를 받고 있는 환자일 뿐이다. 프로이트로서는 그녀 아버지의 희망대로 그와 Frau K 사이를 의심하는 도라의 질병을 치유해야 할 의무가 있는 것이다. 그가 그들과 공모자가 되어야 함은 애초부터 불가피한 일이었는지도 모른다.

IV

    많은 페미니스트는 프로이트가 역전이에 실패하는 이유가 도라의 동성애적 성향에 대한 그의 무지와 그 자신 안에 있는 여성성의 거부와 밀접한 관련이 있다고 주장한다. 프로이트는 이성애적 감정만을 자연스럽다고 판단해서 아버지와 Herr K에 대한 도라의 이성애적 감정을 읽어내지만, 어머니와 Frau K에 대한 그녀의 무의식적 동성애 충동은 주목하지 못한다는 것이다. 식수는 이러한 점에 착안해서 도라의 관점에서 새로운 글쓰기를 시도하여 『도라의 초상』(*Portrait of Dora*, 1976)에서 도라와 Frau K 사이의 동성애적 감정을 구체적으로 다룬다. 원본을 그대로 인용하기도 하고 뒤틀고 바꾸어 놓기도 하면서 도라의 증세에 대해 프로이트와는 다른 새로운 해석을 시도하며 프로이트의 한계를 노출하기도 한다. 모이는 프로이트의 역전이 실패 원인이 도라의 히스테리아가 Herr K보다 Frau K에 대한 성적 갈망의 억압에 기인할 수 있다는 것을 그가 인식하지 못한 데 있다고 보았다. 전이 과정의 통찰에 나타나는 치명적인 결함이 프로이트로 하여금 도라의 동성애를 발견하지 못하도록 한다는 것이다(191). 라마스(Maria Ramas)는 이 작품에서 프로이트가 도라의 히스테리아에 대해 제대로 된 설명을 하는 대신, 여성성과 여성의 성욕에 대한 가부장제적 편견을 옹호하는 이데올로기적 축조물을 전개하고 있다고 비난한다(151). 로즈(Jacqueline Rose) 역시 이 책은 여성성에 대한 프로이트의 개념이 얼마나 불완전하며 모순적인지를 스스로 드러내는 텍스트로 여성성을 설명하지 못하는 심리분석 이론의 주요한 문제점을 보여주고 있다고 진단한다(129). 카한(Claire Kahane)은 이 작품에서 "남성적인 것"과 "여성적인 것"의 개념이 히스테리아 환자의 정신적인 삶에서뿐만 아니라 분석가의 그것에서도 불확실성에 놓이게 된다고 주장한다(22). 이러한 페미니스트 비평가들의 지적은 유효하고도 타당하다고 본다. 이 글은 이러한 페미니스트 이론가들의 연구를 토대로 하여 도라의 프로이트 치료 거부 행위를 적극적인 여성성의 구현이자 자기주장의 실천이라는 관점에서 파악한다.

프로이트가 도라의 동성애적 성향에 대해 언급하지 않는 것은 아니다. 「임상학적 초상」("The Clinical Picture")의 결말 부분에서 그는 Frau K에 대한 도라의 무의식적 동성애 성향을 다음과 같이 지적한다. "아버지와 Frau K의 관계에 대한 도라의 생각 이면에는 그 여성을 대상으로 하는 질투의 감정이 놓여 있었다. 즉 자신의 성을 지닌 자에 대한 그녀 쪽에서의 애정에 근거한 감정이었다"(53). 프로이트는 한때 도라와 친했던 그녀의 가정교사, 도라와 모든 비밀을 공유했던 그녀의 여자 사촌을 상기시키면서 도라의 Frau K와의 동성애적 관계를 다음과 같이 묘사한다. "도라가 K 부부의 집에 머물 때 그녀는 Frau K와 같은 방을 사용했다. 이때 Frau K의 남편은 다른 곳에서 잤다. 도라는 Frau K의 결혼 생활이 어려울 때 그녀에게 절친한 친구이자 충고자였다." "도라가 Frau K에 대해 얘기할 때는 패배한 경쟁자보다는 연인에 더 어울리는 어조로 Frau K의 황홀한 하얀 몸을 칭찬하곤 했다"(54). 그리하여 프로이트는 다음과 같이 결론을 내린다. "아버지와 Frau K의 관계에 대한 도라의 생각은 한때는 의식적이었던 그녀의 Herr K에 대한 사랑을 억압하기 위해서 고안되었을 뿐만 아니라, 더 깊숙한 의미에서 Frau K에 대한 그녀의 무의식적인 사랑을 숨기기 위한 것이기도 했다"(55). 이뿐만이 아니다. 이보다 앞서 프로이트는 동성애에 대해 다음과 같은 파격적인 발언을 하기도 한다.

소위 성적 도착에 대해 우리는 분노하지 않고 말하는 법을 배워야 한다. . . . 다양한 인종과 시대를 고려해 볼 때 정상적인 성적 삶의 경계선에 대한 불확실성은 그 자체로 [이성애만을 믿는] 광신자들의 [이성애 믿음에 대한] 열정을 식혀 줄 만하다. 우리에게 가장 혐오스러운 성적 도착인 남성의 남성에 대한 사랑은 우리보다 더 세련된 그리스 사람들에 의해 관대하게 다루어졌을 뿐만 아니라 실제로 거기에 중요한 사회적 기능이 부여되기도 했다.

We must learn to speak without indignation of what we call the sexual perversions. . . . The uncertainly in regard to the boundaries of what is to be called normal sexual life, when we take different races and different epochs into account, should in itself be enough to cool the zealot's ardour. We surely ought not to forget that the perversions which is the most repellent to us, the sexual love of a man for a man, was not only tolerated by a people so far our superiors in cultivation as were the Greeks, but was actually entrusted by them with important social functions. (43)

동성애 사건으로 인한 와일드(Oscar Wilde)의 재판과 구속이 바로 5년 전에 벌어졌다는 것을 상기할 때, 이러한 프로이트의 발언은 빅토리아조의 사회적 금기를 깨는 과감한 것이었다.

다만 이러한 그의 급진적인 발언들이 산만한 방식으로 펼쳐지며 전체적인 문맥에서 볼 때 관습적이고 일상적인 톤 가운데 파묻혀 버리기 때문에 문제가 된다. 특히 프로이트의 남근숭배 사상은 그로 하여금 여성 간 사랑을 구체적으로 상상하지 못하게 만든다. 그에게 도라와 Herr

K의 이성애적 관계를 상상하는 것은 자연스러운 일이나, 도라와 Frau K 의 관계를 상상하기란 불가능하다. 프로이트에게는 성욕 중 이성애만이 자연스러운 것이었고, 성기 중에서는 페니스만이 중요했다. 동성애와 클리토리스는 각각 그 모방일 뿐이었다. 따라서 그는 도라의 동성애적 성향을 문제가 있다고 보아 가장자리에 설정할 뿐이었다. 프로이트에게 여성은 어린 시절엔 양성(남성성과 여성성) 모두가 존재하다가 그중 남성성이 점점 억압되어 여성성만 유지되어 나가는 것이었다. 어머니에 대한 감정을 억압하고 아버지에 대한 사랑을 키워나가는 것이 정상적인 여성의 심리 발달이었다. 그에게는 도라가 어머니와 Frau K에 대한 감정을 억압하고 남성만을 갈망해야 하는 게 자연스럽고 정상적인 반응이었다 (Willis 50-55). 이처럼 프로이트의 도라 분석은 사랑과 성욕의 개념에 대한 그의 이해가 협소함을 보여준다.

　도라는 아버지도 사랑했고 한때는 Herr K도 사랑한 게 사실이지만, 자기 어머니와 Frau K도 사랑했다. 그녀가 결국 Herr K와의 결혼을 권유하는 프로이트의 제안을 거부하는 것은 Herr K와 결혼함으로써 발생하게 될 희생자인 어머니와 Frau K에 대한 배려 때문이다. 프로이트는 도라의 어머니를 간략하게 다루고 넘어가지만, Herr K에게 성희롱을 당한 후 도라가 맨 처음 그 사실을 말하는 사람은 다름 아닌 그녀의 어머니였다. 또한 도라가 프로이트에게 Herr K에 대한 증오감을 여러 차례 피력한 것과는 대조적으로 Frau K에 대한 그녀의 비난은 이 작품에서 거의 찾아보기 힘들다. 도라는 오이디푸스 이전기의 어머니에 대한 딸의 사랑을 전형적으로 보여주며, Frau K는 어머니의 대체물로 작용한다. 따라서 프로이트의 고전적인 오이디푸스 콤플렉스 이론은 이 작품에서 딱 맞아떨어지지 않는다. 아버지와 Herr K, 그리고 프로이트는 도라에게 남성의 성욕에 굴복하는 순종적인 여성이 될 것을 주문하지만, 도라는 기꺼이 이를 거부하고 약자인 여성의 편이 되어준다. 도라의 프로이트 치료 거부가 페미니스트적이라면, 바로 여성 간의 유대를 강조하고 여성적인 특질을 중시하는 이와 같은 그녀의 태도에 기인한다. 프로이트의 치료를 거부하는 도라의 결단은 자신을 보호하기 위한 적극적인 자기주장이자 주변 사람들을 위한 이타적인 공감적 행위이다.

이 작품에 나오는 모든 여성은 예외 없이 남자에게 성적으로 유린당한다. 도라의 어머니는 결혼하면서 일찍부터 성적으로 불결했던 남편 때문에 몸에 병(매독)을 얻는다. 중년 부인이 된 그녀는 이제 자기 몸의 더러움을 씻어내기라도 하듯 하루 종일 집안의 가구나 그릇 등을 닦는 편집광적인 증세를 보인다(13-14). Frau K 역시 성적으로 방탕한 남편에게 버림받다가 돈 많은 남자에게 맡겨진 경우로 그녀는 성적으로 무능한 도라의 아버지에게 성적 서비스를 제공하고 돈과 선물을 받는 일종의 매춘행위를 하는 여성이다. "그녀가 그로부터 돈을 받음은 의심의 여지가 없었다. 왜냐하면 그녀의 지갑 사정으로 보나 혹은 그녀 남편의 그것으로 보나 너무 분에 넘치게 돈을 쓰고 다녔기 때문이었다"(26). K 부부의 자녀를 돌보고 있는 가정교사 역시 주인인 Herr K에게 성적 유혹을 받아 넘어간 불행한 여성이다. 그녀는 몸을 망친 뒤 혹시나 하고 Herr K가 자신에게 다시 돌아오길 기다린다. 그러나 그녀는 응답받지 못하고 결국 그곳을 떠난다. 이 모든 여성은 남성들의 성적 욕망을 충족시키기 위해 존재할 뿐이다. 반면 남성은 여성을 마음대로 바꾸거나 교환할 수 있는 힘을 지닌 자들이다. 도라는 프로이트의 치료 거부라는 자기 결단으로 남성의 주도 아래 전개되는 이러한 병적인 사회적 순환에 자신을 포함시키길 거부하며 오히려 그 순환의 고리를 끊어버리고자 한다. 프로이트는 슬프게 적는다. "치료가 성공적으로 끝나리라는 기대가 가장 높은 지점을 향할 때 이렇게 갑자기 치료를 중단하여 그 기대를 산산조각 내다니, 그녀로서는 분명한 복수의 행위였다"(100). 프로이트는 도라의 치료 거부 행위로 자신이 상처받고 고통받았다고 고백한다. 이렇게 보면 프로이트의 『도라』는 또한 도라의 『프로이트』가 될 수 있다. 그 역시 도라와 마찬가지로 잘못된 의학 이론을 가정하도록 허용하는 가부장제 사회의 희생자일 수 있다. 혹은 이 작품은 플리스와의 관계가 불안한 조짐을 보이기 시작하던 당시 프로이트 자신의 심정을 반영하는 기록일 수 있다. 다시 말해 그는 양성애적 성향을 보이는 도라로부터 자신의 모습을 발견하고, 그녀에 대한 책 쓰기에 곧바로 돌입했으며, 자기 안에 숨겨진 이러한 여성성의 특질들을 끝내 외면함으로써 도라의 치료에도 성공하지 못하고 또한 제대로 된 글쓰기에도 실패했다고도 볼 수 있다.

그러나 우리가 도이취를 통해 듣는 도라의 최후 모습은 너무 절망적이다. 그녀는 프로이트의 예견대로 심각한 히스테리아 환자로 살다 일생을 마친다. 결국 그녀도 자기 어머니와 거의 유사한 인생을 살다 간 것이다(Deutsch 41-43). 이것은 개인의 노력만으로는 사회 전반에 도사린 가부장제 사회의 병폐를 치유하기가 어려울 뿐만 아니라 그 병적인 사회의 희생자가 되는 길을 모면하기도 어렵다는 것을 말해준다. "남자가 싫어. 차라리 결혼하지 않는 게 나아. 남자에 대한 복수를 하기 위해서지"(Deutsch 42). 정신과 치료를 받던 중 그녀가 내뱉은 말이다. 그리고 이러한 외침은 많은 빅토리아조 소설 속에 나오는 여성의 울부짖음이기도 하다. 남성에 대한 여성의 원한과 분노는 부조리와 불합리가 판치는 남성 중심 사회에 대한 반항과 거부라는 측면에서 보면 건강한 것일 수 있다. 식수와 클레망(Catherine Clément)의 지적대로 가부장제적 상징 질서의 전복을 꾀하는 정치적인 잠재력을 지닌 사회적 예외자들만이 지닌 힘일 수 있다(3-26). 그러나 위험의 소지가 없는 것은 아니다. 엘리엇(George Eliot)은 그녀의 소설에서 남성에 대한 여성의 분노와 울분이 다시 여성에게로 돌아와 그 여성을 정신적으로 피폐하게 하고 병적으로 만드는 부메랑으로 작용할 수 있다는 점을 경고한다. 그녀의 『급진주의자 필릭스 홀트』(*Felix Holt, the Radical*, 1867)나 『대니엘 데론다』(*Daniel Deronda*, 1878)는 그러한 가설 위에 세워진 소설들이다. 가부장제 사회에서 여성의 생존 전략은 남성에 대한, 혹은 가부장제 사회 일반에 대한 도전과 거부 이상의 지혜를 필요로 한다. 프로이트의 작품에는 우리에게 희망을 주는 대안적 여성 인물들이 등장하지 않는다. 다만 도라를 통해 한 줄기 빛을 감지할 뿐이다. 억압자와 피억압자 모두가 프로이트의 정신분석 이론의 매트릭스 안에서는 서로 갇혀 있다고 볼 수 있다.

1997년도 터치스톤(Touchstone) 판 『도라』의 책 겉표지를 보면 맨 앞쪽 표지에 정장 차림을 한 의사 프로이트의 사진이 커다란 크기로 한복판에 자리 잡고 있다. 안경 너머 그의 시선은 정면을 향해 독자를 차갑게 응시한다. 색조가 옅은 푸르스름한 톤의 사진이다. 그의 턱 밑으로, 표지의 왼쪽 가장자리 쪽에 아주 작은 크기의 도라 초상화가 그려져 있다. 그녀의 몸은 실오라기 하나 걸치지 않은 전라의 모습이다. 몸 전체가 황갈색으로 칠해져 있다. 마치 먼 섬에서 끌려온 노예처럼 초라한 모습으로 독자의 시선을 피하기라도 하듯 시선을 아래쪽으로 모은 채 앉아 있다. 왜 그녀는 벌거벗은 몸으로 거기에 있어야 할까. 백인임에도 불구하고 왜 그녀의 몸은 황갈색으로 칠해져 있어야 할까. 사진이 주는 인상은 다분히 선정적이다. 뒤표지로 가면 앞표지의 그녀 초상화가 더 작은 크기로 상체만 실려 있다. 그 옆에 다음과 같은 해설이 붙어 있다. "Frau K에 대한 . . . 동성애적 사랑이 그녀의 정신적인 삶에서 가장 강렬한 무의식적 흐름이었다." 본문 텍스트에서는 프로이트에 의해 주석으로 언급되었던 문구가 아이러니하게도 표지의 주요 해설로 등장하는 것이다. 도라에 대한 단죄는 거의 한 세기가 지난 지금 시점에도 여전히 계속되고 있다고 본다.

| 인용 문헌 |

신명아. 「자끄 라캉의 정신분석적 여성관과 페미니즘의 상관관계 분석을 통한 남근이성중심적 여성관의 해체」. 『영미문학 페미니즘』 3 (1996): 103-40.

Bernheimer, Charles. "Introduction: Part One." Bernheimer and Kahane 1-18.

--- and Claire Kahane, eds. *In Dora's Case: Freud, Hysteria, Feminism.* New York: Columbia UP, 1985.

Cixous, Hélène. "Portrait of Dora." *Diacritics* (Spring 1983): 2-36.

--- and Catherine Clément. *The Newly Born Woman.* Trans. Betsy Wing. Minneapolis: U of Minnesota P, 1986.

Collins, Jerre, J. Ray Green, Mary Lydon, Mark Sachner, Eleanor Honig Skoller. "Questioning the Unconscious: The Dora Archive." *Diacritics* (Spring 1983): 37-42.

Decker, Hannah S. *Dora, Freud, and Vienna 1900.* New York: The Free Press, 1900.

Deutsch, Felix. "A Footnote to Freud's Fragment of an Analysis of a Case of Hysteria." Bernheimer and Kahane 35-55.

Ellis, Havelock. *Studies in the Psychology of Sex*. Philadelphia: F.A. Davis, 1913.

Freud, Sigmund. *Dora: An Analysis of a Case of Hysteria*. New York: Touchstone, 1997.

---. *The Interpretation of Dreams*. Tr. A. A. Brill. New York: The Modern Library, 1950.

---. "Some Psychical Consequences of the Anatomical Distinction Between the Sexes" (1925). *The Standard Edition of the Complete Psychological Works of Sigmund Freud*. Tr. and Ed. James Strachey. London: the Hogarth Press, 1961, XIX.

---. *Three Essays on the Theory of Sexuality*. Tr. James Strachey. Basic Books, 1975.

Hertz, Neil. "Dora's Secrets, Freud's Techniques." *Diacritics* (Spring 1983): 65-84.

Kahane, Claire. "Introduction: Part Two." Bernheimer and Kahane 19-33.

Kanzer, Mark. "Dora's Imagery: The Flight from a Burning House." Eds. M. Kanzer & J. Glenn. *Freud and His Patients*. New York: Jason Aronson, 1980.

Krafft-Ebing, Richard. *Psychopathia Sexualis*. Tr. L. T. Woodward, M. D. Sherman: Greenleaf, 1965.

Lacan, Jacques. "Intervention on Transference." Bernheimer and Kahane 92-104.

Marcus, Stephen. "Freud and Dora: Story, History, Case History." Bernheimer and Kahane 56-91.

Moi, Toril. "Representation of Patriarchy: Sexuality and Epistemology in Freud's *Dora*." Bernheimer and Kahane 181-99.

Ramos, Maria. "Freud's Dora, Dora's Hysteria." Bernheimer and Kahane 149-80.

Rose, Jacqueline. "Dora: Fragment of an Analysis." Bernheimer and Kahane 128-47.

Willis, Sharon. "A Symptomatic Narrative." *Diacritics* (1983 Spring): 46-60.

6

『패싱』(1929)

■ ■

I

    문학작품은 한 사람이 다른 사람에게 건네는 일종의 말 걸기이다. 작가는 언어를 통해 독자에게 말을 건네고자 한다. 작가는 자기 작품을 통해 자신에 대한, 혹은 자신이 몸담고 있는 세계에 대한 어떤 진실을 독자에게 전달하고자 한다. 따라서 작가는 글을 쓰면서 자기 말에 귀를 기울일 어떤 독자를 의식한다. 결국 그가 글을 쓰면서 머릿속으로 상정하는 이러한 독자의 존재는 궁극적으로 그의 글쓰기의 의미를 결정한다. 이러한 글쓰기의 특성은 글쓰기가 항상 세계를 사실적으로 반영하는 것만이 아니게도 한다. 그것은 때로는 작가가 독자의 취향에 맞춰 의도적으로 현실을 변형하거나, 때로는 알고 있는 진실을 그대로 전달하기보다는 은폐하거나 혹은 침묵하도록 방조하게도 한다. 특히 작가가 지배계급과는 거리가 먼 소수 문화권 출신일 때 이러한 글쓰기의 어려움은 가중한다. 작가가 소수 문화권 출신일 때 그는 지배계급을 향해 어떻게 자신에 대해, 혹은 세계에 대해 말할 것인가? 지배계급의 사회적 힘에 의해, 혹은 스스로의 심리적 계기에 의해 분명히 말하기보다는 진실을 가리도록 유도하는 현실 속에서, 그는 어떻게 소수 계급의 작가로서 지배계급을 향해 말할 것인가? 1920년대 미국 문단에서 할렘 르네상스(Harlem Renaissance)의 일원으로 활약했던 흑인 여성 작가 넬라 라슨(Nella Larsen)의 작품 『패싱』(*Passing*)은 이러한 문제점들을 짚어보게 하는 좋은 텍스트를 제공한다.

1970년대 초 여성 작가들의 작품이 재발굴될 때까지 라슨은 그저 할렘 르네상스 운동의 문학사 뒷장을 장식할 여성 작가들 중 하나였다. 그리고 이것은 그녀의 화려한 데뷔 시절을 상기할 때 기이한 운명이었다. 그녀가 맨 처음 문단에 데뷔할 때 그녀는 흑인계, 백인계 사람들 모두에게 그 재능을 인정받았다. 전미 유색인 지위 향상 협회(NAACP: National Association for the Advancement of Colored People)의 회장이었던 월터 화이트(Walter White)는 라슨의 처녀작 『퀵샌드』(*Quicksand*)의 초안을 읽고 작품의 마무리를 종용할 정도로 격려했고, 많은 할렘 르네상스 작가를 키운 칼 밴 벡텐(Carl Van Vechten)도 그녀의 첫 소설을 보고 바로 그의 출판업자에게 소개해 줄 정도였다. 이러한 영향력 있는 사람들의 도움으로 그녀는 1928년 하몬 재단(Harmon Foundation)에서 탁월한 흑인 작가에게 주는 문학상을 수상한다. 비평가들의 평가도 호의적이어서 두보이스(W. E. B. DuBois)는 『퀵샌드』를 "체스넛(Chesnutt) 전성기 이래 흑인 문단이 배출한 최고의 소설"이라고 극찬했으며, 한 평론가는 그녀의 두 번째 소설 『패싱』에 대해 그 어떤 소설도 다루지 못했던 인종 통과의 심리를 "원숙한 예술"로 그려 냈다며 격찬했다(McDowell ix 재인용). 이 두 소설의 성공으로 라슨은 1930

년 흑인 여성 작가로는 최초로 구겐하임(Guggenheim) 장학금을 받았으며, 이 장학금으로 세 번째 소설을 쓸 예정이었다. 그러나 라슨은 1930년 단편 「성소」("Sanctuary")를 발표하면서 표절 시비에 휘말린다. 이 작품을 발표한 『포럼』(*The Forum*) 잡지의 편집장은 조사를 통해 셰일라 케이 스미스(Sheila Kaye-Smith)의 작품 「미시스 애디스」("Mrs. Adis")와 문제의 라슨 작품 「성소」가 서로 닮은 것은 단지 우연일 뿐이라고 결론지었다. 이러한 편집장의 지지에 힘입어 라슨은 독자들에게 자신의 작품 「성소」를 어떻게 쓰게 되었는지 자기 입장을 해명하는 자리를 갖게 되었으며, 이로써 자신을 변호하는 데 성공하는 듯했다. 그러나 라슨은 끝내 표절 시비의 충격으로부터 벗어나지 못했다. 그녀는 세 번째 소설을 발표하지 못했으며, 이후 글쓰기를 완전히 중단했다. 글을 쓰는 대신 그녀는 작가가 되기 전 그녀가 일했던 브루클린(Brooklyn)의 베델 병원(Bethel Hospital)으로 되돌아와 은퇴할 때까지 그곳에서 간호원으로 일했다. 1964년 그녀가 죽었을 때 세상은 그녀를 주목하지 못했다. 이러한 라슨의 삶은 그 자체가 백인 사회에서 재능 있는 한 여성 흑인 작가의 작가적 생존이 얼마나 어려운지를 극명하게 보여 주는 사례라 할 수 있다. 만일 그녀가 백인 남성이었다면 이처럼 표절 시비에 휘말려 들었을까? 설령 표절 시비에 휘말려 들었다 하더라도, 그렇게 쉽게 글쓰기를 포기했을까? 이 글은 이 소설이 수작임을 인정하면서도 결국 작가가 흑인 여성이어서 작품 곳곳에서 어떤 굴절들이 일어나고 있으며 재현의 어려움을 보여 주고 있다는 전제에서 출발한다.

II

　몸속에 흑인의 피가 흐르고 있지만 겉으로 볼 때 백인과 비슷해서 주변 사람들에게 백인으로 통할 때, 그는 인종적으로 "통과"(passing)한다. 그러나 그의 몸속에 흑인의 피가 조금이라도 흐르고 있는 한 그는 "흑인"이다. 라슨의 『패싱』은 이러한 미묘한 인종적 경계선을 다룬 소설이다. 소설의 두 여자 주인공은 모두 겉으로 보기에 백인을 닮은, 그러나 몸속에 약간의 피가 흐르고 있는, "흑인" 여성들이다. 백인과 흑인을 엄밀히 구분하는 미국 사회에서 이들은 진정 "흑인"에 속한다. 왜냐하면 몸속에 단지 1/10의 흑인 피가 섞여 있어도 순수한 백인 피를 유지하고자 하는 백인사회에서 그는 엄격하게 "흑인"으로 취급되기 때문이다. 일차적으로 이 소설은 피부 색깔에 따라 인간을 구분하는 미국 사회의 인종차별주의를 고발하는 소설이다. 라슨 자신이 백인 어머니와 흑인계 아버지 사이에서 태어났고, 흑인계 아버지가 일찍 죽은 뒤에는 어머니가 백인 남성과 재혼하면서 그의 밑에서 인종적 멸시를 받으며 성장해야 했다. 이후 그녀는 계속해서 백인 사회와 연관되었지만, 그 사회에서 진정한 소속감을 느낄 수 없었다. 그녀는 항상 이곳저곳으로 배회해야 했다. 한때는 테네시주(Tennessee)의 피스크(Fisk) 대학에서 공부하기도 했으며―이 무렵 그녀는 그 대학의 교수였던 엘머 임스(Elmer S. Imes)와 불안한 결혼생활을 하기도 했다―덴마크(Denmark)로 가서는 코펜하겐(Copenhagen) 대학에서 청강하기도 했다. 미국에 돌아와서는 간호학을 전공했다. 이러한 출생과 성장배경으로 인해 라슨은 백인 세계와 흑인 세계 모두를 경험했고, 그 두 세계가 충돌하는 교차 지점에서 성장했다고 볼 수 있다. 이 소설은 이러한 고통스러운 작가적 경험의 산물이며 인종차별주의가 개인의 삶을 피폐케 하는 미국의 현실에 대한 고발을 담고 있다.

　이 소설의 전복성은 클레어 켄드리(Clare Kendry)라는 여성 인물의 창조에 기인한다. 그녀는 한편으로는 "항상 위험의 가장자리까지 가는, 그러나 결코 뒤로 물러서거나, 혹은 옆으로 돌아가는 법이 없는"(*Passing* 9), "삶에 대한 개념에 있어 목전에 놓인 자기 자신의 욕망에 충실할 뿐, 희생적인 데라고는 전혀 찾아볼 수 없는", 따라서 줄곧 "이기적이며 냉정하고 쌀쌀맞은" 인물로 묘사된다. 그러나 다른 한편으로는 "주변 사람들을 변화시키는 따뜻함과 열정의 기이한 능력"(10)을 지닌 인물이자 "묘한, 물리칠 수 없는 매력"(28)의 소유자로 "애무하는 듯한 미소"(37)로 상대방을 사로잡는 인물로 묘사되기도 한다. 그녀는 무엇보다도 사회규범을 무시하는, 자신의 내적 욕망을 좇는, 자유를 추구하는 인물로 설정된다. 그녀는 부당한 사회체제에 자신을 구속시킬 필요가 없다고 판단한다. 그녀는 백인 세계와 흑인 세계를 오가며, 자신이 얻고자 하는 바를 양쪽 세계 모두로부터 얻고자 한다.

　클레어는 어린 시절부터 사회의 부적응자로 살아가는 아버지를 경멸했다. 그녀의 아버지 밥 켄드리(Bob Kendry)는 백인인 아버지가 "실수로" 흑인 여성과 관계를 맺어서 태어난 존재로, 이로 인해 그는 백인 친척들로부터 배척당해야 했다. 그는 혼혈이어서 백인 아버지의 혈통을 승계할 수 없었고, 따라서 대학 교육까지 받았지만 아버지의 상속재산을 이어받을 수 없었다. 백인 중심 사회에서 잡혼은 순수한 백인 피의 재생산을 방해하기 때문에 금기시된다. 아버지가 일찍 죽은 뒤 "박애주의자"인 백인 기독교계 친척들에게 양육된 그녀는 백인 사회에서 쉽게 "백인"으로 통했다. 그녀는 가난했고, 자신에게 없는 것을 갖기 위해서는 백인 사회에 뿌리내리는 것이 유리하다고 판단했다(26). 따라서 돈 많은 백인 남성과 결혼한다. 그녀는 자신처럼 "백인"으로 통하지 않고, "흑인"임을 고집하며 살아가는 친구에게 다음과 같이 말한다. "이봐, 아이린. 난 왜 너 같은, 보다 많은, '흑인' 여자애들이 패싱을 하지 않나 모르겠어. 너도 그렇고, 마가렛도 그렇고, 에스더도 그렇고, 결코 패싱을 않잖아. 왜지? 그게 얼마나 쉬운 일인데 그래. 백인처럼 생기기만 했으면, 그다음 필요한 건 좀 뻔뻔하면 되는 것이지"(25).

그러나 클레어 결혼의 문제점은 자신이 "흑인"이란 사실을 남편에게 숨긴 채 결혼했다는 데 있었다. 그녀의 남편은 만일 그녀가 "흑인"인 사실을 알았더라면 결코 그녀와 결혼하지 않았을 철저한 인종차별주의자였다. 따라서 그녀는 결혼한 뒤에도 자신이 "흑인"이라는 사실을 남편에게 털어놓을 수 없었다. "흑인"이라는 사실을 숨기고 결혼한 대가로 클레어가 지불해야 하는 아이러니는 그녀의 피부가 점점 까맣게 변한다는 이유로 남편에게 "닉"(Nig)으로 불린다는 사실이었다. 지독한 흑인 혐오가인 그녀의 남편 존 벨루(John Bellew)는 아내를 "닉"으로 부르게 된 경위를 그녀의 "흑인" 여자 친구들에게—물론 그들이 "흑인"인 줄은 전혀 짐작도 못 한 채—다음과 같이 설명한다. "처음 결혼했을 땐 집사람이 꼭 백합처럼 피부가 희었지요. 그런데 점점 검어지는 거예요. 그래서 제가 그랬지요. '조심해, 안 그러면 어느 날 아침에 일어나 당신이 검둥이로 변한 걸 보게 될 거야'라고 말이죠'(39). 모두 눈물을 흘릴 정도로 웃고 난 뒤에야 일단락되는 이 장면은 웃음 저 너머의, 피부 색깔에 따라 인간을 구분 짓는, 인종 편견 사회에 대해 소름 끼칠 정도의 전율을 느끼게 한다. 곧이어 클레어는 남편에게 다음과 같이 운을 뗀다. "그렇지만, 여보, 몇 년 뒤에 내가 흑인 피가 좀 섞인 여자란 게 드러난들

어떻겠어요, 이렇게 같이 산 마당에 말예요?" 그러나 벨루는 두 손을 저으며 잘라 말한다. "아니, 아니, 안 될 말이지. 난 당신이 검둥이가 아닌 걸 알아. 그러니까 괜찮아. 당신이 검둥이가 아니란 걸 알기 때문에, 당신의 몸이 아무리 까맣게 변한다 해도 괜찮아. 그렇지만 우리 집안에 검둥이는 절대 안 되지. 우리 집안은 검둥이랑 섞여 본 적이 없거든. 앞으로도 그렇지 않을 거고"(40). 남편에게 자신의 피를 속인 이상 클레어의 결혼 생활은 언제 깨질지 모르는 위험한 게임이 된다. 클레어는 딸 마저리(Margery)를 출산하기까지 아홉 달 동안의 공포를 다음과 같이 고백한다. "나는 마저리가 피부가 검은 아이로 태어날까 봐 얼마나 고민했던지, 임신한 아홉 달 동안은 공포였어. 다행히 흰색으로 태어났지. 정말이지 다신 임신하고 싶지 않아"(36).

III

클레어 인물 창조의 전복성은 백인 세계와 흑인 세계를 자기 마음대로 가로지르는 그녀의 인종적 해체성에 국한되지 않는다. 그녀는 전통적인 부르주아적 결혼관과 가족관을 전복시키는 인물이기도 하다. 그녀의 성적 자유로움은 여성을 한 남성에 국한하는, 일부일처제의 관습적인 결혼관에 저항한다. 백인 남성과의 결혼 후 다시 흑인들의 세계로 돌아가는 그녀의 심리에는 뭇 남성들의 시선을 한눈에 받고자 하는 그녀의 성적 갈망이 숨겨져 있다. 그녀는 백인 남편의 출장을 틈타 흑인들의 파티에 참석하는데, 그곳에서 다른 남성들을 유혹한다. 다음은 아이린의 눈에 비친 파티에서의 클레어의 남성 유혹 장면이다.

그녀[아이린]의 피곤한 두 눈 앞에서, 클레어 켄드리는 데이브 프리랜드에게 말을 걸고 있었다. 클레어의 허스키한 목소리에 담겨, 그들의 대화 파편들이 아이린에게로 흘러 넘어왔다. "항상 당신을 흠모하고 있었어요. . . . 오래전부터 당신에 대해 많은 것을 들었어요. . . . 당신 빼고 모든 사람이 다 그렇게 말하던데요." 그들 사이에 이런 류의 이야기들이 더 오고 갔다. 비록 남자는 페리스 프리랜드의 남편이었고 지각과 아이러니의 소설들을 써낸 작가였지만, 그는 클레어의 말에 넋을 잃고 있었다.

Before her tired eyes Clare Kendry was talking to Dave Freeland. Scraps of their conversation, in Clare's husky voice, floated over to her: ". . . always admired you . . . so much about you long ago . . . everybody ways so . . . no one but you. . . ." And more of the same. The man hung rapt on her words, thought he was the husband of Felise Freeland, and the author of novels that revealed a man of perception and a devastating irony. (93)

여기서 주목할 만한 점은 남성을 유혹할 때 클레어의 무기가 다름 아닌 그녀가 백인이면서 흑인이란 사실에 연유한다는 것이다. 위의 인용문 바로 다음에 아이린은 클레어의 성적 매력을 다음과 같이 묘사한다. "이 모든 이유는 클레어가 놀란 듯한 검은 두 눈동자를 아이보리색 눈꺼풀로 덮은 뒤, 곧바로 뜨면서 애무하는 듯한 묘한 웃음을 짓는 재주를 갖고 있기 때문이지. 데이브 프리랜드 같은 남자들이 그것 때문에 홀딱 반하지. 브라이언도 마찬가지고"(93). "검은" 눈동자와 "아이보리색" 눈꺼풀이 말하는 클레어의 이중적인 인종적 특성의 결합은 백인 남성과 흑인 남성 모두를 유혹하는 그녀 특유의 성적 매력의 근원이다. 이러한 소설의 측면은 이 소설을 딱히 인종에 관한 소설이라든지, 혹은 성에 관한 소설로 보기보다 주디스 버틀러(Judith Butler)의 주장처럼 이 두 가지 주제가 서로 맞물려 전개되고 있다고 보는 편이 낫다(1993, 174).

클레어는 결혼의 "신성함"을 믿지 않는다. 그녀는 흑인들 세계로 다시 돌아감으로써 깨질지도 모를 자신의 결혼을 두려워하지 않는다. 남편 벨루가 그녀가 "흑인"이란 사실을 알게 될 경우 어떻게 할 것이냐는 아이린의 질문에 그녀는 "이곳으로 올 거야. 여기 할렘으로 말이야. 그러면 내가 하고 싶은 일을 보다 더 자유롭게 할 수 있을 거야"(106)라고 대답한다. 자녀 문제 역시 그녀를 구속하지 못한다. 그녀에게 어머니 역할은 "이 세상에서 가장 잔인한 일"(68)이다. 그녀는 자식 외에도 "다른 중요한 것들"이 있을 수 있다고 믿는다(81). 따라서 딸을 위해 흑인들의 파티에 나타나지 않는 게 좋을 거라는 아이린의 충고를 그녀는 귀담아 듣지 않는다. 즉 그녀는 결혼을 통한 한 남성에의 헌신이나, 혹은 자녀를 위한 어머니의 희생 등의 미덕을 믿지 않는다. 그녀는 부르주아적 결혼관 및 가족관을 해체한다. 이러한 클레어의 인물 창조는 데보라 맥다웰(Deborah McDowell)의 주장처럼 이전의 흑인 여성 작가 작품에서 보인 자기희생적이며 정조의 화신으로 묘사된 흑인 여성들과는 차별된다. 이 작품이 성적 방종과 자유연애를 표방하던 1920년대 재즈 시대(Jazz Age)의 작품이라는 점은 놀랄 만한 일이 아니다(xii-xiv).

그녀는 또한 남성/여성, 남성성/여성성에 대한 종래의 개념들을 전복시킨다. 그녀의 혈통 자체가 순수한 어느 한쪽의 백인도 흑인도 못 되는 것처럼, 그녀는 성적으로도 양성성(bisexuality)을 지닌다. 그녀는 겉으로 볼 때 분명 여성이지만—겉으로 그녀가 백인이었던 것과 마찬가지로—사회 역할에 대한 엄격한 남녀 구분에 있어 종종 남성과 연관되는 특질들인 남성성의 요소들을 지닌 인물로 제시된다(Davis xv). 그녀는 "돌 같은 강인함과 지구력을 지닌, 독하고 완고한"(73) 인물이자—그와 같은 특질들이 그녀가 백인 사회에서 국제금융업자이자 인종차별주의자인 백인 남편의 아내로서 12년간 버틸 수 있도록 도와주었을 것이다—위기를 즐기며, 자기중심적이며, 자신만의 목표와 욕구에 몰두하는 인물이다. 그녀의 이러한 존재 방식은 종종 여성에게서 기대되는 덕목들을 배반하도록 한다. 아이린에게 그녀는 다음과 같이 말한다. "난 너와 달리 어떤 점잖은 도덕이나 의무감 같은 걸 갖고 있지 않아. 내가 정말 원하는 것을 갖기 위해선 난 무슨 일이든 할 수 있어. 누구에게 해를 끼칠 수도 있고, 뭐든 내동댕이칠 수도 있어"(81). 드레이튼(Drayton) 호텔 로비에서 그녀는 그녀 "특유의 애무하는 듯한 미소"(14), "허스키한 목소리"(17), "이상하게 께느른한 두 눈"(16)을 이용해 두 남성—같이 있던 그녀의 남자 친구와 웨이터—을 유혹한다. 이는 여성과 같이 있을 때도 마찬가지다. 아이린과 단 둘이 있을 때 그녀는 다음과 같은 방식으로 아이린을 유혹한다. "그녀의 두 눈에 웃음이 번졌고, 아이린은 안겨 애무받는 듯한 느낌을 받았다"(29). 이러한 클레어의 특성은 그녀가 인종적으로 백인이면서 흑인인 것과 마찬가지로, 여성이면서 남성인 양성적 특성을 보여 준다. 인종적으로 백인과 흑인의 경계선을 넘나든 것과 마찬가지로, 그녀는 성적으로도 여성성과 남성성의 경계선을 넘나들면서 종래에 엄격하게 구분되던 남성성과 여성성에 대한 성의 개념을 해체한다고 볼 수 있다. 이러한 전복성으로 이 소설은 우리에게 백인/흑인의 구분과 마찬가지로 남성/여성의 구분도 어쩌면 가시적인 요소에 의한 것일 뿐 양자 사이에 어떤 본질적인 차이가 없을지도 모른다는 전제를 암시한다.

클레어의 비극은 백인인 남편이 절대로 흑인들의 파티에 모습을 나타내지 않으리라고 확신한 데 있다. 그녀의 생각으로는 백인 사회와 흑인 사회가 완벽하게 분리되어 있기 때문에 백인인 남편이 그곳에 등장할 리 없었다. 그러나 이 소설은 백인들이 흑인들의 파티에 자주 나타나는 모습을 보여줌으로써 백인 없는 흑인들만의 세계가, 혹은 흑인 없는 백인들만의 세계란 실제로 불가능함을 말해 준다. 클레어가 자기 남편과 불륜을 저질렀다고 생각하는 아이린은 길에서 클레어의 남편 벨루를 만났을 때 자기가 다름 아닌 "흑인"임을 처음으로 그에게 밝힌다. 또한 그의 아내 클레어 역시 "흑인"임을 넌지시 암시한다. 즉 클레어는 다름 아닌 "흑인" 친구에 의해 자신이 "흑인"이란 사실이 백인 남편에게 전해진다. 아이린의 밀고를 받은 벨루는 흑인들의 파티에 예고 없이 ㅣ타나며, 거기서 흑인들 사이에 끼어 있는 자기 아내를 보고 분노한다. 그가 클레어를 향해 내뱉는 외침—"그래 네가 검둥이였다고, 그 더러운 검둥이였다고!"(111)—은 자신의 의도와는 달리 순수한 백인 피를 재생산해 내지 못한 자의 분노와 좌절의 목소리이다. 그로서는 자신이 흑인 여성과 관련된다는 것은 있을 수 없다. 클레어가 창문 밖으로 추락할 때 그가 질러대는 괴성—"닉! 오 하나님! 닉!"은 그녀에 대한 그의 상반된 감정을 암시한다. 이 외침에서처럼 클레어는 그에게 "닉"이자 또한 흠모의 대상인 "오 하나님"이었다. 그런데 그의 외침은 경멸을 뜻하는 "닉"으로 끝나며, 클레어에 대한 이러한 비하가 그녀를 죽음으로 몰고 간다. 클레어가 "흑인"인 이상 그녀는 그에게 의미가 없다. 따라서 그녀는 벨루의 시선 밖으로 사라진다. "한순간 클레어는 붉고 노란 불꽃처럼 빛나면서, 그곳에 서 있었다. 다음 순간 그녀가 사라졌다"(111). 벨루는 자신이야말로 흑인들과 무관하게, 그들로부터 멀리 떨어진 채 존재한다고 믿었다. 아니, 그는 그렇게 존재할 수 있다고 믿었다. 그러나 소설은 클레어의 성적 매력의 주요 부분이 그녀의 이중적 인종성에 기인함을 분명히 보여줌으로써, 클레어에 대한 벨루의 감정 역시 그녀가 백인이면서 흑인이었기 때문에 가능했음을 암시한다. 따라서 이 소설의 마지막 파티 장면은 그동안 벨루에게 침묵을 지킴으로써 유지되어 온 클레어의 백인다움의 가면이 깨지는 장면이기도 하면서, 흑인과는 무관하게 존재할 수 있다고 믿었던 벨루의 인종적 이데올로기의 허구성이 깨지는 장면이기도 하다(Butler 1993, 173).

IV

아이린 레드필드(Irene Redfield)는 클레어와 대척점에 선다. 그녀는 백인으로 통할 수 있는 외모를 지녔지만, 클레어와 달리 인종적 통과를 거부하며 "흑인"을 배우자로 선택한다. 그녀가 볼 때 클레어의 인종통과는 매우 위험하다. 그것은 "전적으로 낯선 세계가 아닐지 모르지만, 분명히 친절한 세계는 아닌, 다른 환경에서 삶의 기회를 잡기 위한 낯익고 친절한 모든 것으로부터의 결별"(24)을 의미하기 때문이다. 그럼에도 불구하고 소설은 아이린 역시 종종 백인으로 통과되고 있음을 보여준다. 한여름날의 무더위를 식히기 위해 드레이튼 호텔 로비로 들어간 그녀는 그곳에서 백인으로 통한다. 그리고 그녀는 그곳에서 한 여성이─후에 그 여성은 클레어임이 드러나지만─자신을 주시하자, 그녀가 자신의 인종적 정체를 알고 있을지도 모른다는 생각에 공포심을 느낀다. 그녀는 다음과 같이 변명한다. "그것은 자신이 검둥이인 것을 부끄럽게 여긴다거나, 혹은 검둥이란 사실이 발각되는 것을 부끄럽게 여기기 때문이 아니었다. 그녀가 불안을 느낀 것은, 비록 정중하고 세련된 방식으로라도—아마도 드레이튼 호텔 사람들은 그렇게 하겠지만—그 어떤 장소로부터 자신이 쫓겨날지도 모른다는 생각 때문이었다"(16). 이러한 측면은 클레어의 인종 통과에 대한 그녀의 항변을 지나친 감이 있게 만들기도 한다 (McDowell, xxiii).

제1부 "조우", 제2부 "재회", 제3부 "피날레"로 짜인 이 소설은 마치 한 편의 심리극처럼 스릴과 박진감으로 전개된다. 제1부에서 독자는 아이린의 관점에서 한 여성의—즉 클레어의—인종적 통과에 대한 이야기를 듣는다. 이때 소설의 주요 관심은 클레어에게 맞추어져 있기 때문에, 아이린 자신에 대한 언급은 별로 없다. 독자는 백인으로 통과한 한 "흑인" 여성의 인종적, 성적 모험을 전해 들으면서, 그녀와 거리 두기를 시도하는 아이린의 입장을 이해한다. 특히 클레어의 초대로 이루어진 세 여성—클레어, 아이린, 거트루드 마틴(Gerturde Martin)—의 만남 중 클레어의 운명—거트루드는 백인 남성과 결혼했지만, 그에게 자신의 인종적 정체를 밝혔다—이 가장 위태로운 것으로 부각됨으로써, 독자는 이러한 아이린의 시각에 공감한다. 그러나 제1부 끝부분에 가면 이야기의 초점은 점점 아이린의 내면세계로 향한다. 클레어 삶의 선택이 위태로운 결과를 가져온 것이었다면, 아이린의 선택 역시 위태로운 것일 수 있음을 제1부 끝부분은 암시한다. 다음은 클레어를 방문하고 집으로 향하면서 남편 브라이언 레드필드(Brian Redfield)를 생각하는 아이린의 단상이다. 두 사람 사이의 갈등이 암시된다.

남편은 아침에 시끄러운 역에서 자신을 기다리고 있을 것이었다. 그녀는 남편이 잘 지내고 있길 기대했다. 자신과 애들이 그와 같이 있어 주지 못했다 하더라도, 그가 너무 적적해하지 않았길 바랐다. 너무 외로운 나머지 그 옛날의, 달갑지 않은 기이한 불안감이 그 안에서 다시 생겨나지 않길 희망했다. 결혼 초기부터 그녀가 애써 진압해야 했던, 비록 이제 점점 수그러들어 덜 번번이 그녀를 괴롭히긴 하지만, 여전히 희미하게나마 남아 그녀를 놀라게 하는, 그 낯설고 다른 세계에 대한 그의 동경 말이다.

Brian, who in the morning would be waiting for her in the great clamourous station. She hoped that he had been comfortable and not too lonely without her and the boys. Not so lonely that that old, queer, unhappy restlessness had begun again within him, that craving for some place strange and different, which at the beginning of her marriage she had had to make such strenous efforts to repress, and which yet faintly alarmed her, though it now spring up at gradually lessening intervals. (47)

그녀의 남편 브라이언은 뉴욕의 삶으로부터 벗어나고자 하는 인물이다. 인종 편견이 심한 뉴욕은 그에게 "지옥"과 같은 곳이다(59). 그는 아이들을 다른 세상에서 살게 해주고 싶어 한다. 따라서 그는 남아메리카로의 도피를 꿈꾼다.

클레어가 사회규범을 무시하는, 자유를 추구하는 인물로 설정되었다면, 아이린은 자기감정을 억압하는 반면 사회관습을 존중하는 인물로 등장한다. 그녀는 결혼과 가족이 가져다주는 안정감을 삶의 가장 중요한 가치로 간주한다. 특히 그녀는 의사인 남편과 두 아들, 물질적 풍요 등으로 대변되는 자신의 부르주아적 지위를 만족스럽게 생각한다. 그러나 소설은 이러한 아이린의 중산층적 세계관 역시 클레어의 무모한 자유 추구만큼이나 위험성을 내포한 것임을 암시한다. 제2부, 제3부를 거치면서 소설은 아이린이 지닌 중산층적 가치의 위선과 불모성을 폭로한다. 소설은 아이린이 클레어에게 부여하는 이기적이며 위선적인 바로 그 요소들이 아이린 자신에게서도 반복적으로 발견됨을 보여 준다. 그녀는 사회적 안정감을 유지하기 위해 교묘한 전략을 구사한다. 가령 그녀는 브라질에서 살고 싶어 하는 남편이 그 꿈을 포기하도록 유도하는데, 이때 그녀는 다음과 같은 방식으로 자신의 행위를 옹호한다. "정말 그녀 자신을 위해서 그런 게 아니었다. 그녀는 한 번도 자신을 염두에 둔 적이 없었다. 오로지 남편과 두 아이만을 위해서 그렇게 했다"(57). 그녀의 위선은 남편과 클레어의 불륜을 짐작하면서도, 어떠한 경우에도 자신의 결혼을 포기할 수 없다는 완강함에서 잘 나타난다. "그녀는 결혼이라는 껍데기를 꼭 붙들고 싶어 했다. 재앙의 가장자리로 몰렸다 하더라도, 그녀의 완고함은 물러설 줄 몰랐다. 남편을 완전히 놓치기보다는 [클레어와] 함께 공유하는 편이 낫다고 그녀는 생각했다"(108). 그녀에게 "행복, 사랑, 격렬한 황홀감" 등은 별로 중요하지 않다. 그녀의 경험으로는 그러한 것들이 무엇을 의미하는지조차 모른다고 작가는 부연한다(107).

이러한 아이린 인물 창조를 통해 작가는 흑인 중산층 전반을 풍자한다. 아이린은 가난한 흑인 민중들의 삶의 질을 높이기 위해 흑인 복지회(Negro Welfare League)에 관여한다. 그러나 그 모임은 흑인 민중을 위한 것이기보다 흑인 중산층 자신들을 위한 사교 모임의 성격이 짙다. 이 복지회에 휴 웬트워스(Hugh Wentworth) 같은 백인 명사들의 출입이

잦아지자, 그녀의 남편 브라이언은 다음과 같이 탄식할 정도다. "흑인들은 곧 이곳에 아무도 들어오지 못하겠군. 들어와도 형편없는 자리에나 앉겠어." 이러한 경우 자선 모임은 흑인 중산층들을 위한 것일 뿐, 박애주의와는 거리가 멀다. 계속해서 열리는 티파티와 칵테일파티, 자선 무도회에 대한 묘사는 흑인 부르주아 계층의 진부함과 천박함을 풍자한다. "부서질 듯한 유리컵에 부딪히며 숟가락이 내는 작은 낯익은 소리들, 가끔씩 웃음소리에 의해 중단되는, 부드럽게 흐르는 의미 없는 말소리들이 그곳에 있었다. 불규칙하게 소단위로, 서로 떨어졌다 뭉쳤다 하며, 부조화와 무질서를 이루면서, 별로 꾸며 놓은 게 없는 아이린의 큰방에서, 파티를 성공적으로 만드는 그 가벼운 낯익음으로 손님들이 움직였다"(91). 이러한 파티 장면은 아이린 개인의 비극이 진행되는 현장이기도 하다. 이곳에서 남편 브라이언과 클레어의 친근한 장면을 목도한 아이린은 자신도 모르게 식탁 위의 컵을 떨어뜨리고 만다. 내면에 분노가 일었기 때문이다. 그러나 그 순간 그녀는 자신의 그러한 비극적 처지를 그 누구도 알아차려서는 안 된다고 생각한다. 그러나 이미 휴가 그 사실을 눈치챈 것을 알아차린다. 그러자 이번에는 자신이 그것을 눈치챈 것을 그가 알아차리면 안 된다고 판단한다(94).

아이린은 프로이트(Freud)가 언급한 초자아(super-ego)가 강한 여성이다. 그녀는 벨루와 같은 부류의 인물로, 벨루는 가부장제적 백인 우월 사회의 영속화를 지지하는 인물이다. 따라서 그의 아내는 백인 여성이어야 하고, 그녀는 한 남성에 충실한 정숙한 여성이어야 했다. 그의 비극은 그러한 자신의 인종적, 성적 이데올로기가 잘못된 것일 수 있다는 점을 알지 못하는 데 있다. 아이린 역시 부르주아적 가치를 지지한다. 그녀에게 가족과 결혼은 너무 중요한 개념이다. 그녀는 가정 안에서만 안정감을 느낄 수 있다고 생각한다. 그녀가 남편에게 매달리는 것은 그에 대한 열정 때문이 아니다. 작품 어느 곳에도 남편에 대한 그녀의 강렬한 애정은 보이지 않는다. 그녀가 남편과 자식에게 매달리는 이유는 그것들이 대변하는 부르주아적 가치 때문이다(Butler 1993, 179). 남편의 불륜을 의심한 뒤 그녀는 자신으로부터 남편을 빼앗아 갈지도 모를 클레어를 경계한다. 그녀는 자신이 소중히 여기는 삶의 개념들이 얼마나 공허할 수 있고 무의미한 것인지 알지 못한다. 그녀의 사회적 자아는 결국 벨루와 함께 클레어를 죽음으로 몰고 간다. 마지막 장면에서 백인 남성 벨루의 단죄의 시선이 클레어를 향하는 동안, 아이린 역시 클레어에게 달려든다. 그녀의 손이 클레어의 팔에 놓이는 순간 클레어는 그녀의 시선 밖으로 사라진다. 그럼으로써 그녀는 가부장제적 부르주아 사회의 영속화에 기여한다. 소설은 클레어의 죽음에 대한 아이린의 안도감—"아이린은 섭섭하지 않았다. 거의 믿어지지 않을 정도로 놀라웠다"(111)—을 보여 주면서도, 다른 한편으로는 클레어의 죽음에 따른 그녀의 상실을 강렬하게 시사한다.

> 가버렸다! 그 부드러운 흰 얼굴, 빛나던 머리카락, 당혹스러운 주홍빛 입술, 꿈꾸던 두 눈, 애무하는 듯하던 미소, 클레어 켄드리라고 불린, 저 가슴 저리도록 아름다웠던 사랑스러운 여성, 아이린의 평온한 인생을 흩트려 놓은 아름다운 여인. 가버렸다! 비웃는 듯하던 대담성, 당당한 모습, 종소리처럼 낭랑하게 울렸던 그녀의 웃음소리.

> Gone! The soft white face, the bright hair, the disturbing scarlet mouth, the dreaming eyes, the caressing smile, the whole torturing

loveliness that had been Clare Kendry. That beauty that had torn at Irene's lacid life. Gone! The mocking daring, the gallantry of her pose, the ringing bells of her laughter. (111)

V

클레어에 대한 아이린의 태도는 처음부터 이중적이었다. 그녀는 처음부터 자신의 의도와는 달리 클레어의 접근을 차단하지 못했다. 뿐만 아니라 그녀에게 "물리칠 수 없는 기이한 매력"(28)을 느꼈다. 드레이튼 호텔 로비에서 이미 그녀는 자리를 뜨지 못한 채 클레어를 다시 못 볼 것을 두려워했다. "바로 그 순간 클레어 켄드리를 다시 볼 수 없을지도 모른다고 생각하니, 그녀는 두려웠다. 그녀의 간절한 두 눈과 사랑스러운 매력 앞에서, 아이린은 이 이별이 마지막이 아니길 간절히 원했다"(29). 그리하여 그 뒤 클레어가 자신을 찾아왔을 때, 그녀는 그녀를 반갑게 맞는다. "아이린 레드필드는 갑자기 설명할 수 없는 애정을 느꼈다"(65). 클레어와의 만남을 중단해야겠다는 그녀의 계속되는 다짐들—"이제 클레어와는 완전히 끝났다"(31), "그녀는 [클레어를 만나러] 가지 말았어야 했다"(45), "그녀가 다시 클레어 켄드리를 볼 가능성은 백만분의 일도 되지 않았다. 설령 그 백만분의 일이 벌어진다고 해도, 그녀는 고개를 돌려 그녀를 못 알아본 척하기만 하면 될 뿐이었다"(47)—은 작품에서 여러 번 반복된다. 소설은 이러한 아이린의 심리적인 진동(oscillation)을 중심축으로 한다. 그러나 그녀의 굳은 결심에도 불구하고, 그녀는 클레어를 마주 보면 그녀를 뿌리칠 수 없다. 클레어의 집을 방문하고 온 날, 그녀는 클레어의 아름다운 얼굴을 떠올리며 그 얼굴 표정의 의미를 헤아리려 노력한다. 그러나 "그것은 깊이를 알 수 없는 것이었다. 어떤 경험이나 그녀의 이해를 초월하는 것이었다"(45)라고 그녀는 고백한다.

맥다웰은 이러한 아이린과 클레어의 관계에서 동성애적 성향을 포착한다. 그녀에 의하면 두 여성은 결혼했으나 남편과 성적 관계가 거의 부재하는 결혼생활을 하고 있고, 따라서 두 여성 사이에 레즈비언적 관계가 가능하다는 것이다. 클레어의 경우 외국 출장이 잦은 그녀 남편의 직업 성격과 클레어 자신의 출산에 대한 두려움이 이를 말해 주며, 아이린의 경우 그녀 자신이 성을 억제하는 경향이 있으며 남편과 각방을 사용한다는 사실이 이를 확인시켜 준다. 맥다웰은 두 여성 간의 관계 발전 단계를 구체적으로 제시함으로써, 그러한 자신의 주장에 설득력을 부여한다. 가령 그들의 재회 시작에서부터 아이린은 불에 덤벼드는 나방처럼 클레어에게 이끌린다고 그녀는 주장한다. 그러나 초자아가 강한 아이린으로서는 클레어에 의해 일깨워지는 이러한 자신의 감정을 인정하려 들지 않는다. 그것은 사회적으로 터부시되는 감정이기 때문이다. 맥다웰에 의하면 아이린이 자신에 대해 갖는 여러 가지 오해 중 가장 심각한 것이 바로 클레어에 대한 이러한 감정이라고 지적한다. 겉모습, 사회적 체면, 경제적 안정감 등에 사로잡힌 나머지 아이린은 클레어에 대한 자기 감정을 지하로 가둔다는 것이다. 특히 아이린이 클레어와 자기 남편 브라이언의 불륜을 상상하는 장면은 클레어에 대한 아이린 자신의 감정이 고조되면서 발생하는 것으로, 이는 클레어에 대한 자기 감정을 브라이언에게 투사했기 때문인 것으로 맥다웰은 해석한다. 아이린에게 클레어는 억압된 그녀의 성적 욕망의 구현이며, 따라서 그녀의 사회적 자아는 클레어를 자기 세계로부터 영원히 추방하고자 한다(xxvi-xxx).

버틀러 역시 이러한 맥다웰의 입장을 지지한다. 남성/여성, 남성성/여성성, 이성애/동성애 등의 구분을 가부장제적 부르주아 문화의 산물로 바라보는 버틀러는 프랑스 페미니스트 이론가들의 주장을 이 작품에 이용함으로써 반박한다. 문학적 내러티브를 문학 이론이 발생하는 현장으로 간주하자는 바바라 크리스찬(Barbara Christian)의 충고를 받아들여 버틀러는 클레어의 죽음에 저항적인 요소도 있는 것이 사실이지만, 그럼에도 불구하고 그녀의 죽음은 젠더와 섹슈얼리티, 그리고 인종에 있어서의 어떤 상징적인 질서의 승리를 보여 준다고 해석한다. 프로이트가 언급한 초자아의 개념과 라캉(Lacan)이 지칭한 언어에 의한 상징적인 것의 개념을 사회규범 혹은 사회법과 연관시키는 버틀러는 이 소설이 개인의 섹슈얼리티에 대한 사회적 규제의 승리를 보여 준다고 주장한다. 따라서 그녀에게 클레어의 죽음은 백인 중심 사회의, 부르주아 사회의, 이성애 중심 사회의 승리를 단적으로 보여 주는 상징적인 죽음이라는 것이다(1993, 180-85). 섹스, 젠더, 욕망의 근본적인 범주들을 어떤 특정한 권력의 결과물로 보았던 미셸 푸코(Michel Foucault)와 마찬가지로 버틀러도 젠더와 섹슈얼리티에 어떤 이상적이고 정상적이며 자연스러운 모델이 있다는 것을 받아들이지 않는 입장이다. 우리가 이상적이며 정상적이며 자연스럽다고 간주하는 젠더와 섹슈얼리티의 개념은 다름 아닌 제도와 관행에 의한 "결과물"일 뿐, 그것을 "근원"이자 "원인"으로 간주해서는 안 된다는 것이 그녀의 입장이다. 남성/여성, 남성성/여성성, 이성애/동성애 등 이분법적 헤게모니는 작금의 남근숭배주의와 이성애주의가 낳은 문화적 축조물이라는 것이다(1999, 1장).

라슨의 『패싱』은 이러한 버틀러의 시각을 지지한다. 백색의 피부

속에 검은 피를 감추고 있는 클레어와 아이린의 인물 창조를 통해 백인과 흑인의 인종적 경계선을 해체하고, 두 여성 간의 레즈비언적 관계를 암시함으로써 종래의 남녀 간 관계를 해체하는 이 텍스트를 통해 버틀러는 남녀 간 차이를 항구적이며 본질적인 것으로 가정하는 프랑스 페미니스트들─루스 이리거레이(Luce Irigaray), 엘렌 식수(Hélène Cixous), 줄리아 크리스테바(Julia Kristeva) 등─의 주장을 가부장제 사회의 영속화에 기여하는 것으로 보아 반박한다. 이 작품의 결말 부분에 대해서도 버틀러는 아이린이 단죄의 시선을 클레어에게 돌리는 대신 그녀가 속한 부르주아 사회규범 자체에 돌릴 수 있었더라면, 작품의 결말에 주어진 운명처럼 "살아 있으나 죽은 것과 같은 삶"을 살지 않아도 되었으리라고 결론짓는다(1993, 185).

VI

그러나 작가는 많은 부분을 분명하게 말하길 거부한다. 그 대신 애매함과 간접성, 불확실성을 택한다. 우리는 왜 클레어가 백인 사회로 갔다가 다시 흑인 사회로 돌아오는지 분명한 이유를 알 수 없다. 이미 백인으로 통과했는데, 왜 다시 결혼생활이 깨질 위험을 무릅쓰고 그녀는 아이린을 찾아오는 것일까? 남편에게 발각될 경우 아예 할렘으로 와서 살겠다는 그녀의 말은 진정 무슨 뜻인가? 클레어와 브라이언 사이의 불륜이 자주 암시되지만, 그것 역시 암시만 될 뿐 분명하지 않다. 화자는 아이린의 입장에서만 말할 뿐, 우리는 이때 클레어의 생각과 심리적 계기에 대해서는 알 수 없다. 브라이언의 입장도 마찬가지다. 클레어에 대한 브라이언의 감정은 어떤 것인지, 혹은 두 사람 관계의 진정한 성격은 무엇인지 우리는 결코 알 수 없다. 따라서 불륜은 아이린 자신의 상상이 빚어낸 것이기도 하다. 왜 라슨은 말할 수 있는 것과 말할 수 없는 것 사이에서 분명하게 말하길 거부하는 것일까?

1920년대 흑인 여성에게 성의 해방은 금기시되던 주제였다. 전통적으로 흑인 여성은 백인 남성의 시각에 의해 백인 여성들보다 성욕이 강하다고 잘못 인식되어 왔다. 노예제도 기간 동안, 노예 주인인 백인 남성은 흑인 여성을 향한 자신의 정욕 책임을 흑인 여성들에게 떠넘기고자 했다. 따라서 그들의 정욕을 상대적으로 강조했다. 그리고 이때 만들어진 흑인 여성 이미지는 노예제도가 폐지된 후에도 계속되어 왔다. 따라서 흑인 여성들은, 혹은 흑인 여성 작가들은, 자신들의 성을 말함에 있어 매우 신중할 수밖에 없었다(McDowell xii). 라슨도 예외가 아니었다. 그녀는 클레어 인물 창조를 통해 성적 욕망의 주체로서의 흑인 여성상 창조라는 획기적인 시도를 감행하는 데는 성공하지만, 결말 부분에 다가갈수록 클레어를 대상화시켜 묘사한다. 결국 클레어를 죽임으로써 라슨은 자신이 클레어 인물 창조를 통해 긍정하고자 했던 가치를 응징하는 결과를 가져오며, 자신이 풍자하고자 했던 부르주아 가치 체제를 옹호하는 모순적인 태도를 보여 준다. 맥다웰은 라슨이 성적 욕망의 주체로서 흑인 여성을 다루고 싶었으면서도 다른 한편으로는 흑인 여성을 중산층적 관점에서 점잖게 묘사하고자 하는 또 다른 갈망에 구속받았다고 풀이한다(xvi).

클레어의 죽음 장면은 많은 문제를 제기한다. 클레어의 죽음이 그녀가 발을 헛디뎌 생긴 단순 사고인지, 혹은 고의로 그녀가 자살을 감행한 것인지, 혹은 남편 벨루가 그녀를 밀어 죽게 한 것인지, 혹은 그때 그녀 가까이 있던 아이린이 손으로 밀어 추락한 것인지, 작가는 분명하게 말하지 않는다. 이 장면이 아이린의 의식을 통해 묘사되고 있다고 하더라도, 그녀의 의식 역시 분명한 것은 하나도 없다. 자기가 클레어를 죽게 한 것인지, 혹은 그렇지 않은지 그녀조차도 분명하게 인식하지 못한다. "다음에 무슨 일이 벌어졌는지, 그 후 아이린 레드필드는 스스로 기억해 낼 수 없었다. 결코 분명하게 기억해 낼 수 없었다"(111). 왜 유별나게 이 순간을 택해 작가는 분명하게 말하기를 거부하는 것일까?

아마도 결말을 이렇게 애매하게 마무리함으로써 작가는 다양한 독자층 확보에 유리했을 것이다. 클레어의 죽음이 자살도 되고(백인 독자들은 안도할 것이다), 타살도 되고(흑인 독자들은 클레어를 더욱 동정할 것이다), 단순 사고(양쪽 진영 모두를 만족시킬 것이다)도 됨으로써, 작가는 다양한 독자층을 각기 다른 방식으로 만족시켰을 것이다. 또한 흑인 여성 작가의 글쓰기 모험이라는 관점에서도 클레어의 죽음 장면을 설명할 수 있겠다. 재능 있는 작가로 혜성처럼 문단에 등장한 그녀로부터 독자들은 글쓰기의 새로운 기법을 기대했고, 그녀는 이를 의식했다. 헨리 제임스(Henry James) 이래 등장한 모더니즘 문학의 흐름에 편승하면서, 그녀는 전통적인 방식과는 다른 새로운 소설 기법을 창조하고자 했다.

이러한 라슨의 글쓰기는 백인 남성에 의해 주도되던 모더니즘 문학 전통에서 아프리카계 여성 작가로서 생존하기 위한 자구적 노력일 수 있다. 아프리카계 미국인(African-American) 작가로서 흑인 삶의 진실을 전달하는 데 있어 그녀는 백인의 글쓰기 형식을 흉내 내고자 했다. 이렇게 볼 때 라슨의 글쓰기는 클레어가 생존하기 위해 백인으로 통과한 것과 성격상 같은 맥락에서 살필 수 있다. 마치 클레어가 인종적 통과를 통해 자신을 백인으로 허구화한 것처럼, 라슨 역시 모더니스트 백인 작가들의 글쓰기 흉내를 통해 백인으로 통과하고자 하는 그녀의 욕망을 표출했다고 볼 수 있다. 그러나 분명히 말하기를 거부하는 작품의 행간 행간에서, 우리는 그것들을 단순한 기법 창조의 노력과 연관 짓기보다는 작가의 기회주의적 태도와 불성실과 관련짓게 된다. 찬란한 예술적 성취에도 불구하고 작품이 남기는 이러한 아쉬움은 그녀의 삶에서 느껴지는 아쉬움과 같다. 클레어가 창문으로 사라진 것과 표절 시비 후 문단에서 말없이 사라져 간 라슨의 모습이 동일하게 느껴지는 것은 결코 우연이 아니다. 라슨은 작품에서 좀 더 분명하게 말했어야 했고, 그녀의 삶 속에서도 억압적인 사회규범에 좀 더 철저하게 투쟁하기 위해 글쓰기를 포기하지 않았어야 했다.

| 인용 문헌 |

Butler, Judith. *Bodies That Matter*. New York and London: Routledge, 1993.

---. *Gender Trouble*. New York and London: Routledge, 1999.

Davis, Thadious M. "Introduction." *Passing*. New York: Penguin Books, 1997.

Foucault, Michel. *The History of Sexuality, Volume I: An Introduction*. New York: Vintage, 1980.

Freud, Sigmund. *The Ego and the Id*. Ed. James Strachey. New York: Norton, 1960.

Lacan, Jacques. *Feminine Sexuality: Jacques Lacan and the Ecole Freudienne*. Ed. Jacqueline Rose and Juliet Mitchell. New York: Norton, 1985.

Larsen, Nella. *Passing*. New York: Penguin Books, 1997.

McDowell, Deborah E. "Introduction." *Quicksand and Passing*. New Brunswick, New Jersey and London: Rutgers UP, 1986.

7

『더 칸토스』(1924-45)

I

20세기 현대 시인들에게 있어 파운드(Ezra Pound)의 존재는 그 영향을 피할 수 없는 거목과 같다. "나는 최근에 와서 파운드 씨를 저주하는 일이 있었다. 그것은 과연 내 시를 내 것이라고 부를 수 있을까 의심스럽기 때문이다. 스스로 만족하고 있을 때 나는 그의 시의 반영을 좇고 있음을 안다"(Peter Russell, ed. 20)라는 엘리엇(T. S. Eliot)의 고백이나 "현존하는 시인치고 그가 비록 파운드의 영향을 의식하지 못한다 하더라도 '내 작품은 파운드가 존재하지 않았더라도 하등 다름이 없었을 것이다'라고 말할 수 있는 사람은 거의 없을 것이다"(O'Conner, W. Van and Edward Stone, eds. 136)라는 오든(W. H. Auden)의 증언은 현대 시학의 선구자로서 파운드의 공로를 드러내는 발언이다. 1910년대 초반에 그를 중심으로 일어난 이미지즘 운동은 스펜서(Edmund Spenser) 이래 테니슨(Alfred Tennyson)에 이르기까지 영시의 전통에 대한 하나의 도전이었고, 그것은 전달하는(telling) 언어를 묘사하는(rendering) 언어로 전환하고자 한 혁명적 기도였다. 그는 누구보다도 인습화되고 낡은 언어와 기교를 가지고 막연히 새로운 힘과 새로운 미를 추구하고자 했던 조지(George) 왕조 시인들에 반발하였다. 그는 간결과 정확을 표현의 제1조건으로 내세워 사물에 대한 직접적인 취급과 모든 불필요한 수사와 장식으로부터 벗어날 것을 주장하였으며 예술가로서 이를 실천해 나가고자 평생 노력했다.

이러한 그가 초기부터 한자와 한시(漢詩)에 각별한 관심을 가진 것은 일면 자연스러운 귀결이기도 했다. 상형문자로서의 한자는 "나무"나 "산" 같은 객관적인 물건이 글자 속에 직접 취급되어 거기에 글 쓴 사람의 주관적인 설명 없이 그 물건들의 의미가 암시된다. 또한 이러한 상형문자의 나열로 이루어지는 한시는 바로 이미지들의 나열로써 문법이나 문장 구문에 특별히 얽매일 필요 없이 의미가 제시된다. 이러한 한시에서 파운드는 곧 그가 추구하고자 한 시의 형태를 발견하게 되고 한시에 매력을 느낀다. 1913년 한자에 대한 지식이 전혀 없는 상태에서 자일스(Herbert Giles)의 『중국 문학사』(*History of Chinese Literature*)에 나오는 12행의 한시 번역판을 참조하여 그는 「부채―그녀의 황제를 위하여」("Fan-Piece, for Her Imperial Lord")라는 다음과 같은 시를 발표한다.

오 흰 비단의 부채여
　　　　풀잎 위의 서리처럼 투명하구나,
그대 역시 버려져 있도다.

O fan of white silk

     Clear as frost on the grass-blade,

You also are laid aside.

여기서 첫 행의 "흰 비단의 부채"는 귀하고 아름답고 순수한 것을 상징한다. "흰 비단"이라는 고급 재질로 만들어졌기 때문이다. 귀부인은 종종 자신의 화려함을 드러내기 위해 이러한 부채를 사용하곤 한다. 2행에서 "부채"는 "하얗다"라는 색깔로 인해 "서리"에 비유된다. 그리하여 "풀잎 위의 서리처럼" "투명하다"라고 묘사된다. 그러나 "풀잎 위의 서리"는 아름답고 고귀하나 해가 뜨면 곧 사라질 존재이다. 그리하여 3행에서 이 부채는 "황제"에 의해 잠시 사용되다 버려진 아름다운 여인이 된다. 특히 3행의 "역시"는 이 부채 이전의 다른 부채들 역시 잠시 잠깐 사용되다 버려졌음을 암시함으로써 황제에게 잠시 사랑받다 버림받은 아름다운 여성이 이전에도 많았다는 것을 말해준다. 전체적으로 버림받은 슬픔과 좌절을 부각한다. 어쩌면 부채는 1908년 고국을 등지고 영국으로 떠나야 했던 작가 자신을 의미할 수도 있다. 하여간 "부채"는 연인으로부터 버림받은 한 여성의 좌절과 절망을 드러내는 메타포로 소위 T. S. 엘리엇의 시론에서 말하는 "객관적 상관물"(objective correlative)이다. 이처럼 파운드는 시인의 감정을 직접적으로 토로하던 빅토리아조 시인들의 시와 자신의 이미지즘 시를 구분 짓고자 했다.

이 시는 바로 앞서 발표된 그의 대표적인 시 「지하철역에서」("In a Station of the Metro")와도 매우 유사한 성격을 지닌다.

군중 속에 나타난 이 유령 같은 얼굴들
축축한, 검은 나뭇가지 위의 꽃잎들

The apparition of these faces in the crowd;
Petals on a wet, black bough.[1]

이 시에서 시인은 지하철 정거장의 어두운 플랫폼에서 차를 타기 위해 기다리는 군중들의 얼굴을 축축하게 젖은, 검은 나뭇가지 위의 꽃잎들에 비유한다. 원래 30행이었던 것을 6개월 뒤 반으로 줄였다가 그 뒤 다시 줄여 2행으로 만든 이 시에서 두 개의 이미지를 아무런 설명 없이 제시, 그 가운데에서 갑자기 생기는 양자 사이의 암시적인 관계로부터 강렬한 효과를 자아낸다. 이때 쓰인 "꽃잎들"의 이미지는 바로 시인이 지하철 정거장에서 직접 느꼈던 정서에 대한 등가물이다. 이 시의 의미는 첫 행에도 있지 않고 두 번째 행에도 있지 않고 놀라운 두 개의 이미지 병치를 어떻게 연결시키느냐에 놓여 있다. 따라서 이미지들은 그것이 과거 낭만주의 시인들이 쓴 것과 같은 장식물로 쓰이고 있지 않다. 과거 시에서는 이미지를 제거해도 시의 의미에 별 지장이 없었다면, 이처럼 파운드의 시에서는 사용된 이미지를 제거할 경우 시의 의미 자체가 파괴된다. 사람들의 얼굴이 아름다운 "꽃잎들"에 비유되어 있지만 "축축한, 검

---

1) 파운드는 회고록에서 다음과 같이 이 시의 창작 계기를 밝힌다. "3년 전에 나는 파리의 라꽁꼬르드에서 지하철을 내려 갑자기 한 아름다운 얼굴, 그리고 또 다른 얼굴, 그리고 예쁜 어린아이의 얼굴, 그리고 또 다른 아름다운 부인을 보고서 그날 하루 종일 그것이 나에게 의미한 바를 나타낼 말을 찾고자 애썼지만 그 돌연한 감정만큼 가치 있고 아름다운 말을 찾을 수 없었다. 그리고 그날 저녁 . . . 나는 여전히 애쓰고 있다가 갑자기 그 표현을 발견했다."

은 나뭇가지" 위의 꽃잎들로 비유됨으로써 20세기 현대문명에 대한 작가의 암울한 진단을 알 수 있다.2)

결국 인용한 위의 두 시는 이미지의 병치로 이루어진다고 볼 수 있는 한시와 유사하다. 그리하여 1913년 말 겨울에 페놀로사 부인(Mrs. Fenollosa)으로부터 페놀로사(Ernest Fenollosa, 1853-1908)의 공책을 넘겨받았을 때 그는 페놀로사의 시론이 담긴 「한자에 대한 에세이」("Essay on the Chinese Written Character")에 나타난 주장들이 그의 종전 작품들에 대한 적절한 설명이 될 수 있음을 발견한다. 여기서 잠깐 페놀로사에 대한 인물 소개를 하고자 한다.

페놀로사는 매사추세츠 출신의 학자로 그는 특히 한시와 일본시에 관심이 많았다. 그는 직접 일본에 가 일본인 선생 밑에서 한시 강의도 듣곤 했는데, 이 분야에 대한 그의 5년간의 연구는 1912년 페놀로사 여사가 펴낸 그의 『중국과 일본 예술의 신기원』(*Epochs of Chinese and Japanese Art*)에 잘 나타나 있다. 특히 페놀로사는 1899-1901년에 걸쳐 일본인 선생 모리(Mr. Mori) 밑에서 이백(Rihaku)의 한시를 공부하는데 이때 한시 강의를 주해한 그의 "모리 교수의 강연집 2권"(Prof. Mori's Lectures. Vol. II)이라는 공책이 1913년 겨울에 페놀로사 여사의 손을 거쳐 파운드에게 주어진다. 이 노트에는 150여 개의 한시가 소개되는데, 그 방법은 우선 한자가 오른쪽에서 왼쪽으로 쓰인 뒤, 그 밑에 각 한자에 대한 일본식 발음이 주어지고, 또 그 밑으로는 각 한자에 대한 뜻이

---

2) 파운드가 영국에 귀화한 것은 미국의 자본주의에 대한 회의 때문이었다. 그는 시를 예술로서가 아니라 일종의 상품으로 바라보는 미국의 풍토를 싫어했다. 대중에게 영합하고 잡지사의 취향을 존중해야만 하는 미국적 토양에서는 시인의 독창성에 대한 잠재력이 파괴될 수밖에 없다고 생각했다(https://youtu.be/oYQ7dWVI_I8?si=MuSBCfDm8TVR9b9t).

영어로 기록됐다(Kenner 1971, 193). 한자에 대한 지식은 거의 전무했지만 이러한 페놀로사의 수고(手稿)에 의존하여 각 한시의 의미를 이해하는 것은 파운드에게 그리 어려운 일이 아니었다. 나아가 그는 이 시들 중 14개를 자기 식으로 완전히 소화해 탁월한 시로 만들어 『캐세이』 (*Cathay*, 1915)로 발표하게 되는데, 여기서 한 편만 예를 들겠다. 다음은 이백의 「송우인」(送友人)이라는 한시를 가지고 파운드가 쓴 시다.

> 성벽 북쪽의 푸른 산,
> 그 주위를 굽이치는 하얀 강,
> 여기서 우리는 이별해야 해
> 그리고 천 마일에 걸쳐 죽은 풀밭을 지나가야 해.
> 떠다니는 넓은 구름 같은 마음
> 멀리서 두 손을 맞잡고 절하는
> 옛 지인과의 헤어짐 같은 석양
> 우리가 헤어질 때 우리의 말들도 서로 운다.

> Blue mountains to the north of the walls,
> White river winding about them;
> Here we must make separation
> And go out through a thousand miles of dead grass.
> Mind like a floating wide cloud
> Sunset like the parting of old acquaintances
> Who bow over their clasped hands at a distance
> Our horses neigh to each other as we are departing.[3]

---

3) 한자 원문은 다음과 같다: "青山橫北郭 / 白水遶東城 / 此地一爲別 / 孤

몇 가지 오역이 눈에 띄긴 하지만 파운드는 이런 시에서 한시가 갖는 소위 "비유의 그림"(picture of metaphor)의 멋과 선명한 시각적 이미지, 고도로 긴축된 언어의 묘미 등을 맛볼 수 있었을 것이다. 특히 『캐세이』에 실린 시들은 첫째 한 줄이 작문 단위가 된다는 자유시 원칙, 둘째 사물의 직접적인 제시를 통해 효과를 축적해 나간다는 이미지스트 원칙, 셋째 단어들이 반복되는 소리에 의해 서로 결합하는 서정시의 원칙 등이 동시적으로 수행된다는 점에서 영시 사상 획기적인 일이었다. 1차 세계대전에 대한 반응으로 쓰인 이 시들이 나온 것은 1915년, 즉 파운드가 한창 이미지즘에 심취하던 때라 그의 이미지즘 이론은 사실상 한시에서 많은 영향을 받았다고 볼 수 있다. 이 시들은 오늘날까지 영속적인 가치가 있다고 평가받는다.

일찍이 17세기 영국의 베이컨(Francis Bacon)은 한자에 대한 경이로움을 다음과 같이 표명한 바 있었다.

중국과 더 많은 동양 지역에서는
오늘날까지 사람들이 명목상의 문자가 아닌
실제의 문자를 사용하여 그들의 글자나 단어들이 아닌
사물과 관념들을 표현한다. 그래서 수많은 나라가
비록 서로 다른 언어를 사용하지만 이러한 문자 사용에 동의하여
서신을 주고받는다.

蓬萬里征 / 浮雲遊子意 / 落日故人情 / 揮手自玆去 / 蕭蕭班馬鳴." 여기서 파운드는 孤舟의 뜻인 "孤蓬"을 "죽은 풀"로, 行客의 뜻을 갖는 "遊子"의 번역을 얼버무리고 있다.

[I]n China and the more Eastern provinces they use
at this day certain real, not nominal characters, to express,
not their letters or words, but things and notions; insomuch,
that numerous nations, though of quite different languages, yet,
agreeing in the use of these characters, hold correspondence by
writing. (Kenner 1971, 223)

한자에 대한 이러한 느낌은 페놀로사 역시 마찬가지였다. 그는 표의문자
가 사물을 시각적으로 그린다고 보았다. 또한 그는 일본인 교사들과 함
께 공부하면서, 베이컨과 마찬가지로 중국식 발음이 어떠한지 알 필요
없이 그것을 읽을 수 있고 또 나라마다 발음이 각기 아주 다르다는 사
실에 강한 인상을 받아, 결국 한자를 소리가 아닌 자연을 모방하는 글자
라고 생각하게 된다. 여기서 주의해야 할 점은 앞의 베이컨이나 페놀로
사, 그리고 뒤의 파운드 모두가 한자 중에서 전체 글자의 1/10가량을 차
지하는 상형으로 이루어진 글자들(日, 月, 人, 木 등)과 이 글자들의 조
합으로 이루어진 會意(日+月=明, 日+木=東, 人+言=信 등)에 주목했
을 뿐, 나머지를 차지하는 諧聲(土+方=坊, 言+方=訪)에는 무관심했
다는 점이다. 가령 '訪'의 예에서 方은 소리만을 나타낼 뿐 아무 뜻도
전달하지 않는데 이때 이들은 이러한 글자들이 자연의 모습을 기록하지
못한다고 보았다. 특히 페놀로사의 경우, 한자에 이러한 소리만을 전달
하는 글자가 있다는 사실을 무시한 채 그러한 경우 한자 본연의 인식이
후대에 이르러 사라진 것으로 간주했다. "우리의 어원 가운데 많은 것이
상실되었다. 한나라 왕조의 무지를 박식함으로 간주하는 것은 부질없
다"(Kenner 1971, 228).

많은 한자 중에 소리만을 가리키는 글자도 있음을 모리 선생으로부터 여러 번 들었겠지만, 그는 이를 믿고 싶지 않았을 것이다. 그러나 소리글자에 대한 페놀로사의 이러한 거부는 그의 문학 연구에 아무런 해를 주지 않았을 뿐만 아니라, 동사와 진행에 대한 그의 직관을 보편화시키도록 격려함으로써 우리 시대의 시학(*Ars Poetica*)을 쓰게끔 한다. 페놀로사로부터 파운드가 배운 이러한 핵심적인 사항은 단순히 표의문자가 구체적인 사물의 모습을 담고 있다는 주장이 아니라 사물과 사물의 병치 속에서의 살아 있는 관계에 대한 강조였다. 즉 페놀로사는 우리가 "明"이라는 표의문자를 만날 때 곧장 제3의 의미인 "밝다"라는 뜻에 대한 관습적인 기호로써 그것을 이해하지 않는다는 것이다. 오히려 우리는 "태양"과 "달"의 구성 요소들 사이의 어떤 근본적인 관계를 인지함으로써 의미를 추출한다. 그리하여 그는 "春"자에서 시를 보게 된다. 그는 "터져 나오는 식물 아래의 태양"(the sun underlying the bursting forth of plants)이 봄을 의미한다는 것은 아름답고 무엇보다도 살아있는 표현이라고 생각했다. 표의문자에 대한 페놀로사의 이러한 시각에 깊이 공감한 파운드는 페놀로사의 표의문자에 대한 설명이 자기 시를 설명할 수 있는 한 가지 방법이 된다고 믿었다. 특히 표의문자에서 결합된 두 개의 사물이 제3의 의미를 곧바로 산출하는 것이 아니라, 양자 사이의 어떤 중요한 관계를 암시한다는 페놀로사의 발언은 파운드의 종전 시들인 「지하철역에서」나 「부채」 같은 시에 나타난 효과를 설명해 준다고 보았다. 즉 단순히 "연속되는 이미지들"이 아니라 "관계의 접속", "역동적 상호작용의 체계"로서 그의 이미지 사용을 설명할 수 있다고 보았다.

페놀로사의 「에세이」에서 파운드에게 특히 영향을 준 부분을 몇 군데 발췌해 보면 다음과 같다.

고립된 사물로서의 진정한 명사는 자연에 존재하지 않는다. 사물들은 단지 행위들의 종착역이거나 혹은 교점이다.

복잡한 사상들은 그것들을 한 데 묶는 힘이 생겨날 때 단지 점진적으로만 나온다.

그러나 원초적 비유들은 자의적인 주관적 과정으로부터 나오지 않는다. 자연 그 자체에서 관계들의 객관적 선을 따라갈 때만 그것들은 가능하다. 관계들은 그것들이 관련시키는 사물들보다 더욱 실제적이고 중요하다.

A true noun, an isolated thing, does not exist in nature. Things are only the terminal points or rather the meeting points, of actions.

Complex ideas arise only gradually, as the power of holding them together arises.

But the primitive metaphors do not spring from arbitrary subjective processes. They are possible only because they follow objective lines of relations in nature herself. Relations are more real and more important than the things which they relate. (Brooke-Rose 107)

1914년 6월, 파운드가 당시 유행하던 이미지즘에 환멸을 느끼고 루이스(Wyndham Lewis), 고디에 브르제스카(Henri Gaudier-Brzeska) 등과 함께 보티시즘(Vorticism) 운동에 가담한 것은 이러한 맥락에서 보면 자연스러운 귀결이기도 하다. 그는 이제 "이미지"가 "빛나는 접속점 혹은 덩어리로 소위 소용돌이라고 내가 부득이하게 부르고 불러야만 하는 것으로, 그곳으로부터 그리고 그곳을 통해 그리고 그곳으로 사상들이 지속적으로 몰려온다"(Perkins 466)라고 주장하고 초기 이미지즘 이론의 약점을 지적하여 그들이 정적 이미지만을 생각했기 때문에 시가 미약했음을 말하고, 이제는 시가 "움직이는 이미지"를 생각해야 한다고 강조한다. "이미지즘의 요지는 그것이 이미지들을 장식물로 사용하지 않는 것이다"(Brooke-Rose 97).

Ⅱ

파운드가 실제로 모리슨(Morrison)의 한자 사전을 이용해 가며 한자를 공부하기 시작한 것은 1936년이 되어서였다. 이 무렵에 그는 이미 이탈리아에서 활동하고 있었다.4) 1941년에 가서는 『대학』을 이탈리아어로 직접 번역하기도 하는데, 한자에 대한 그의 이러한 깊은 관심은 후기 시인 『더 칸토스』(The Cantos)에서 한자를 시의 일부로 자리 잡게 한다. 가령 한자와 그 소리와 뜻을 함께 사용한 예가 자주 등장하는데, 한자의 "新"자를 가지고 만든 다음의 예를 보자.

---

4) 1924년 런던을 떠났다. 1933년 무솔리니(Benito Mussolini)를 처음 만난 그는 무솔리니와 파시즘이 자신의 경제적 이념을 실현시켜 주리라고 믿었다. 그는 1차 대전의 원흉을 금융자본주의에서 찾았고, 미국 경제를 주름잡고 있는 소수 유대인들의 탐욕이 모든 문제의 원인이라고 진단했다(https://youtu.be/oYQ7dWVI_I8?si=MuSBCfDm8TVR9b9t).

날마다 새롭게 하세요
관목을 잘라내고
통나무를 쌓아서
계속 성장하세요.

Day by day make it new   新 hsin

cut underbrush   日 jih

pile the logs   日 jih

keep it growing.   新 hsin (Canto 53)

위에서는 덤불을 깎고(斤) 나무(木)를 쌓아 올리는 것(立)이 계속적인
성장(新)이라는 파운드 나름의 한자 해석이 주목된다. 특히 그의 표의문
자에 대한 살아있는 이해는 그의 한시 번역을 살아있는 시로 만드는 데
성공한다.

흘러가는 시간의 하얀 날개를 타고 공부하다
먼 나라에서 친구들이 찾아오면
그게 우리의 기쁨이 아닌가
우리가 출세하지 못한다 하더라도 또한 신경 쓰지 않으니
그게 즐거움이 아닌가

To study with the white wings of time passing

is not that our delight

to have friends come from far countries

is not that pleasure

nor to care that we are untrumpeted?[5]

혹은『논어』9편 30번을 다음과 같이 단 한 줄로 압축시킨 뒤, 두 개의
표의문자를 직접 옆에 위치시키기도 한다.

何[ho-how (is it)]

'How is it far if you think of it?'

遠[yuan-far] (Canto 77)

III

이 외에도『더 칸토스』에서 한자 사용은 아주 많다. 특히 1945년 5
월, 국가반역죄로 미군에 체포되어 피사(Pisa) 영창에 갇혀 있는 동안 그
에게는 제임스 레게(James Legge)의 사서와 중국어 사전, 스피어(Mr.
Speare)의 시집과 성경만이 허락되었는데, 이때 그는 노트의 한 방향으
로는『피산 칸토스』(Pisan Cantos, 74-84)의 시들을 써 내려갔고, 또 뒤
에서부터는 역방향으로 공자의『중용』과『대학』을 번역했다고 한다. 이
런 관계로『피산 칸토스』에서의 한자 사용은 더욱 두드러지는데, 그는
첫 시에서 절망에 싸인 자기 모습을 표의문자를 사용해 "이미 해가 넘
어가 버린" 莫人으로 다음과 같이 묘사한다.

---

5) 우리가 잘 아는 바와 같이 이것은『논어』1편 1번을 옮겨놓은 것이다. 원문을
보면 다음과 같다. "學而 時習之면 不亦說乎아. 有朋自遠方來면 不亦樂
乎아. 人不知 而不慍이면 不亦君子乎아." 번역 중 "習"자를 한 변 한 변
그대로 떼어내서 옮긴 것이 눈에 띈다.

莫　　　　OY TIΣ

a man on whom the sun has gone down. (Canto 74)

그러나 『더 칸토스』를 설명함에 있어서 중요한 점은, 이렇게 많은 곳에서 표의문자가 등장한다는 사실보다 고대와 중세 그리고 근대 문화의 동시성, 패턴이 다른 제반문화의 공존감을 테마로 하여 인간의 움직임을 조감해 보고자 한 이 거창한 서사시에서 그 방법론으로 바로 이 한시에서와 같은 병치 혹은 몽타쥬 수법인 표의문자적 기법을 사용하고 있다는 점이다. 차일즈(John Steven Childs)는 이를 다음과 같이 설명한다. "만일 항해가 『더 칸토스』에서의 파운드의 여행을 표시한다면 표의문자는 시인의 여행을 위한 경비이다"(305-06). 이것은 다음과 같은 또 다른 비평가의 말과도 일치한다고 볼 수 있다.

『칸토스』에는 세 가지 요소가 얽혀 있는데, 그것은 신화적, 역사적, 자전적 요소들이다. 이 세 가지를 결합하고 혼합하는 기법은 표의문자적 기법으로, 과정에서 형태를 만들어 내는 데 적합한 기법이다. 이는 역학적 연관성을 기반으로 하는 일련의 위치 중첩이다.

There are three elements in *The Cantos* which are intertwined with one another, and they are mythical, historical, and autobiographical. The technique of combining and mixing these three is the ideogrammatic method, the method proper for creating form in process. It is a succession of super-positions based on kinetic association. (이일환 49)

이러한 기법을 퍼킨스(David Perkins)는 "관계 속의 면과 면들"(planes in relation, 475)로, 위테마이어(Hugh Witemeyer)는 "겹겹이 쌓기"(ply over ply, 229-35) 기법으로 설명하는데 근본에 있어서는 같은 설명이다.

이 시들에 나타나는 병치의 규모는 칸토스와 칸토스가 서로 병치되는 대규모적인 병치가 있는 반면, 칸토스 내에서의 구절 혹은 행의 일부가 서로 병치되는 작은 단위의 경우도 있다. 가령 대규모적인 병치의 예를 보면 르네상스 영주 말라테스타(Renaissance Condottiere Malatesta)를 제시하는 칸토스 8-11은 현대의 타락한 군인인 볼디 베이컨(Baldy Bacon)을 제시하는 칸토 12, 공자를 제시하는 칸토 13, 현대를 지옥으로 묘사한 헬(Hell) 칸토스 14-15와 서로 주제 면에서 통하면서 병치되는데, 이들은 모두 타락한 시대와 사회에서 투쟁하는 인간상을 보여준다. 소규모적인 병치의 경우를 보면 다음과 같이 한 칸토 내에서 이질적인 구성 요소들이 각기 하나의 "표의문자"를 이루면서 서로 병치된다.

> 비도 그 과정 중에 있다
> 당신이 떠나는 것은 길이 아니다
> 그리고 바람에 하얗게 날리는 올리브나무는
> 키양과 한강에서 씻겼다.
> 그대는 이 백색에 어떤 백색을 더할 것인가?
> 　　어떤 솔직함을?

> rain also is of the process
> what you depart from is not the way
> and olive tree blown white in the wind

washed in the Kiang and Han

What whiteness will you add to this whiteness

What candor? (Canto 74)

다음과 같이 명사의 나열만 있는 경우도 있다. "기도, 올라간 두 손 / 고독, 한 사람과 한 간호원 / 깃털, 그녀는 천사인가 새인가 / 그녀는 새인가 천사인가?"(Canto 54).

부분과 부분이 불연속적이고 행과 행의 이동에 있어 아무런 논리적 설명이 주어지지 않는 위의 두 구절은 독자의 이해를 매우 어렵게 만드는 것이 사실이다. 과연 『더 칸토스』내에서 현란할 정도로 첨예화되어 사용되고 있는 표의문자적 기법이 어느 정도로 성공적인 시적 효과를 거두는지에 대해서는 평자마다 의견을 달리한다. 『더 칸토스』의 세계를 매우 긍정적으로 바라본 브룩 로즈(Christine Brooke-Rose)는 다음과 같이 그 기법을 높게 평가한다.

『더 칸토스』를 홀끗 보면 알 수 있듯이 파운드는 단지 하나의 감각적 인상을 다른 감각적 인상과 연이어 병치하는 것이 아니다. 그가 세부 사항을 고집하는 것은 사실이다. . . . 그러나 이러한 세부 사항은 모든 행동들, 사람들이 하는 모든 것에 관한 것이다. 더욱 이 은유적 대체를 통해 아이디어를 만들어 내는 것이 병치이다.

Pound does not, as any glance at *The Cantos* will show, merely juxtapose one sensory impression after another. It is true that he insists on the particulars. . . . But these particulars are all of actions, of things that people do. Moreover, it is the juxtaposition that creates the idea, by metaphoric replacement. (114)

그러나 이 시들에 자주 등장하는 고전과 역사로부터의 많은 번안과 차용, 연유는 많은 평자에게 난해성의 주요 원인으로 지적되고 있으며, 파운드 학(學)의 대가인 케너(Hugh Kenner)마저도 이 시들에 대해 "『더 칸토스』는 견딜 수 없을 만큼 모호하다"(Kenner 1951, 193)라는 반응을 보였다. 또한 리비스(F. R. Leavis) 역시 이 무시간의 서사시가 시간을 포착하고자 하는 파운드의 노력을 표현한다고 긍정적으로 말하면서도, "『더 칸토스』는 유희에 불과하다. . . . 파운드의 시에 쓰인 비유나 인용구가 무엇을 가리키는지를 알 수 있지만, 그것들은 끝내 비유나 인용구로 남아 있을 뿐이다"(128)라고 신랄한 비난을 서슴지 않았다. 파운드가 시어 사용에 있어 정확성, 간결성에 밀착시킨 공로를 의심하는 사람은 없겠지만, 과연 그의 표의문자적 기법이 얼마나 현실을 의미 있고 살아 있게 표현하는지에 대해서는 논자에 따라 의견이 결코 같지 않으리라고 본다.6)

IV

여기서 1920년에 나온 『휴 셸윈 모벌리』(*Hugh Selwyn Mauberley*)

---

6) 1948년 파운드는 『피산 칸토스』로 볼링엔 상(Bollingen Prize)의 최초 수상자가 되었는데 이로써 문화계에 많은 논란을 일으켰다. 조국을 배신하고 히틀러(Hitler)와 무솔리니에 부역한 자가 과연 미국인에게 주는 최고의 시인상을 받아도 되는지에 대한 갑론을박의 논쟁을 낳았다(https://youtu.be/oYQ7dWVI_I 8?si=MuSBCfDm8TVR9b9t).

에 대한 언급을 하지 않을 수 없다. 이 시는 기법과 내용에 있어 엘리엇의 『황무지』(*The Waste Land*)와 비교될 만한 탁월한 시적 성취를 보여준다. 이 시에서 파운드는 그의 현란한 기법을 자신이 말하고자 하는 내용을 전달하는 데 유효하게 사용함으로써 시적 형식과 내용이 혼연일체를 이루는 시인으로서의 면모를 유감없이 발휘한다. 제1차 세계대전을 체험한 시인으로서의 삶에 대한 좌절과 절망, 그리고 우수를 시인은 다양한 어조와 기법을 동원해 다각적으로 접근해 들어갈 뿐 아니라, 전쟁을 유발하며 시인을 질식시키고 마는 현대 문명에 대한 예리한 비판과 풍자를 담아냄으로써 이 시의 주제를 문명비판의 차원으로까지 끌어올리는 데 성공한다. 즉 이 시는 1차 세계대전으로 집약되는 한 시대에 대한 파운드의 런던에서의 개인적인 체험에 대한 전체적인 요약이면서, 또한 엘리엇의 표현대로 "한 시대의 문서"(a document of an epoch. Perkins, et al., 1311)이기도 하다. 따라서 13개 부분으로 이루어진 이 시는 각 부분이 하나의 독자적인 시가 되기도 하면서, 전체가 유기적인 통일성을 지니고 있는 하나의 독립된 시가 된다. 다음은 이 시의 III부에 나오는 부분이다.

> 티로즈와 티가운 등이
> 코스의 무슬린을 대체한다.
> 피아놀라는 사포의 바르비토스를
> "대체"한다.
>
> 그리스도가 디오니소스를 따르고,
> 남근과 신성한 것이

부드러움에게 길을 터주었다.
칼리반이 아리엘을 쫓아냈다.
. . . . . .
파우누스의 육체는 우리의 것이 아니다.
성자의 비전도 우리의 것이 아니다.
우리는 웨이퍼용 프레스를 보유하는데,
그것은 할례를 위한 프랜차이스 가맹점이다.

법적으로 모든 남성은 평등하다.
페이시스트라투스가 없고,
우리를 다스릴 자로
우리는 건달이나 내시를 선택한다.

The tea-rose tea-gown, etc.

Supplants the mousseline of Cos,

The pianola "replaces"

Sappho's barbitos.

Christ follows Dionysus,

Phallic and ambrosial

Made way for macerations;

Caliban casts out Ariel.

. . . . . .

Faun's flesh is not to us,

Nor the saint's vision.

We have the press for wafer,
Franchise for circumcision

All men, in law, are equals.
Free of Persistratus,
We choose a knave or an eunuch
To rule over us. (*Hugh Selwyn Mauberley* 33-56)

여기서 우리는 한시의 영향을 받은 앞의 다른 시들과 마찬가지로 이미지와 이미지가 아무런 설명 없이 병치되어 있는 것을 발견한다. 그리고 이러한 이미지의 병치를 통해 우리는 현대와 고대의 대조를 자연스럽게 인식하고 현대문명의 조야함을 질타하는 시인에게 공감할 수 있다. 이때 이미지의 병치는 동양과 서양, 고대와 현대에 대한 해박한 지식을 지닌 자만이 보여줄 수 있는 것으로서 그는 이 편과 저 편을 자유롭게 넘나들면서 지금 우리를 사로잡고 있는 물질문명과 민주주의의 속악함을 극명하게 제시한다. 이처럼 이 시에서는 그가 일찍이 관심을 가졌던 표의문자적 기법이 전달하고자 하는 시인의 메시지를 더욱 효과적으로 구사하게 해주는 수단이 되어 준다. 그리하여 이 시는 현란한 기교만을 보여주는 시가 아닌 현대시의 금자탑이라고 불리는 『황무지』에 비교될 만한, 현대문명에 대한 심오한 문제 제기와 정신적인 의미를 탐색해 나가는 도덕적인 심오함을 갖춘 탁월한 현대시로서의 면모를 보여준다. 우리가 파운드의 시적 성취를 논할 때 『더 칸토스』와 함께 『휴 셀윈 모벌리』도 그 중심에 있어야 한다고 본다.

| 인용 문헌 |

이일환. *The Drama of Desire: The Cantos of Ezra Pound*. 박사학위 논문. 서울대학교 대학원, 1986.

이창배. 『20세기 영미시의 형성』. 서울: 민중서관, 1972.

Brooke-Rose, Christine. *A ZBC of Ezra Pound*. London: Faber and Faber, 1971.

Childs, John Steven. "Larvatus Prodes: Semiotic Aspects of the Ideogram in Pound's *Cantos*." *Paideuma* 9 (1980): 289-307.

Kenner, Hugh. *The Pound Era*. Berkely, Calif.: U of California P, 1971.

---. *The Poetry of Ezra Pound*. London: Faber & Faber, 1951.

Leavis, F. R. *New Bearings in English Poetry*. Harmondsworth: Penguin, 1932.

O'Connor, W. Van and Edward Stone, eds. *A Casebook of Ezra Pound*. New York: Thomas Y. Crowell, 1959.

Perkins, David. *A History of Modern Poetry*. Cambridge: Harvard UP, 1976.

Perkins, George, Sculley Bradley, R. Croom Beatty, and E. H. Long, eds. *The American Tradition in Literature*. 7th ed. New York: McGraw, 1990.

Russell, Peter, ed. *An Examination of Ezra Pound: A Collection of Essays*. Norfolk, Conn.: New Directions, 1950.

Witemeyer, Hugh. "Pound and The Cantos: 'Ply over Ply.'" *Paideuma* 9 (1980): 289-307.

https://youtu.be/oYQ7dWVI_I8?si=MuSBCfDm8TVR9b9t

참고 문헌

신명아. 「자끄 라깡의 정신분석적 여성관과 페미니즘의 상관관계 분석을 통한 남근이성중심적 여성관의 해체」. 『영미문학 페미니즘』 3 (1996): 103-40.

이일환. *The Drama of Desire: The Cantos of Ezra Pound*. 박사학위 논문. 서울대학교 대학원, 1986.

이창배. 『20세기 영미시의 형성』. 서울: 민중서관, 1972.

Amor, Anne Clark. *Mrs Oscar Wilde: A Woman of Some Importance*. London: Sidgwick & Jackson, 1983.

Arendt, Hannah. *The Human Condition*. Chicago: U of Chicago P, 1958.

Arnold, Matthew. *Complete Prose Works*. Ed. R. H. Super. Ann Arbor: U of Michigan P, 1962.

Bartlett, Neil. *Who Was That Man?: A Present for Mr Oscar Wilde*. London: Serpent's Tail, 1988.

Bernheimer, Charles. "Introduction: Part One." Bernheimer and Kahane 1-18.

--- and Claire Kahane, eds. *In Dora's Case: Freud, Hysteria, Feminism*. New York:

Columbia UP, 1985.

Bristow, Edward J. *Vice and Vigilance: Purity Movements in Britain Since 1700.* New York: Gill and Macmillan, 1977.

Brooke-Rose, Christine. *A ZBC of Ezra Pound.* London: Faber and Faber, 1971.

Butler, Judith. *Bodies That Matter.* New York and London: Routledge, 1993.

---. *Gender Trouble: Feminism and the Subversion of Identity.* New York: Routledge, 1999.

C. Griffin, Ronald. "The Trials of Oscar Wilde: The Intersection between Law and Literature." *The Importance of Reinventing Oscar Versions of Wilde during the Last 100 Years.* Eds. U. Boker, R. Corballis and I. A. Hibbard. New York: Rodopi, 2002. 57-66.

Childs, John Steven. "Larvatus Prodes: Semiotic Aspects of the Ideogram in Pound's *Cantos.*" *Paideuma* 9 (1980): 289-307.

Cixous, Hélène. "Portrait of Dora." *Diacritics* (Spring 1983): 2-36.

--- and Catherine Clément. *The Newly Born Woman.* Trans. Betsy Wing. Minneapolis: U of Minnesota P, 1986.

Clausson, Nils. "'Culture and Corruption': Paterian Self-Development versus Gothic Degeneration in Oscar Wilde's *The Picture of Dorian Gray.'* *JSCLL* 39.4 (Fall 2003): 339-64.

Cohen, Ed. "Writing Gone Wilde: Homoerotic Desire in the Closet of Representation." *PMLA* 102.5 (Oct. 1987): 801-13.

Cohen, William A. *Sex Scandal: The Private Parts of Victorian Fiction.* Durham and London: Duke UP, 1996.

Collins, Jerre, J. Ray Green, Mary Lydon, Mark Sachner, Eleanor Honig Skoller. "Questioning the Unconscious: The Dora Archive." *Diacritics* (Spring 1983): 37-42.

Cook, Matt. *London and the Culture of Homosexuality, 1885-1914*. Cambridge: Cambridge UP, 2003.

Danson, Lawrence. "Wilde as Critic and Theorist." *The Cambridge Companion to Oscar Wilde*. Ed. Peter Raby. Cambridge: Cambridge UP, 1997. 80-95.

Davis, Thadious M. "Introduction." *Passing*. New York: Penguin Books, 1997.

Decker, Hannah S. *Dora, Freud, and Vienna 1900*. New York: The Free Press, 1900.

Dellamora, Richard. *Masculine Desire: The Sexual Politics of Victorian Aestheticism*. Chapel Hill and London: U of North Carolina P, 1990.

Derrida, Jacques. *Spurs: Nietzsche's Styles*. Chicago: U of Chicago P, 1978.

Detmers, Ines. "Oscar's Fashion: Constructing a Rhetoric of Androgyny." Ed. Uwe Boker et al. *The Importance of Reinventing Oscar: Versions of Wilde during the Last 100 Years*. Amsterdam-New York: Rodopi, 1999.

Deutsch, Felix. "A Footnote to Freud's Fragment of an Analysis of a Case of Hysteria." Bernheimer and Kahane 35-55.

Dollimore, Jonathan. *Sexual Dissidence*. Oxford: Clarendon P, 1991.

Dover, K. T. *Greek Homosexuality*. Cambridge: Harvard UP, 1979.

Dowling, Linda. *Hellenism and Homosexuality in Victorian Oxford*. Ithaca and London: Cornell UP, 1994.

Ellis, Havelock. *The Psychology of Sex*. New York: Ray Long and Richard R. Smith, 1933.

---. *Studies in the Psychology of Sex*. Philadelphia: F.A. Davis, 1913.

Ellmann, Richard. "Introduction: The Critic as Artist as Wilde." *The Artist as Critic: Critical Writings of Oscar Wilde*. Ed. Richard Ellmann. Chicago: U of Chicago P, 1982. ix-xxviii.

---. *Oscar Wilde*. New York: Vintage Books, 1988.

Foldy, M. S. *The Trials of Oscar Wilde: Deviance, Morality, and Late Victorian Society*. New

Haven and London: Yale UP, 1997.

Foucault, Michel. *The History of Sexuality, Volume I: An Introduction*. New York: Vintage Books, 1990.

Freud, Sigmund. *The Ego and the Id*. Ed. James Strachey. New York: Norton, 1960.

---. *Dora: An Analysis of a Case of Hysteria*. New York: Touchstone, 1997.

---. *The Interpretation of Dreams*. Tr. A. A. Brill. New York: The Modern Library, 1950.

---. "Some Psychical Consequences of the Anatomical Distinction Between the Sexes" (1925). *The Standard Edition of the Complete Psychological Works of Sigmund Freud*. Tr. and Ed. James Strachey. London: the Hogarth Press, 1961, XIX.

---. *Three Essays on the Theory of Sexuality*. Tr. James Strachey. Basic Books, 1975.

Gagnier, Regenia A. *Idylls of the Marketplace: Oscar Wilde and the Victorian Public*. Standford: Standford UP, 1986.

Gilbert, Sandra M. and Susan Gubar. "Cross-Dressing and Re-Dressing: Transvetism as Metaphor." *No Man's Land: The Place of the Woman Writer in the Twentieth Century: Vol. 2: Sexchanges*. New Haven and London: Yale UP, 1989. 324-76.

Gladstone, William E. "The Place of Ancient Greece in the Providential Order of the World." *Gleanings of Past Years, 1843-79*, 7: 31-96. New York: Charles Scribners, 1879.

Grahn, Judy. *The Highest Apple*. Spinsters Ink. 1985.

Green, R. J. "Oscar Wilde's Intentions: An Early Modernist Manifesto." *The British Journal of Aesthetics* 13.4 (1973): 397-404.

Grosskurth, Phyllis, ed. *The Memoirs of John Addington Symonds: The Secret Homosexual Life of a Leading Nineteenth-Century Man of Letters*. Chicago: U of Chicago P, 1986.

Halperin, David M. "Is There a History of Sexuality?" *History and Theory* 28.3 (1989): 257-74.

---. *One Hundred Years of Homosexuality*. New York: Routledge, 1990.

Harris, Frank. *Oscar Wilde: His Life and Confessions*. London: Constable, 1938.

Harris, Wendell V. "Arnold, Wilde, and Object as in Themselves They See It." *Studies in English Literature, 1500-1900* 11.4 (Autumn 1971): 733-47.

Hart-Davis, Rupert, ed. *The Letters of Oscar Wilde*. New York: Harcourt Brace & World, 1962.

Heilmann, Ann. "Wilde's New Women: The New Woman on Wilde." Ed. Uwe Boker et al. *The Importance of Reinventing Oscar: Versions of Wilde during the Last 100 Years*. Amsterdam-New York: Rodopi, 1999.

Hertz, Neil. "Dora's Secrets, Freud's Techniques." *Diacritics* (Spring 1983): 65-84.

Hesiod. *Theogony & Works and Days*. Tr. & Intro. M. L. West. Oxford: Oxford UP, 1988.

Holland, Merlin. *The Real Trial of Oscar Wilde*. New York: Fourth Estate, 2003.

Hyde, H. Montgomery. *The Cleveland Street Scandal*. W. H. Allen & London: A Division of Howard & Wyndham Ltd., 1976.

---. *A History of Pornography*. New York: Farrar, Straus and Giroux, 1964.

---. *The Other Love*. London: Heinemann, 1970.

---. *A Tangled Web: Sex Scandals in British Politics and Society*. London: Constable, 1986.

---. *The Trials of Oscar Wilde*. New York: Dover Publications, Inc., 1948.

Jenkyns, Richard. *The Victorians and Ancient Greece*. Cambridge: Harvard UP, 1980.

Kahane, Claire. "Introduction: Part Two." Bernheimer and Kahane 19-33.

Kanzer, Mark. "Dora's Imagery: The Flight from a Burning House." Eds. M. Kanzer & J. Glenn. *Freud and His Patients*. New York: Jason Aronson, 1980.

Kaplan, Morris B. "Literature in the Dock: The Trials of Oscar Wilde." *Journal of Law and Society* 31.1 (2004): 113-30.

---. "Men in Petticoats: Border Crossings in the Queer Case of Mr. Boulton and Mr.

Park." *Imagined Londons*. Ed. Pamela K. Gilbert. State University of New York P, 2002.

---. *Sodom on the Thames: Sex, Love, and Scandal in Wilde Times*. Ithaca & London: Cornell UP, 2005.

Kaufmann, Moises. *Gross Indecency: The Three Trials of Oscar Wilde*. New York: Vintage Books, 1998.

Kenner, Hugh. *The Pound Era*. Berkely, Calif.: U of California P, 1971.

---. *The Poetry of Ezra Pound*. London: Faber & Faber, 1951.

Krafft-Ebing, Richard. *Psychopathia Sexualis*. Tr. L. T. Woodward, M. D. Sherman: Greenleaf, 1965.

Lacan, Jacques. *Feminine Sexuality: Jacques Lacan and the Ecole Freudienne*. Ed. Jacqueline Rose and Juliet Mitchell. New York: Norton, 1985.

---. "Intervention on Transference." Bernheimer and Kahane 92-104.

Larsen, Nella. *Passing*. New York: Penguin Books, 1997.

Leavis, F. R. *New Bearings in English Poetry*. Harmondsworth: Penguin, 1932.

Longxi, Zhang. "The Critical Legacy of Oscar Wilde." *Texas Studies in Literature and Language* 30.1 (Spring 1988): 87-103.

Mallett, Phillip. "The Immortal Puzzle: Hardy and Sexuality." *Palgrave Advances in Thomas Hardy Studies*. Ed. Phillip Mallett. London: Palgrave Macmillan, 2004.

Marcus, Stephen. "Freud and Dora: Story, History, Case History." Bernheimer and Kahane 56-91.

Mayer, Hans. *Outsiders*. Trans. Denis M. Sweet. Cambridge, MA: MIT P, 1984.

McDowell, Deborah E. "Introduction." *Quicksand and Passing*. New Brunswick, New Jersey and London: Rutgers UP, 1986.

Miller, Karl. *Doubles: Studies in Literary History*. London: Oxford UP, 1987.

Moi, Toril. "Representation of Patriarchy: Sexuality and Epistemology in Freud's *Dora*." Bernheimer and Kahane 181-99.

Nunokawa, Jeffrey. "The Disappearance of the Homosexual in *The Picture of Dorian Gray*." Ed. George E. Haggerty and Bonnie Zimmerman. *Professions of Desire*. New York: MLAA, 1995.

O'Connor, W. Van and Edward Stone, eds. *A Casebook of Ezra Pound*. New York: Thomas Y. Crowell, 1959.

Pater, Walter. *The Renaissance: Studies in Art and Poetry*. Ed. Donald L. Hill. Berkeley: U of California P, 1980.

Perkins, David. *A History of Modern Poetry*. Cambridge: Harvard UP, 1976.

Perkins, George, Sculley Bradley, R. Croom Beatty, and E. H. Long, eds. *The American Tradition in Literature*. 7th ed. New York: McGraw, 1990.

Plato. *Symposium*. Trans. Alexander Nehamas & Paul Woodruff. Indianapolis & Cambridge: Hackett Publishing Company, 1989.

Ramos, Maria. "Freud's Dora, Dora's Hysteria." Bernheimer and Kahane 149-80.

Reade, Brian. *Sexual Heretics: Male Homosexuality in English Literature from 1850 to 1900: An Anthology*. New York: Coward-McCann, 1870.

Reed, Jeremy. Introduction. *The Picture of Dorian Gray*. London: Creation Books, 2000.

Rose, Jacqueline. "Dora: Fragment of an Analysis." Bernheimer and Kahane 128-47.

Russell, Peter, ed. *An Examination of Ezra Pound: A Collection of Essays*. Norfolk, Conn.: New Directions, 1950.

Sappho. "Sappho." *Greek Lyrics*. Tr. Richmond Lattimore. Chicago: U of Chicago P, 1960. 38-42.

---. "Sappho." *Sappho's Lyre: Archaic Lyric and Women Poets of Ancient Greece*. Tr. with Introductions and Notes. Diane J. Rayor. Berkeley: U of California P, 1991.

51-81.

Saul, Jack. *Sins on the Cities of the Plain*. New Traveller's Companion Series, 1881.

Schor, Naomi. "Dreaming Dissymmetry: Barths, Foucault, and Sexual Difference." *Men in Feminism*. Ed. Alice Jardine & Paul Smith. New York: Methuen, 1987. 98-110.

Semonides. "Semonides." *Greek Lyrics*. Tr. Richmond Lattimore. Chicago: U of Chicago P, 1960. 8-12.

Shakespeare, William. *Hamlet*. Ed. G. R. Gibbord. Oxford: Oxford UP, 1994.

Showalter, Elaine. *Sexual Anarchy*. London: Bloomsbury, 1991.

Sinfield, Alan. *The Wilde Century: Effeminacy, Oscar Wilde, and the Queer Moment*. New York: Columbia UP, 1994.

Summers, Claude J. *Gay Fictions: Wilde to Stonewall*. New York: Continuum, 1990.

Symonds, John Addington. *A Problem in Modern Ethics*. New York: B. Blom, 1971.

Thucydides. *The Peloponnesian War*. Tr. Walter Blanco. New York: W. W. Norton & Company, 1998.

Walkowitz, Judith R. *Prostitution and Victorian Society: Women, Class, and the State*. Cambridge: Cambridge UP, 1980.

Weeks, Jeffrey. "Inverts, Perverts, and Mary-Annes: Male Prostitution and the Regulation of Homosexuality in England in the Nineteenth and Early Twentieth Centuries." *Hidden from History: Reclaiming the Gay & Lesbian Past*. Ed. Martin Duberman, Martha Vicinus, & George Chauncey, Jr. New York: Meridian Book, 1990.

West, M. L. "Introduction." *Theogony & Works and Days*. Oxford: Oxford UP, 1988.

Wilde, Oscar. "The Critic as Artist." *The Artist As Critic: Critical Writings of Oscar Wilde*. Ed. Richard Ellmann. Chicago: U of Chicago P, 1982. 340-408.

---. *De Profundis and Other Writings*. Intro. Hesketh Pearson. Harmondsworth: Penguin Books, 1954.

---. "The Decay of Lying." *The Artist As Critic: Critical Writings of Oscar Wilde*. Ed.
    Richard Ellmann. Chicago: U of Chicago P, 1982. 290-320.

---. *Hellenism*. Edinburgh: The Tragara P, 1979.

---. "Mr. Mahaffy's New Book *Greek Life and Thought*." Ed. Richard Ellmann. *The Artist
    as Critic*. London: Butler & Tanner, 1970.

---. *The Picture of Dorian Gray*. London: Penguin Books, 1949.

---. "Portrait of Mr. W. H." Ed. Richard Ellmann. *The Artist as Critic*. London: Butler
    & Tanner, 1970.

---. *The Soul of Man Under Socialism and Other Essays*. Intro. Philip Rieff. New York:
    Harper & Row, 1970.

--- and Others. *Teleny*. Ed. John McRae. London: GMP, 1986.

Willis, Sharon. "A Symptomatic Narrative." *Diacritics* (1983 Spring): 46-60.

Winkler, John J. *Constraints of Desire: The Anthropology of Sex and Gender in Ancient Greece*.
    New York: Routledge, 1990.

Witemeyer, Hugh. "Pound and The Cantos: 'Ply over Ply.'" *Paideuma* 9 (1980): 289-307.

Woolf, Virginia. "Modern Fiction." *The Common Reader*. Ed. and Intro. Andrew McNeillie.
    San Diego: A Harvest Book, 1984.

---. *Orlando*. Oxford: Oxford UP, 1992.

Xenophon. *Oeconomicus. Xenophon IV: Memorabilia, Oeconomicus, Symposium, Apology*. Tr. E. C.
    Marchant & O. J. Todd. Cambridge: Harvard UP, 1923. 363-525.

https://youtu.be/oYQ7dWVI_I8?si=MuSBCfDm8TVR9b9t

찾아보기

지은이 **이순구**

충남 논산 출생. 대전여고 졸업. 충남대학교 영어영문학과를 졸업하고 서울대학교 대학원 영어영문학과에서 영문학 석사와 박사학위를 취득했고, U. C. 버클리 영어영문학과에서 박사 후 과정을 수료했다(한국연구재단 지원). 현재 평택대학교 교수로 재직 중이며, 주요 관심 분야는 페미니즘과 젠더, 섹슈얼리티, 문화연구, 모더니즘 등이다.

주요 저서로『죠지 엘리어트와 빅토리아조 페미니즘』,『오스카 와일드: 데카당스와 섹슈얼리티』,『버지니아 울프와 아웃사이더 문학』등이 있다. 공저로『페미니즘 시각에서 영미소설 읽기』,『19세기 영어권 여성문학론』,『버지니아 울프 3』,『영국근대소설』,『세계를 바꾼 현대작가들』등이 있다. 평택대학교 피어선칼리지 학장, 한국버지니아울프학회 회장을 역임했으며, 현재 한국인문사회과학회 부회장을 맡고 있다.

섹슈얼리티 담론과 모더니즘 형성

초판 발행일 2023년 12월 21일

이순구 지음

발 행 인	이성모
발 행 처	도서출판 동인 / 서울특별시 종로구 혜화로3길 5, 118호
등록번호	제1-1599호
대표전화	(02) 765-7145 / FAX (02) 765-7165
홈페이지	www.donginbook.co.kr
이 메 일	donginpub@naver.com
I S B N	978-89-5506-957-0
정 가	23,000원